自分史味の

昭和断片

・真珠湾からポプラまで・

松永　仁

溪水社

もくじ

自分史味の昭和・断片

第一部　開　戦……3
1　村の九軍神　4
2　定と捕虜第一号　28
3　東條英機の戦陣訓　73
第二部　天皇制……87
1　さつきの火星ちゃん　88
2　「独白録」にみる昭和天皇　98
3　天皇は憂鬱である　120
4　「独白録」の成立　144
5　憲法第九条　163
第三部　原　爆……171
1　広島に生きる　172
2　統一の触媒は女性である　198

指の鳴る音

第一部……213
1 建物疎開 215
2 学徒報国隊 219
3 ティニアンからの発進 224
4 火煙を逃れて 232
5 伝言のはじまり 236
6 袋町国民学校 八月六日 239
7 最初の発見 246
8 藤木喬と西村福三 253
9 瓢 文子 259
10 恵尼と瑤子 262
11 皮をはぐ 266
12 ふたりの姉 272
13 急性白血病 277
14 叔父の来訪 282

第二部 …… 285
15 足立山行まで 287
16 足立二丁目 294
17 瓢さんに会う 297
18 推理の落ち着いたところ 301
19 伝言の書かれた順番 308
20 カメラマン菊池俊吉 323
21 瓢文子　山を越える 333
第三部 …… 341
22 集団疎開 342
23 むらに暮らす 349
24 空　腹 361
25 いっぱつの爆弾 367
26 旅役者 374
27 生き残ったひと 379
28 ある疎開児童の手記 388
終　章 391

スウィニー始末記

1 スウィニーのしたこと 399
2 皇居そして三発目の核 406
3 スウィニーの憂鬱 415
4 異質な509群団 421
5 回想録の穴 426
6 そして男たちは長崎を見た 432
7 海浜旅館 436
8 同行者はだれ 441
9 宝の倉・原医研 446
10 霧は晴れていく 455
11 心はナガサキに 463

ポプラが語る日

1 あやの恋 469
2 親友宣言 471
3 老醜も消えた 473
4 ある朝、ポプラを探して 475

5　ポプラ舞う　483
6　ポプラのブーム　486
7　原爆スラム　492
8　相生の女　498
9　大　火　502
10　人間、恥ずかしいないか　506
11　太郎の系譜　513
12　移植の経験十一年　519

あとがき……525

自分史味の
昭和・断片

第一部　開戦

1　村の九軍神

プロローグ

音楽番組の放送用原稿を書いていた。曜日ごとにジャズ（月）、ラテン（火）、タンゴ（水）、ポピュラー（木）、シャンソン（金）と日替わり二十分のベルトになっていて、一週間分五本をいっときに収録する。その原稿書きである。

ポピュラーまでを書き終えて、シャンソンで行き詰まった。シャンソンは歌詞が理解できないとその歌の良さがまったくわからない。歌詞が七十、曲三十といってもよい。悩んでいたのはイヴ・モンタンの歌う「桜ん坊の実る頃」という恋の曲の紹介である。曲名の紹介だけでレコードをかけると、その歌の背景がまったくわからない。この歌は、恋の歌ではあるがじつは、フランス革命の市街戦のバリケードの中で創られたものなのだ。

実在した名もしらぬ若い娘が、食べ物や水や着るものや、そういった補給の物資をかごに詰め、バリケードの兵士のもとに激励にやってくる。その娘を日毎見ていたジャン・バティスト・クレマンは詩を作り、無名の娘に献詩した。かれ自身、バリケードの内側で革命に参加していたのだ。

娘との恋の実る日を夢見る、桜ん坊がピンクに色づく季節に。歌詞は未来形でつづられている。いつか恋のみのる日、それは革命の成就する日でもある。

考えこんでしまった。

背景まできちんと紹介すべきか。

ジャズやタンゴなどでは、一本二十分の番組に、三分前後の曲を六曲用意して演奏者とタイトル紹介だけでお茶を濁している。この曲でそれをやると、歌の意図がまったく伝わらないだろう。内容に触れるべきだが時間がない。収録まであと三十分。

床の鳴る靴音は耳にした。気にしない。

二百平米ほどのフロアには、ぼくの所属するラジオ制作のほか、報道、編成と三部がいっしょにはいっており、報道の一角は電話のやりとりや消防からの同報やと、いつも騒然としており、ラジオ制作にも電話、人の出入りは数多く、行き交う靴音を気にしてはいられない。

風の通りすぎざま、「面白いよ」と声があり、大判のグラビア雑誌一冊が柔らかく机に置かれた。

『特別攻撃隊　九軍神正傳』のタイトル。発刊は朝日新聞社。落し主はうえだおさむだった。そのまま彼は編成の方へ歩いていく。ギャラを受け取りにいくのだろう。

本はそのままに、原稿にもどる。ちょっと気を抜いたその間合いが、決断をうながした。よし、いつもの手抜き。なにも内容にはふれず、歌手と曲名の紹介ですませることにした。十五分の余裕で仕上がり、チェックもすみ、編成局の大時計をにらみながらちょっとの間、「九軍神正傳」をめくってみた。

昭和十六年十二月八日の真珠湾の九人がひとりずつ、写真入りで紹介されている。真珠湾攻撃の翌十七年五月一日の初版発刊である。

軍人、天皇、兵隊、戦車、軍艦、そういった、戦争中ぼくをひもじさにどっぷりと浸けこんだ、戦争にかんするものには身震いがして拒否反応をしめしていた。うえだおさむだって学生時代の同学年である、同人雑誌のおなじメンバーでもあった。いまは月ごとにドキュメンタリーをともに制作しており、ぼくの性向は充分に承知であろう。なのに軍神など。かれは常日頃、おまえには美意識が欠けている、とのたもうていた。この本で美意識を磨けとでもいうのだろうか。

答えを宙に浮かせたままスタジオに入り、録り終えた。いかにもやっつけの誹《そし》りは免れず、内心忸怩《じくじ》たるものはあるけれども、ぼくにはいいわけが用意されている。

あまりにも忙しい。

昭和三十四年、この年からぼくたちのラジオ放送局ではテレビを兼営する。この地方では民間放送初のテレビ放送である。その時には試験放送が発射されていた。このため製作部の先輩は、二人を残してすべてテレビ部門に移ってしまい、入社二年目の新人五人がほとんどのラジオ番組をカバーしていた。

ぼくの担当は、まず週一本の公開録音。

職域や団体から、ふた組五人づつ出てもらい、出題されたクイズにたくさん答えた方が勝ち、というたあいないもの。問題の作成、職域団体への出演依頼、会場を埋める客の手配、収録、編集とすべてをひとりでやる。これにもっとも時間をくう。

そして週五本づつ、冒頭の二十分ベルト番組。

週一本六十分、歌謡曲を使ってのレコード番組。

米穀組合がスポンサーの主婦向け音楽番組。女性好みの爽やかなレコードをながす。週一本三十分ではあるが、スポンサーつきであるから気を遣う。

さらに、週一本、日本銀行がスポンサーの、貯蓄にはげむ県内の優良グループを訪問インタビューする十五分番組。インタビューはつねに夜である。しかも優良グループはなぜか山間部の農村に多い。

そしてもうひとつ、月一本、三十分のドキュメンタリー番組がある。

一番やりたいのはこのドキュメンタリーで、ラジオとはいえ三十分のドキュメンタリーは重かった。希望の新聞社を落とされた身としては、このドキュメンタリーにのめりこんで、新聞社での取材・原稿書きの気分を味わっていた、今では新聞よりもはるかに面白いと感じていた。

企画、取材、構成、編集、このうち構成をうえだおさむに依頼するが、あとはぼく一人の腕である、よくも悪くも「ぼくの」創った作品である。聴取率コンマ三パーセント、誤差の範囲ほどの反響で、だれも聞いていないという悲哀をかみしめつつ、モニターテレビに映る安保デモの映像にうちのめされながらも、内心はこれほどやり甲斐のある仕事はない、と勇気をふるいたたせていた。

いやでも手のかかる公開番組はしかたないとしても、音楽番組は極力手抜きした。レコード選曲など、あいうえおの順で棚から抜き出したものだ。ドキュメンタリーに時間をまわすための必要悪、と割り切っていた。

だが、ドキュメンタリーでは企画の発掘ひとつみても並大抵のものではない。取材対象を決めても顔を会わせての打ち合わせはほとんどできない。おおかたは電話である。粗製は致し方ない。おさむ君はこのことをからかって「美意識がない」となじるのだろうと思っていた。だが、九軍神とはいったいなんだ。美意識とどこでつながるというのだ。

収録のおわったあと、静まった大部屋で、本をめくってみた。かれがネタになるかもしれないものを持参したのははじめての事である、その意図を探るため、それがなければ決して読まなかったであろう類の本を、ゆっくりとめくった。

1

九軍神が何者であるかは知っていた。昭和十七年、僕は国民学校の一年生になる、そのひと月前の新聞、三月七日付けが大きく報じた。九人の顔写真が一面の最上段に右から左へと並び、紙面の中央には黒地に白で、

『あゝ軍神・特別攻撃隊九勇士』

と、縦に抜いてあった（朝日新聞）。

「殉忠無比・真珠湾に散る」

「空前の肉薄、長時間潜伏」

「敵艦撃滅！全員歸らず」


こういった見出しの字が全て読めたわけではない。が、幼稚園で習った漢字と、大人や友だちの間に流れる噂、新聞の写真などを総合して、これはどでかいことが起きたものだ、と身震いした記憶がある。その後なにがしかの摺りこみがあり、九軍神にかんしては常識程度の知識はもっていた。だが、この本でうえだおさむはなにを読ませようというのだろう。


本の内容構成は次のようになっている。

はじめがグラビア写真集。

岩佐直治から稲垣清まで九人の軍神の、本人と実家の父母兄弟の写真、真珠湾に停泊の米艦隊、それを襲う日本海軍の爆撃機、水煙をあげる米戦艦、最後は日比谷公園での九軍神のための合同海軍葬と写真が続く。

ついで、「萬代に語りつぐべし」と副題のついた朝日新聞社の序文。

山本五十六司令長官の感状。

海軍報道官・平出英夫大佐の十分間にわたる、ラジオ放送のための原稿。

そのあとが九軍神それぞれのプロフィール。これが主文であり、グラビア誌の大半の頁を占める。

おしまいに文士らによる軍神賛歌が、短歌、漢詩、俳句、詩の順に掲載され、作者の数は五十七人である。

軍神のプロフィールのなかに広島県出身者をみつけた。

上田定二等兵曹。

「まさか」と思わずつぶやいた。うえだおさむの親戚筋か。とっさにそう直感したが、これは「かみた」と読むことがわかった。住所が記してあり家族構成がわかった。

上田《かみた》定《さだむ》は大正五年、広島市から北へおよそ五十キロの山県郡《やまがたぐん》川迫村で生まれた。長男である。家は田畑を持つ農家だったが、定が小学校にはいるころ、父が米相場に手をだして失敗した。家計は下り坂となっていたところへ、キミ子、ミスエ、信子と三人の妹があいついで生まれ、定が中学校を卒業するころに弟のたのむが生まれた。そのあとさらに四人目の妹テル子が生まれる。

弟の出産がわかったとき、定は呉海兵団への入団を決意した。海軍をえらんだ動機を「九軍神正傳」は三つあげている。

ひとつ。海洋発展の重要性と帝国海軍の立場への深い認識があった。

ふたつ。定のかよった私立新庄中学から海軍へはだれもいっていなかった。

みっつ。二人の親友のうち一人が、呉の海軍工廠にはいり、もうひとりがアメリカへ渡航した。

この三つの動機を支えるバックグランドが川迫村にはあった、とも書く。

広島県は海外移住者が多く、ハワイへの移民の数では日本一である。成功して帰国した人が川迫村とその近隣村にもたくさんいて、幼少から海へ、海外へのあこがれがあった。本はそう書いている。

もうひとつ。食い扶持をへらす、という目的があったのではないか。これはぼくの推測である。

当時、広島には「高田先生、比婆巡査」という言葉があり、高田郡の出身者には教師が多く、比婆郡は警官がおおかった。師範学校も警察学校も学費の負担がない。定の山県郡は高田郡と隣り合わせである。海兵団も食住の心配がいらず、現在の十四万円ていどの支給すらあった。家計をたすけつつ国策に添う。長男の自分に万一のことがあっても弟のたのむがいる。定には最良の選択だったのではないか。

海兵団から海軍水雷学校、海軍潜水学校を経て、伊号潜水艦で訓練を受けた。昭和十六年十二月、長さ二十四米、魚雷二発を積んだ二人乗りの小さな潜水艇（通称・甲標的）で真珠湾に潜り込み、多大の戦果をあげた。

九軍神の遺族は翌年四月、東京日比谷公園で行われた合同海軍葬に参列した。地元の蔵《くら》迫《さこ》国民学校では先輩の快挙に、「軍神上田定」と書いた黒板の前で先生、児童が感謝と感激の万歳をした。県道に沿う家の庭に「軍神の家」と書かれた、二階の屋根ほどの巨大な木柱が立てられ、県道を通るバスは必ず一時停車して、車掌の合図で全員が黙祷《もくとう》するのであった。

2

読み終えたとき企画意図はきまっていた。

「栄光の軍神一家、終戦、その転落」。

タイトルは「村の九軍神」。

当時電話のある家は少なかった。ぼくの家にもなかったし、上田《かみた》家にもなかった。しかし、こういう時には村の興信所に聞けばいいことくらい我流で身につけていた。たばこ屋である。電話帳で字蔵迫のたばこ屋をみつけ、電話をいれると、一家のその後がみなわかった。

父は死去、妹たちは嫁いで郷《ごう》にはおらず、たのむさんが家を継いでいる。上の姉二人は広島へ、一人は大分へ、妹は原爆で亡くなった。

「たのむさんのお宅には電話がありませんね。なにか連絡できる方法はありませんか」

多くの農村には農協の設置する集合電話があり、その子機が各家に設置してある。この可能性をたずねた。

「農協電話はありゃあしませんがの、たのむさんは役場へ勤めとってじゃけ、役場へ電話してみなせえ」

電話にでたたのむ氏は二十七歳にはなっているはずなのに、声の低い、おどおどした感じのおびえたような話し方で、不思議に思った。

「お話するようなことはあんまり。ちいさかったから」

「紙芝居ぐらいしか残っておりません」

できるなら取材されたくない、しかし拒否するほどには勇気がない。そんな感じで訪問を承諾してくれた。

うえだおさむ君は公開番組で出題するクイズを、十問のうち五問創ってくれていたので毎週顔を会わせる。いつも締め切り直前のしあがりで、ぼくの方はあっさりつくっているのに、彼の遅筆に番組の収録ができないか、と血の引く思いをなんどかした。しかし、クイズの出来は秀逸だった。笑いを散りばめ、わらっているうちにたくみにクイズへと導く。固くなった出演者も笑みを浮かべつつ答える。彼の才能をたかくかっており、ドキュメンタリーの構成を依頼していたわけである。

「軍神、やるぞ」

と言ったら、にやりとした。

取材計画を話した。何日夜家を継いでいる弟にインタビュー。これは松永独りで行く。定の妹ふたりが広島にいるそうなので連絡先を聞いてくる。彼女たちへのインタビューの時にはつきあってほしい、ギャラはサービスで。

しぶい顔になった。が、頷いた。

十一月だった。山間の村は寒く、暗かった。デンスケひとつと十五分テープ十本。謝礼のタオル。夜道を訪ねる人もなく、会社専用のタクシーでおおよそ聞いていた県道をはしった。

玄関をあけると家の中はひっそりとしており、その静寂の中からたのむ氏が現れた。小柄で、なんとなく幼なさを感じた。おどおどしており電話の雰囲気そのままだった。玄関を入った次の部屋へ通された。やりにくいインタビューになりそうだった。ふつうならもっと奥の部屋へ通される。

番組の主旨をひどくやわらかい紙に包んで説明した。たのむ氏は黙って聞いていたが、

「残っているものと言ったら紙芝居くらいですね」

と、電話と同じことを言った。

なにを聞いても、ええ、ええとうなづくだけで言葉にならない。小さかったからよく覚えていない、と言いはった。

そのとき、少し年齢をくった五十歳ほどの人がふすまをあけた。

「ああ」というような声をたのむ氏は出したが、その人がだれなのかは言わない。

怪訝《けげん》に思っているとその人は、名刺を出してこの村の文化財保護委員のなにがしです、と自己紹介した。

「こういう問題はですね、もう済んだことですし、その、あんまりですね」

過去のことをほじくるな、というような主旨であった。たのむ氏は完全に貝になった。

それでもぼくは、もう十分ほども、お兄さんの思い出や、山本五十六がこの家を訪問した時のことなど、ほじくっても別にさしさわりはあるまい、と判断したことを聞いた。無駄だった。ぼくですら真珠湾攻撃を覚えている。ぼくより五歳年が多い。ましてや九軍神の家族である、覚えていないはずはない。

保護委員氏がいるかぎり取材は不可能と判断した。

「それではあまり覚えておられないようですので、お姉さんに聞きましょう、住所を教えてもらえませんか」

もしかして拒否、とも思ったが、もう紙に書いて用意してあった。

謝礼を渡して家をでた。保護委員は坐ったままで、たのむ氏が見送ってくれた。結婚している、と興信所が教えてくれていたのに奥さんの顔も、お母さんの顔も見なかった。

待たせてあったタクシーのなかで帰社までの小一時間、いったい何が出て来るというのだろう、ほじくったら。それればかり考えていた。

3

翌日、結婚して広島にいるお姉さんに電話した。長女のキミ子さんである。

「はい、わかりました」

と、あっさり承諾である。

「下のミスエも広島にいますから呼んでおきます。大分にいる信子は看護婦ですから休みがとりにくいんですけど、とれるようなら来るようにいっときます」

その積極的な返答に驚いた。

十一月というのに、いきなり冬に入ったような底冷えの日だった。いつもの十五分テープを三十分にした。編集のしやすさを考えれば十五分がいい、インタビューの途中での掛け替え回数を減らすには三十分である。電話でのお姉さんとの応答から三十分にした。キミ子さんはよくしゃべるという直感である。

午後二時に約束してあった。

おさむ君とふたり、タクシーで広島の中心からすこしはずれた、気象台のある山に向かった。キミ子さんの家はそのふもとの一角にある。

六畳ほどの畳の部屋に石油ストーブがたいてあって、寒いでしょう、どうぞそちらへ、と誘《いざな》われ、ストーブのそばに陣取った。挨拶をして、録音機の準備をした。

「まあ、今からでも、できるんなら村の人を訴えてやりたい」

いきなりキミ子さんがいった。そばのミスエさんも大きく頷いた。

「お父さんが早死にしたのは村の人たちのせいです」

「そうですよ」

その語気の強さに、ぼくはなぜかも聞かず、企画意図を告げることもせず、すぐにテープをまわしはじめた。

「そりゃあね、村の人からすりゃあ、ああようなおごとじゃけえ、司令長官もきんさったしね、えろう羨ましいでしょうよ。じゃけんどね、お父さんおかあさん、うちらもです、毎日まいにち訪問してくるひとの接待で気を抜く暇はありゃあせん」

「そうなんです」

おさむ君とぼくは黙って聞いた。

「手紙だけでもね、日に百通はくるんです、新聞に出たごろはね。それにみな返事を書くんです。ほんとに寝る暇がないんです」

「お父さんがひとの接待で表にでるけえ、おかあさんが百姓をみな受け持って、うちらもてつだいましたよ」

「三月でしょ、発表があったんは。あのまえごろから打ち合わせの人が来だしちゃった。ほいで、お父さんが四月の合同葬に東京へ行ったでしょ、帰ってきたら村の人が寄ってきて、定さんはええことしちゃったのう、いうてお祝いにくる。何人もなんにんもに同じ話しをなんべんもして、お菓子をだして、場合によっちゃあご飯もたべてもらう。その時間を狙うてくる」

「そのごろは田植えで一番忙しいころでしょ、準備で。自分とこだけじゃのうてね、部落が手伝《てごう》しおうてやるんじゃけえ、志路原《しじはら》川から水をひいたり、共同の苗代をつくったり」

「お父さんが手にならんけえ、みなお母さんが」

4

ぼくたちは一言も口をはさめない。栄光の九軍神、村の軍神一家。その栄光を取材にきたはずだった。

「うちらもね、米俵をつくったり、わらじを編んだり、てごうをしたわいね。たのむやらテル子の守りはみなうちら。二人はうちらが育てたようなもんよね」

「ほんまに。それが四年続いたけえね」

「戦争がきびしゅうなってからよね、うちらが腹がたつんは」

「村の人がね、おとこばっかり四人も五人もきてからに」

「家中探して、供出の米を探すんです」

「ちゃんと、割り当てどおりに供出しとるのに」

「まだあるじゃろういうて」

「もうみな出してますから、いうてお父さんがなんぼいうてもきかんのんよ」

「あんた方《がた》んは、定さんがりっぱに国の為に死にんさった。ほいじゃけ、残った者も、軍神の遺族じゃけえ国のために一生懸命奉公せにゃあいけん」

「床をはいだり、天井板をめくって探したり」

「とにかく、家中を探すんよ」

「次の日も、また次の日も」

「お父さんは心労で寝込んでしもうた」

「お父さんが早死にしたんは村の人のせいじゃ思うとる」

「今からでも裁判できるんなら、村の人みな訴えたりたい」

米の供出を主な例に、ふたりの姉妹は陰湿な村人のいじめを鋭く追求するのだった。

ここまでに三本のテープが一時間半近くまわり、僕は石油ストーブの排気で頭痛がし、おさむ君はと見ると、頬をあかくして眠っているかのように眼を細くしていた。考え込んでいるときの癖である。

ここでぼくは録音開始から初めての質問をした。

＊　すると終戦になったとき、村の人はどうしたんです。おわびとか？

「それがね、それみたことか、いうようにね」

「アメリカが来たら軍人の家の娘はみなやられるんじゃ、いうてね」

「ほかにも軍隊にいったひとはようけおったけえ、その家の人らはみな、戸を閉めてじっとしとるんよ」

「じゃけど、軍神は、軍神の家は戸を閉めとってもそようなものは役にたちゃあせん、いうて。蹴破って入ってくるんじゃ、いうて」

「ほいで、裏の山に室《むろ》があったでしょ、あったんです。うちら一家七人でその室に入って」

「そこでご飯を炊いて、寝て」

「ひと月」

「毎日交代で、もう来るか未だこんかいうて順番で見張りをして」

「県道のバス道路が見える岩のところで見張りをしたんですよ」

「ひと月ほどしてようやっと、もうこんのじゃろういうて家に帰ったんです」

「お父さんが早死にしたのは村のひとのせいです」

「ほんと、今からでも裁判できるもんなら、みな訴えてやりたい」

じっさいには、彼女たちの父親は終戦の年、七十歳になっていた。人生五十年といっていたころであるから、長寿ともいえるだろう。ただ、姉妹の眼には小さくなって村人の前で詫びている父に、いいようのない屈辱を見て、父が亡くなってからそれが死に直結したものではなかろうか。

三十分テープが六本三時間まわり、頭痛はますますひどくなって思考力がなくなった。しかし、これで番組は出来る、という確信が頭痛のぼくをしかと励ましてくれた。

5

姉妹の話だけで番組をつくることにして、おさむ君は構成にはいる。録ってきたテープを編集室でともに聴いた。これは使えると一致した個所をマークして、あとでダビングしていく。いわゆる荒編である。一方が、使えるとしても、もう一方が同意しない個所にはペーパーをはさんでおく。そういう作業だけでもおおまかな方向がおさむ君との間で合意できる。これですでに一晩の徹夜である。このあと、構成があがってくれば、台本を印刷にまわし、台本にそってテープを編集していく。ここでまたふた夜の徹夜となる。つぎにナレイション録り。今回の番組ではおさむ君にナレイションもやってもらうつもりである。

彼は放送劇団に所属しており、声優である、今回の番組には彼のヒダとコクのある声がいい。概要が決まって、いつもの音楽番組とクイズ番組の準備にかかった。

やっつけの原稿を書き、収録を終えてスタジオから戻ってみると、机の上にメモがあり、「名古屋の支局長に電話せよ」

と書いてある。

名古屋の支局長はその年三月まで僕たちラジオ製作部で机を並べており、無口だがなにか内に秘めるものがある、といった風情の、寺の坊主の雰囲気をもつひとだった。あだ名も和尚さんといった。ほとんど会話をした記憶がないのでなにごとだろう、といぶかった。

社内の専用電話で名古屋を呼びだした。

「松永です。ご用でしょうか」

「おお、松永君。あんたは九軍神をやりおるそうじゃの」

ぎくりとした。

レギュラー番組では企画書は提出の必要がない、予算書だけですむ。おさむ君以外だれにも話していない、のにどうして知っているのか。編成部から流れたか。

監視されているのは気づいていた。ぼくのつくる番組は総じて内容が暗いというのである。編成部に放送用完パケを納品して帰宅したあとチェックされ、先輩の手でつくりなおされたこともあった。それは音楽番組であったから、たしかにシャンソンの「暗い日曜日」というようなものばかりならべれば、暗いといわれても仕方ない。が、樺美智子さんが圧殺されるというような環境で、どんなあかるい楽しい曲がかけられるというのだろう。

しらっぱくれるか、とも一瞬考えた。

和尚さんを嫌っていたわけではない、不信感をいだいたわけではない。

「ええ、そうですが」

と答えた。

「九軍神の生き残りのひとが名古屋におるで。捕虜になった酒巻というひとだ。トヨタ自動車に勤めとる。番組に必要ならインタビューしてやるぞ」

驚いた。その事実をまったく知らなかった。そして当惑した。番組の方向はおさむ君との間で（村社会の陰湿性を暴く）と確認しており、いまから異なる因子がはいりこむ余地がない。

「お願いします」

頭の考えたことと別の返事をした。酒巻和男氏へのインタビュー項目を記述して、その日の専用郵袋で名古屋へ送った。

一、捕虜になった時何を感じたか。
二、戦後帰国した時何を感じたか。
暗闇で見えない相手に石を投げるような、頼りない質問しか浮かばなかった。

編集に入る日に酒巻和男氏へのインタビューテープが名古屋から届いた。戦後帰国した時の感想をむりやり入れ込んだ。挿入からくる不整合を調整し、おさむ君のナレイションを録り終えた。つくってみてそうとうの手応えを感じた。納品はいつものように放送前日であった。

電話が入った。キミ子さんだった。
〈私達姉妹は、あの時いったことを放送するのにいっこうにかまわない。でも、郷《ごう》にいる弟に昔のようなことがあっては可哀想だ、どんな番組になっているか聴かせて欲しい。〉
これは困った。キミ子さんの意見には一理ある。しかし、放送内容を検閲されるのはこまる。しかも放送日は明日である。聴いてみて、放送を止めてくださいといわれたらどうする。逆に、放送を強行してたのむ氏が陰湿ないじめにあったらどうする。現に、保護委員が現れた。

「いいです、あす朝十時にきてください」

なんの説得方法も持たないのにそういった。開き直りの心境であった。唯一頭に浮かんだ説得話法は「コンマ三パーセントの聴取率ですからだれもきいてませんよ」。

取りまく環境にそこまでいじけていた。

翌朝、ロビーでキミ子さん、ミスエさんを待っていた。

電話交換が電話を告げた。

でてみるとキミ子さんだった。風邪を引きまして行けません。松永さんを信用して放送してもらいます。

肩ががっくりと落ちた。受話器を置いて十分もしたころ、ふと思った。

「ちっとも風邪声じゃあなかったぞ」

この番組もいつものように聴取率コンマ三パーセントで、だれからもどこからも反響はなく、キミ子さんからも以後連絡はなかった。

そのときぼくは二十三歳。真珠湾で死んだ日、上田《かみた》定《さだむ》は満二十五歳である。

2　定と捕虜第一号

6

上田定は、甲標的という秘匿名をもつ特殊潜航艇の艇付《ていつき》で、艇長は横山正治《まさじ》中尉（二十二歳）であった。ふたりは魚雷を二発積んだ艇に乗り組み、真珠湾内に停泊する米軍の航空母艦を攻撃するのが使命だった。長さ二十四米、横幅が一・八五米、高さが司令塔頂上部まで三・四米、きわめて小さく狭い。

上田定が操舵輪《そうだりん》をもつ。機械の間にちいさな板を渡し、腰かける。横山正治はその後ろに立ち、指示を出す。休憩するときは機器に寄りかかって、立ったまま手足の関節、腰をまわす。ただひたすらに魚雷二発を発射するということに特化し、人間を無視した、技術的には未成熟の、無理に無理を重ねた艇である。

横山・上田艇の他に四隻の甲標的が作戦に参加していた。それぞれ伊号《いごう》潜水艦を母艦とし、その後部甲板に搭載されて真珠湾沖まで運ばれた。

母艦となる伊号潜水艦は、甲標的を搭載するためには後部甲板の改造が必要となる。その改造命令がだされたのは、昭和十六年十月のおわりごろ、作戦のひと月ちょっとまえというあわただしさであり、甲標的を積んでの潜水、浮上という訓練は潜水母艦それぞれが一、二回しかできていなかった。

日本時間、十二月七日。

冬の太平洋は波立っている。海軍司令部が真珠湾攻撃にこの日を選んだのは、冬の月あかりが夜明けまで残っており、夜の終りと同時に攻撃を開始するという、作戦にとって有利な条件だったからである。

ハワイ諸島が近づいた。

整備員九名が甲板にでて、激しい波の中、甲標的に鉛錘（バラスト）と糧食を積む。甲標的を留める鉄製の固定バンドのうち、予備バンドをはずす。甲板にたたきつけられつつ六時間の作業である。

Xデイ当日（日本時間十二月八日）。

昼食時、母艦内で激励と別れがあった。料理にカチ栗がそえられる。神棚の御神酒《おみき》が配られる。そのあと出撃前の睡眠をとる。

睡眠の前に横山正治は遺書を書いた。上田定も遺書を書いた。

潜航していた母艦がどーという排水音を水中にのこして浮上した。母艦の背にのった甲標的に、横山、上田、白い鉢巻き、改造飛行服姿のふたりは甲板を走る。

万一のための拳銃《ピストル》を身につけ、上田定は日本刀を小次郎風に背に負う。ハッチを苦もなくくぐり抜け、八ヶ月の猛訓練の成果をみせる。俊敏な発進準備、出発よし。母艦は甲標的を背に、再度潜水をはじめる。甲標的の電動モーターが始動する。母艦が速力を増す。一瞬のショックがあり、甲標的を固定していた鉄製バンドがはずれる。甲標的はいま太平洋の一匹のイワシである。

真珠湾口からおよそ十三キロのところ、ホノルル時間で十二月七日午前零時四十二分であった。

この日からおよそ二ヶ月半まえの九月中旬、上田《かみた》定《さだむ》は山県郡の郷里に最後の帰省をしている。

呉駅から汽車で広島駅を過ぎ横川駅にくる。村へ行くバスはここから出る。バスに乗ると偶然小学校時代の恩師にであった。ややあと先生は懐かしそうに声をかけたが、上田定はなにがなし元気がなく、顔色もわるかった。季節はずれの風邪でもひいて熱があるのではないかと先生は思った。

事実かれはすこし熱っぽかった。熱をおして定は村の近況を聞いた。先生は、いまどきの大事な稲の開花期に、長雨が続くので作況にすこし不安がある、と教えた。

『蔵迫に着くと、一目に見える稲作の惨状に、父母への挨拶もそこそこに、村長増本隆一氏を訪れ、この窮状を救うため出来るだけのお手伝いをしたいと誠意をこめて申し入れた。いつも留守がちで父母や弟妹がいろいろお世話になってばかりいるがいまこそ恩返しのときだ。蓑笠《みのかさ》つけて早速翌日から上田兵曹長は村内を貫通する濁流　滔々《とうとう》たる志路原《しじはら》川の排水工事に村人に混じって立ち働いた。

少年のころ毎日のように水泳ぎや魚釣りで親しんだ懐かしい川も、いまは濁流が逆巻き両岸に溢れんばかりのすさまじさである。海軍で鍛えた上田兵曹長の勇敢な働きは一きわ目覚ましかった。土嚢《どのう》を積んだり横溝を拡げたり、漸く一段落ついたらこんどは年老いた父親に代わって実家の水田との間の小川へ架けた木橋の補強作業だ。』

（「九軍神正傳」朝日新聞社）

熱をおしてたずさわったこの作業で、定はその夜倒れた。四十度をこす発熱があった。医者は絶対安静を命じた。しかしあすは帰隊の日であった。帰ってはいかん、死ぬぞ、と医師は言い置いて帰った。

翌朝熱はすこし引いていた、それでも三十九度あった。両親も妹たちも引き留めた。定は、

「道中はバスです。すこしでも動ける身ですから帰ります、どうしても帰ります」

といい、バスに乗った。

上田定の遺書が、戦後上田家の庭に造られた小さな「遺品館」に残されている。宛先は父親の上田市右衛門様となっており、「必親展」と書かれている。裏には呉の下宿先の住所がかかれ、日付は十二月七日である。

『御両親様には時局ますます重大にして、大国難の折柄、故郷に有りて国難打開に御懸命のことと存じます。

不肖定は、身を海軍において約八年、日夜軍務に精励いたして来ましたが、この度は我国未曾有の大国難に、身を一部分たりとも打開すべく、決死隊の一員として出撃すること

と相成りました。

この上は、一意専心、敵撃滅を念頭に、自己の任務を滅私まっとうし、もって七生報国、もって国難に殉ずる覚悟です。

今、これといって申し置くことは有りませんが、在世中の不幸をわび、この機を以て御恩の万分の一にもと思います。

終りに、御両親様の御長生を御祈り申しつつ筆を収めます。

身の回り品は、
呉市西二河通六丁目　山根生花商
　トランク一、手サゲ鞄《かばん》一。
トランク内には貯金通帳二（約二百円）、
手さげ鞄、現金約八十円有る事と（本の間）存じます。』
ここまで三枚の和紙に濃く太い鉛筆で書かれている。
四枚目と五枚目は妹と弟にあてた文章。

『妹並びに弟え
不肖兄の亡き後は、今迄よりいっそう孝行をして、兄の分もお前達でやって呉れ。お前達皆で力を合せて年老いし御両親に心配を懸けない様にして、仲良くお互いに助け合い、兄亡き後は暮々も頼む。
御両親様はお前達の事を一番心配して居られる。暮々も心するよう。
では、皆元気でやって兄の分も共に忠孝を励んで呉れ。』　（かなづかいは換えている）
両親にあてた文中に「御長生」の言葉がある。遺書の原文ではそのそばに薄く、「壽」と試し書きをした壽の誤字がある。御長壽と書きたかったのだが、「壽」の字を思い出さず、手許に辞書もなく「御長生」とした、と思える。

7

真珠湾は人間の胃に似ている。

のど元の食道から入って、狭い水道をおよそ六、七キロ北上すると胃のふくらみにゆきあたる。ここが米海軍基地の中心部である。直径七キロほどの丸い湾で、真ん中に、長辺が三キロ強の楕円のフォード島がある。島の周囲にぐるりと米軍太平洋艦隊の艦艇が停泊していて、それを宣戦布告と同時に空と海中とから攻撃し、殲滅《せんめつ》しようというのである。

当初計画では、甲標的五隻は夜明け前の暗いうちに全艇湾内に潜入し、海底に着座して、艦載機《かんさいき》による空からの攻撃の終わるのを待ち、そのあと、夜になってフォード島を反時計方向に回りながら生き残った敵艦の魚雷攻撃をするというものだった。

この命令書が隊員に手渡されたのは、十一月十四日である。猛烈な反論が岩佐直治大尉と横山正治中尉からおこった。航空攻撃開始以降に適宜攻撃と変更された。

真珠湾の、のど元にあたる湾口に、対潜水艦用の防潜ネットが敷設してある。その付近を駆逐艦などが絶えず遊弋《ゆうよく》し、監視している。米軍の艦船や、潜水艦などが通過するときには、このネットを機械で下方へ下げて通過させる。

甲標的はどうやってこれを突破するか。三通りの方法があった。

ひとつ。甲標的の司令塔から前方部と後方部に向かってカッティングワイヤー（大きなイトノコのようなもの）が張ってある、これで敵の防潜ネットを切って侵入する。

もうひとつ。敵の艇の後方にくっついて通過する。

三つめは、偶然を期待する。

〈岩佐・佐々木艇〉

「偶然」に出会ったのは岩佐・佐々木の艇であった。ネットが七日五時三十八分（ハワイ時間、以下同じ）からおよそ三時間にわたって降ろされていたのである。米太平洋艦隊はのんびりしていた。戦争に突入するかも知れない可能性は知ってはいたが、それが十二月七日の日曜日、早朝に訪れるとはいささかも考えていなかった。自軍の艦を通過させた後、ネットをあげるのを忘れていたのである（後の査問委員会で判明した）。

この間に岩佐艇は湾口を通過したのだ。計画通りフォード島の周囲を、敵航空母艦を探して反時計回りにまわっているとき、空からの日本軍の攻撃がはじまった。

岩佐艇が空母を探して潜望鏡を海面にだしたとき、駆逐艦モナハンがこれを見つけた、岩佐艇が魚雷一発を発射した。パールシティのドックに当たった。

モナハンの艦長は鼻っ柱が強く、短気だった。エンジンフル回転を命じると、甲標的に向かって突進した。そこへ岩佐艇から二本目の魚雷が発射された。これもはずれ、フォード島の海岸で爆発した。

水上機母艦カーチスが、魚雷発射の反動で海面に飛び跳ね出た岩佐艇の司令塔に射撃を浴びせかけた。

司令塔のふたりは即死した。

岩佐・佐々木艇は、その年（昭和二十年）の十二月下旬、フォード島とパールシティの間の海底から引きあげられた。その損傷は眼を覆うほどのものだった。

米海軍はこの勇敢に闘った岩佐直治、佐々木直吉の二名を海軍葬として埋葬した。遺体の損傷もひどく、氏名の特定ができなかったため、袖の階級章（大尉）を切り取って墓碑に供えた。

大尉は十人のうちで岩佐ひとりであり、この艇が岩佐直治・佐々木直吉の艇であることが特定された。甚大な損傷のため米軍にはなんの情報ももたらさないと判断され、真珠湾の米潜水艦基地の建設の際、その基礎として、遺体をのせたまま埋められた。

岩佐艇は湾内に潜入した唯一の艇であるが、一隻の敵艦船にも打撃を与えていない。

8

〈横山・上田艇（推定）〉

岩佐艇の惨劇よりもずっとはやく（七日三時四十二分）、真珠湾の湾口ブイより外洋およそ三キロの海面に、小型潜航艇の潜水鏡がでているのを、掃海艇コンドルが発見し、駆逐艦ウオードに発見の信号を出した。

ウオードは三十分のあいだ捜索したが、なにも発見できなかった。この小型潜航艇は、横山・上田艇と推察される。五艇のなかでは一番はやく母艦をはなれており、湾口までの距離も十三キロ弱ということでこの可能性は大である。

この艇はその後どうなったのか、まったくつかめていない。ただ、日本側の戦闘報告によると、七日二十二時四十一分に「トラトラトラ」を打電している。無線は封印されていたのになお通信をしたのは、これが「ワレ奇襲ニ成功セリ」の意味であり、この快報を母艦に知せたかったのだろう、と日本側は解釈した、そして横山・上田艇が戦艦ウエストバージニアを撃沈させたものと考えた。

しかしこれは、日米数々の考察から、横山艇によるものではないと確定している。

横山・上田艇の母艦である伊十六号潜水艦に通信員としてのっていた石川幸太郎は、十二月八日（日本時間）の日記に、

『〇二〇〇頃浮上したけれども、まだ付近に敵小艦艇が哨戒しているので再び潜航。』

と書いている。そして出撃した横山・上田艇が帰還したときにそなえて一度浮上してみたことをかいている。

『戦艦を撃沈せる勇士横山中尉、上田兵曹の筒、未だ帰り来らず。艦内一同心配になってくる。無事に脱出して、帰って来てくれればよいが。連絡電波にかじりついて徹宵《てっしょう》待受するも応答なし。』

そのあと艦内で二人の遺書がみつかった。

横山・上田艇は帰還しなかった。甲標的自体も発見されていない。

〈広尾・片山艇（推定）〉

広尾・片山艇は六時三十分、補給船アンターレスに発見された。補給船は湾口にいて、はしけを曳いていた。補給船のグラニス船長は駆逐艦ウオードに通報した。ウオードは急速接近し、アウターブリッジ艦長が発砲を命じた、砲弾は甲標的の四十五メートルの至近から司令塔を貫いた。甲標的は右に傾き、沈没した。六時四十七分。発見されてから十七分後のあっけない最後であった。

2002年八月、ハワイ大学の海洋調査艇ピーセス四号と五号は、海底四百メートルのところで広尾彰・片山義雄の艇（と思われる艇）を発見した。湾口から南東へおよそ十五キロのところである。

海中写真でみると、右舷にくっきりとひとつ、砲弾による穴がみえる。左舷の写真にも二個の穴が見える。船体はさびついており、海中生物がぜんたいを覆っているが、艇そのものには砲弾によるもの以外に損傷はないようである。魚雷も二本、そのまま装填されている。沈没があまりにも急だったせいであろう。

艇内には広尾彰、片山義雄両氏の遺骨・遺歯が残されている可能性が高い。しかし、この艇を引き揚げるかどうか、2005年の時点で日米の間ではきまっていない。技術的には、北極圏におけるロシア艦クルスクや、ハワイ沖での愛媛丸の引き揚げよりもはるかに簡単だという。

しかし、日米間の政治的思惑がからみ、日本側の対遺族、国民への配慮がからむ。いまさら過去をほじくりだすな、ここをサンクチュアリのままにしておけ、というような。

9

〈古野・横山（薫）艇〉

古野繁実・横山薫範の艇は七時三分、駆逐艦ウオードのソナーにひっかかった。湾口の防潜ネット手前である。この艇は七日二時十五分に母艦を離れているが、湾口まで二十三キロと、他の艇よりもはるかに遠くからの発進で、彼らが湾口に近づいた時には米軍の警戒は厳重になっていた。ネットを越えることができないうちに駆逐艦ウオードに探知された。ウオードは爆雷を投下、油の泡が海面に浮かび上がった。ウオードは潜水艇一隻を撃沈したと報告した。

しかし、甲標的に重油は積まれていない。爆雷が珊瑚の浅瀬で爆発し、泥をまきあげたのを誤認したものと思われる。


古野艇は、1960年（昭和三十五年）七月十五日に真珠湾口から外洋へおよそ三キロのところで発見され、四十メートルの海底から引き揚げられた。

艇内に搭乗員はいなかった。艇内はきちんと整頓され、残っていたものは、作業衣一着、靴一足、一升瓶一本だけ、魚雷は二本とも残っていた。艇内を点検した米軍は、「搭乗員は沈没と同時に艇外に脱出したものと思われる」と発表した。その理由として、司令塔ハッチの掛け金が内側からはずされていること、遺骨も遺歯もないこと、自爆装置に点火した様子がないこと、の三つをあげている。

船体は軽度の傷があるのみで無傷にちかかった。が、貝がらが艇の艇体番号を消してしまい、誰が搭乗していたかの特定はできなかった。

1961年（昭和三十六年）、海上自衛隊の揚陸艇「しれとこ」に積んで日本に返還された。前部、魚雷室部分が切り取ってあった。二本の魚雷が「生きて」いたためである。横須賀をへて七月二十八日江田島に到着した。切り取られた魚雷室が呉造船所で復元され、翌1962年（昭和三十七年）二月に江田島の海上自衛隊教育参考館よこに展示された。

以上の四隻は、いずれも敵の軍艦になんの損害をもあたえていない。

10

ジャイロコンパスという、艇の命を左右する機器が故障したことで、酒巻和男・稲垣清の甲標的は発進がひどく遅れた。五艇の最後、七日三時三十三分である。四時三十分までには防潜ネットを潜り抜けて米軍艦隊に接近していなければ、攻撃には参加できない。湾口までの距離、約二十キロ。

酒巻艇のジャイロは発進の三日まえから故障していた。整備員は、回線のショートらしいが部品がないので……と言葉を濁し、青ざめた切なそうな顔で「でも発進まで一生懸命やってみます」と言った。

重々しい胸苦しさに包まれた。ジャイロなしの出撃はすなわち死をいみしていた。発進時間になっても、修理しようと艇内でもがく吉本整備員に、

「もう潜入だ、諦めて早く出てこい」

と、酒巻は呼びかけた。出てきた吉本は涙を眼に溜めて、

「艇長、すみません」

と言った。

「なあにどうにかなるさ、心配ない」

まるで逆さの言葉が酒巻の口をついた。


酒巻・稲垣の艇は発進と同時にもんどり打った。艇が海中から空中に跳び出た。ツリム（TRIM・釣合い）が悪いのだ。はってでなければ通れないほどの狭い通路を前部へ後部へと移動し、酒巻和男は鉛錘バラストを動かした、タンクの空気を抜いて艇内に注水した。これで艇は落ち着いたが、このため二時間から三時間を空《から》に費した。ツリムはおさまってもジャイロは直らない、予備の磁気羅針儀《らしんぎ》も時間の空費で使用不能となった。

盲目の潜航で、なんとか夜のあけるころ真珠湾に近づいていた。潜望鏡に二隻の哨戒艇が映し出された。近景にいきなり敵の駆逐艦がレンズに入った。甲板に白い米海軍の水兵

服がはっきりと見える。

ドドンと爆発音が艇を震えさせた。続いてもう一回。酒巻の体は宙に浮き、艇座に打ちつけられた。頭を打ち、しばらくぼんやりとしていた。

目覚めて、敵愾心《てきがいしん》がるると湧いた。

「なんなりとやってこい、俺はやれるだけやる」

潜望鏡をだすと、狭い視野に遠くの真珠湾で大きな黒煙の柱が現れた。稲垣清に潜望鏡を見せた。

「見える、見える」

稲垣は興奮して鏡の取っ手を握りしめ、離そうとしない。

「また爆雷をうけることがあっても、そのまま突入する。覚悟しろ」

と、酒巻。

そのときまた駆逐艦が現れた。かまわず湾口へ突入する。いいぞ、と心につぶやいた瞬間、ずしん、と衝激音がしてリーフ（珊瑚礁）に乗り上げた。艇はからだを海上に晒《さら》した。全速後進でやっとリーフをはなれた、魚雷口のガードがひん曲がり、これで魚雷が一発つかえなくなった。

三度目の強行突破を図った。またもや珊瑚礁に追突した。動けない艇に敵の駆逐艦は砲撃してくる。その音が全く耳にはいらないほど懸命に後進作業を行い、離礁には成功したが、魚雷発射装置が壊れてしまい、魚雷が二発とも使えなくなってしまった。

艇内には蓄電池の発する硫化ガスがどんどん溜まって、意識がかすんでくる。

「艇長、シンガポールへ行きましょう、今度こそジャイロをしっかりと整備しておきます」

ふと、稲垣がそう言った。

うわごとを言っているかと思った。

が、酒巻はすぐにその言葉の意味に気がついた。真珠湾の攻撃に成功すればそのつぎはシンガポールへ出撃する、といわれていたのだ。酒巻や岩佐など士官は真珠湾で死ぬ、と決めていた。生きて帰れるとは思っていなかった。この開発途上の甲標的で、自分たちは実験台になるのだ、佐久間艇長のように。そう思っていた。

11

稲垣は生きて帰るつもりでいる。これに気づいて酒巻は驚いた。逡巡《しゅんじゅん》した。

家が現れる。半分しらがの父が、涙して「家のことは心配ない、しっかりやってくれ」という。母が現れる。八人の男の子を育てた母である。「お前の立派な手柄をまってるよ」

どちらも生きて帰れ、とはいわない。

稲垣は再起を考えている。

ふいにそのとき、米軍の監視艇が赤と緑の両舷燈を見せて大きく潜望鏡にあらわれた。いかんやられる。とっさに酒巻は深く潜った。またリーフにぶち当たった。それが酒巻を決断させた。

「シンガポール」

酒巻は叫んだ、

「今度こそへまはやらんぞ」

ハワイ群島のひとつ、ラナイ島は真珠湾のあるオワフ島から南東に百キロほどのところである。その沖合が生還したときの母艦との集合地点であった。

月の光をあびて薄暗くそそりたつダイヤモンドヘッドは不気味であった。それが左手に見えていた。ラナイ島への方向は正しい。南東を目指しながら、疲労とガスとで酒巻はねむりこんでしまった。そのあいだも稲垣は舵を握っていたらしい。酒巻が目覚めたとき、稲垣清は舵にもたれて眠り込んでいた。

酒巻は艇を浮上させ、ハッチをあけた。十八夜の月明かりに島影が見えた。しめた、ラナイ島だ、酒巻に「生きる」という希望が生まれた。

稲垣を起こす。集合地点までの段取りを打ち合わせる。全速にいれる。そのとき、酷使された甲標的は電池を使い切って白煙をあげはじめた。そうなると電池は爆発のおそれがあった。いったんモーターを止め、しばらく時間をおいて全速にいれる。艇が急発進した。激震が来た。ガガガと音をたてまたまた甲標的はリーフに乗り上げた。

モーターはもう動かない。艇を脱出する、甲標的は自爆させる、そう決めた。導火線に火をつけた。ふたり同時に艇から跳んだ。酒巻は手と足を珊瑚礁で切った。稲垣もケガをしているかも知れない。その海にはフカがいる。

「艇付、艇付」

酒巻は呼んだ。

「艇長、ここですよ」

稲垣はすこし離れたところから答えた。

ふと、酒巻は気づき、蒼白になった。もう甲標的は爆発していなければならない時間だ。なのに。

気力がいっきに萎えてしまった。稲垣の声がもう今は聞こえない。流血がひどい。意識を失った。

気がついたとき、酒巻の、ふんどしと腹巻きだけの裸体が、その腕が、二人の米兵士のがっしりとした指に握られていた。オアフ島の東側、ベロウズビーチとよばれる陸軍航空隊の軍事用海岸であった。真珠湾からほんの四十五キロほどのところ、ラナイ島を目指していながら幾ばくも走っていなかったのである。

アメリカ兵の強い指の力が、「捕虜となった」という、軍人としての自覚を呼び覚ました。大きな恥辱感と苦悶がわいた。米兵を振りはなし、殴り殺そうとする。米兵の腕にさらに強い力が加わった。刃向かうことができなかった。

『私の力より米国兵の力が強い。此處《ここ》で戰ったり死んだりすることは出来ない、と思った。そこで私は、日本軍人の恥辱たる捕虜の自己を、後刻死によって精算しようと考えた。』

（「捕虜第一号」酒巻和男）

トラックに乗せられ、ダイヤモンドヘッドのそばの道を通って、酒巻和男はホノルル市内の移民局へ護送された。ＦＢＩによって逮捕された日系人たちの姿もあった。

そのとき酒巻和男、二十三歳。

12

酒巻は、米軍の将校のまえに連行された。米将校は童顔で、ほんとうは四十歳くらいなのであろうが、軍人というよりも紳士といった感じの人だった。

「コンニチーハ、ドゾ、ユックリ、オカケ、クダサイ」

日系二世の通訳がいるのに、かれはたどたどしくも正確な日本語で酒巻に話しかけた。

酒巻は腰掛けたがただ黙ってその士官をみつめていた。

「君たちの手柄は立派です。昨日、アリゾナをはじめアメリカの戦艦が三隻も沈みましたよ」

英語に切り替えた童顔の将校は、自分の国の艦艇が沈められているのに、恬淡《てんたん》としてそう言った。このあたりから酒巻は頭が混乱しはじめる。ひやかされている気もした。

「寒くないかね、腹は空かないかね」

あくまでも紳士的であたたかい。

そのとき金髪のアメリカ娘がコーヒーをもって入ってきた。

「さあ、ゆっくり飲みましょう」

そういってスプーンでコーヒーをかき混ぜる。焦げ茶色のコーヒーはいやに魅惑的で、乾いた酒巻ののどをひきつける。

「サンキュー」

酒巻はそれまでの長い沈黙を破る第一声を発し、コーヒーを飲んでしまった。甘い夢、喜悦、仙境にはいったような心持ちだった。同時に罪の意識が脳裏をつらぬいた。自分は大日本帝国海軍の軍人である。捕虜となれば栄誉ある死をもって天皇に報いるべき日本の海軍士官が、いったいなんということだ。

自分にひどい嫌悪を覚えるとともに、威嚇《いかく》も強制もせず、ゆったりと対峙《たいじ》する眼前の米将校に、なぜときかれても答えることのできない激しい怒りを感じた。

「私の名は海軍少尉、カズオ・サカマキだ」

かれは慌ててそれを記録する。

「酒巻は捕虜となったが、立派に死んだ。これだけ日本へ通知してくれればそれで結構だ」

無念の捨てぜりふである。

「私の墓地は真珠湾のあの砂浜としたい。燃えるアリゾナのまえで、アリゾナの将兵達によって射殺してもらいたい」

一気に言った。酒巻はしゃべるにつれて声が大きくなる。

「そんなことはできない」

米将校はいう。

「殺してくれ」

「できない」

その押し問答はしばらく続き、結局酒巻は毛布を巻かれた裸のままで力の強いガードによって独房へ連れていかれた。


酒巻和男が連行された移民局の建物には、七日の夕刻から日系人たちが陸続と連行されていた。言論界、マスコミの関係者、宗教人（とくに神道）、日本語学校の教師、そういったハワイの日系人社会で指導的役割を果たしていた人々が、開戦まえからＦＢＩによってリストアップされており、その逮捕がはじまっていたのである。

廊下を通るときかれらは、偶然に酒巻の怒声を聞いた。名前は知らなかったが、日本人将校が一名、捕虜になったということを日系人たちはすでに知っており、その日本人将校が米軍の拷問をうけた、という噂となってひろまっていった。

移民局で一週間過ごした後、酒巻はホノルルの対岸にあるサンドアイランドの収容施設へ送られ、日系民間人とは分離して、有刺鉄線でへだてた小さなコッテイジにいれられた。逮捕された日系人百五十人ほどがすでにはいっていた。多くはなぜ自分が逮捕されたのであるかわけのわからないまま、不安な日を過ごしていた。思い当たるふしはあるにしても、ではなぜあの人は、というような疑心もただよった。また、完全に誤認逮捕であることがはっきりした人もいたが、釈放されなかった。

気の毒だったのは宮王重丸という ハワイ出雲大社神官の妻・ユキ夫人であった。

宮王重丸は広島県比婆郡の出身で、彼の父母がハワイに出雲大社をおこし、ハワイ諸島での布教を目的に渡航し、重丸がそのあとを継いだ。重丸の妻のユキは布教活動はまったくせず、純粋の家庭主婦であったにもかかわらず、布教にはげんだ義理の母芳枝《よしえ》とイニシアルが、おなじ「Y」であることから誤認逮捕されたのである。FBIは誤認であることを認めたが釈放をせず、四年間を三人の子供と離ればなれに暮すことを余儀なくさせた。

また、出目常宣《でめじょうせん》という開教師の場合、比較的早く尋問によびだされ、そのまま返ってこなかったので釈放されたものと考え、収容所内は動揺した。というのも、出目師は口のうまい人でそれほど尊敬されていたひとではなかったため、FBIにゴマをすって仲間を売るのではないかと勘ぐられたのだ。しかし、後にわかったことは、FBIが「ジョウセン・デメ」を「ジョゼフ・デメ」と読み違えて彼をドイツ人の収容棟にいれていたことが判明したのであった。

13

こうした悲喜こもごもも、ひと月ほどもしておさまってくると、酒巻少尉のことが話題の中心となった。酒巻は食事もひとりコッテイジでとるため、彼らとは完全に隔離されていた。酒巻自身そのころはだれとも話したくない心境であった。めったにコッテイジの外にでなかった。米軍の警備もひときわ厳しかった。

ホノルルから隔てられた収容所にも、真珠湾の大戦果は伝わってきており、酒巻少尉は豆潜水艦で真珠湾に突入した将校だというので日系人たちは酒巻を一階級特進させて、中尉にした。酒巻和男を捕虜としてではなく、英雄としてみる気持ちがそうさせたのである。

そして、後から逮捕抑留された人からもたらされる日本軍の戦勝のニュースを聞いて、なんとかしてそれを酒巻中尉に知らせ、激励したいと考え、策をめぐらせた。散歩のときとてつもなく大きな声でそのニュースを語り合う、あるいは歌をうたい、その歌詞をかってに戦勝ニュースにすりかえたのだった。

酒巻和男はその歌を聞いていた。日系人の暖かい気持ちだけはそよそよと感じる。だが、頭の中はまだ大日本帝国の軍人であった。

酒巻和男はコッテイジで独り考える。

はじめ高等師範学校への入学を考えていた。だが試験がむつかしく、だめだろうと思った。大学へいくには家計が許さない。普通の仕事についていれば、結局兵隊にとられる。徳島県の吉野川ぞい、ひっそりとした農村の子弟には学費不要の兵学校への入学は、ごく自然な発想であった。広島県・江田島の海軍兵学校で、彼の頭脳は天皇のために死ぬ、軍人の頭脳に変質した。そしていま、変質した彼の頭脳がすこしづつ溶解しかかっている。なんの疑念もなく天皇のために死ぬつもりでいた、「殺せ」とわめいた、その自分が生きている。

酒巻和男は不条理のなかにいた。

サンドアイランドでのほぼ三月にわたる収容ののち、酒巻は日系人たちと同じ列車でサンフランシスコから、すこしづつ寒くなっていく方向へ走っていた。日系人はドイツ人たちと列車の後部におり、酒巻は米兵とともに前部の座席にすわっている。だが、酒巻にたいする待遇は日系人たちはもちろん、米兵よりも格段によいのである。食事はボーイが運んでくる、食べた後の片づけもちゃんとやってくれる、コーヒーとミルクがおかれ、そのあとのベッドメイクもボーイの仕事である。酒巻は物思いに耽っていればよかった。

三月七日、雪におおわれたウイスコンシン州のマッコイキャンプに到着した。到着初日はハワイの日系人や酒巻も、カリフォルニア、オレゴン、ワシントン、ネブラスカの各州から抑留された日系人も、みんな一緒に食事をした。

日系人はなによりも情報を得たいと思い、それぞれに知っていることを話し合っていたが、情報は限られている。

そのうちに聞きたそうな眼が酒巻に寄せられる。日本の、それも一番知りたい戦争の、一番身近にいたのが酒巻和男である。近づいてきて「ご苦労さまでしたね」と声をかける。しかし酒巻は「ありがとう」と答える以外、黙していた。彼らが自分を励ますつもりで話しかけようとしていることはよくわかった。酒巻も静かな返礼をかえした、しかし一言もしゃべらなかった。

酒巻の頭にあるのは、「死」のみであり、なぜなれば、真珠湾につっこんだであろう九人の戦友はおそらくみんな縦と運命を共にしたであろうし、なかでも自分の失敗で死なせた稲垣兵曹のこと、いまも戦場でたたかっている戦友のこと、故国の人々の汗まみれでがんばっているであろう姿、それらが酒巻を恥辱感でしめつけていたからだった。

14

酒巻和男が屈辱感で煩悶しているその頃（昭和十七年三月八日）、日本では新聞の朝刊が、真珠湾で無意味に死んでいった甲標的の九人を軍神としてまつりあげ、大きく報じた。国民は大奇襲作戦の成功に狂喜乱舞し、九軍神の偉業に感動した。

しかし作戦目的から言えばこの奇襲は成功とはいえない。

もっとも重要なターゲットである航空母艦を一隻も破壊していない。米空母レキシントンとエンタープライズ、サラトガはミッドウエイとウエーキ島付近におり、真珠湾の基地には停泊していなかったのである。つまり無傷であった。

撃破した戦艦も、完全損失をして廃艦となったのは、アリゾナとオクラホマの二隻のみであり、ネバダ、ウエストバージニア、テネシー、メリーランド、カリフォルニア、ペンシルバニアは大破、中破の損害をうけたが、のちに完全修復されて艦隊に復帰した（米軍の資料による）。

戦艦ユタは、図体がおおきかったのと艦上に艤装がすくないため航空母艦と誤認され、日本海軍機の魚雷攻撃はこの艦に集中した。じつは、元戦艦ユタは雑用船として登録された演習用の標的艦であり、戦闘にはなんの価値もない船だったのである。

ところで、開戦時の日本の戦略の最重要目的は、アジアの石油と鉱物資源の確保であった。そのための拠点となるシンガポールへの侵攻が作戦の基本的な柱であり、アジアに一番近い真珠湾基地の米太平洋艦隊をたたくことは、米軍の反攻を遅らせるためという、いわば副次的な作戦なのであった。航空母艦を全滅させてこそ作戦は成功、といいえたのである。わずかに、オアフ島の地上基地にいた航空機およそ二百四十機を破壊したことだけがちいさな意味では成功といえた。

一方でこの奇襲が米軍と米国民に与えた精神的ショックは巨大であった。中破、大破した戦艦を莫大な費用と人員で修復し、現役復帰させたことはショック療法のひとつだった。また、酒巻和男、稲垣清の乗った甲標的を、米軍は分解し徹底的に調査研究した。そのあと再度組み立て、「真珠湾を思い起こせ」の合い言葉と共にアメリカの主要都市を巡回させた。これは米国民の戦意をかきたてるのに非常に役にたったのである。巨額の戦時国債が集まった。若者はぞくぞくと戦争へ志願した。

(戦いが終結し、ご用ずみとなった甲標的は長い間キーウエストの小さな公園に放置されていたが、1

991年よりニミッツ記念館の一室に展示されている。〈ハ－19〉の艇体番号が酒巻・稲垣艇であることを教えている。）

さて、日本側からこの奇襲作戦をみると、期待した甲標的が一艇も帰還できなかったことは、海軍中枢におおきな失望をもたらせた。

国力のない日本は正面からアメリカとぶっつかりあえば当然負ける。このことは海軍はもとより陸軍でもよく認識していた。そこで採用したのが、海軍のばあい巨艦主義はやめて、空と海からの攻撃、つまり飛行機と潜水艦の活用であった。飛行機は零戦など優秀な飛行機ができた。

潜水艦がどうしても実用にならない。潜水艦ではすぐれた技術をもつドイツの設計図をもらってまねようとしたが、開戦のときにも発展途上という状態だった。酒巻艇でみられたように、ジャイロコンパスが壊れ、ツムリが悪く、動力の電池から硫化ガスが発生する、というようにまだまだ未熟な甲標的だったのである。それでも海軍中枢はなにをかんちがいしたか、真珠湾後の昭和十七年五月、甲標的にオーストラリア・シドニー港とマダガスカル島のディエゴスアレス湾への攻撃命令を出した。七隻の甲標的が参加し、七隻とも未帰還となった。さすがの大本営も今度は軍神として喧伝する事は出来なかった。

ではなぜ、真珠湾の九人は軍神として大きく喧伝されたのだろうか。そのうらにはどういう意図があったのだろうか。

15

真珠湾攻撃の（表面上の）大成功は、おもに航空部隊によってもたらされたものである。その航空部隊からも五十五名の人的損失がでた。が、航空部隊からは軍神として賞賛された者はいない。

（皮肉なことに Lieutenant Fusata IIDA（イイダ・フサタ）はオアフ島南方のカネオヘ米軍基地で追撃され、戦死した。米軍はその勇敢な行動をたたえ、敵兵であるにもかかわらず墜落地点に墓碑をつくった）。

作戦全体からいえば、ハワイへの奇襲作戦よりも一時間はやく行動を開始したマレー方面軍は、連戦連勝であった。翌昭和十七年三月十七日、作戦の主目的であるシンガポールを陥落させている。

が、陸軍からはそのとき、軍神として賞賛された者はいない。

マレー方面軍の快進撃がつづいているさなかの昭和十七年三月七日、真珠湾の九人が軍神として突如おおきく報じられたのである。それまで秘匿されていた特殊潜行艇の存在がこの時はじめて公表された。

九人の軍神という、ある意味では縁起のいい数で、人の良い一般国民は簡単にだまされたであろうが、軍につうじたひとたちは艇が五隻で搭乗員が九人では数が合わない、と思っていた。昭和十七年二月ごろにはジュネーブに本部のある赤十字国際委員会をつうじて酒巻和男の名ののった捕虜名簿が日本に通達され、軍ではもちろん極秘にしていたが、海兵の仲間ではそれが秘密でもなんでもなくなり、酒巻の同期生（68期）の加藤という男は「酒巻の奴、自決してくれないかなあ、クラスの名誉にかかわるからなあ」とつぶやいたりもした。

こうしたこもごもを考えると、甲標的の九人だけが軍神として讃えられるのはいかにもおかしい。作為がある。

作為は、「悲哀」と「勇敢」という、混じり合わないにもかかわらず、日本人の感情を刺激するにはこれ以上ないキーワードを利用し、国民をあふりたてることであった。

悲哀の部分は、ちいさな船で巨大な戦艦にたちむかう姿である。それも死を賭して。

大本営海軍報道部の平出英夫大佐・課長は勇敢の部分を、みてきた講釈師のようにラジオで放送した。放送原稿からその一部を引用する（仮名遣いはかえてある）。五隻のすべてが防潜網をくぐり抜け、湾内に入ったとウソをつき、そのあとのことをこんなふうに描写した。

『湾内の複雑な水路もものかは、躍る心を静かに押え、われ遅れじと全艇奥へ奥へと突入します。

やがて潜望鏡に映るは、行儀よく二列に並んだ敵主力艦の集団ではありませんか、勇士達の満足が思いやられます。各艇攻撃を開始します。ある艇は艦列の中央にくらいする巨艦めがけて接近、猛然第一撃を加え、また或る艇はその隣の胴腹をえぐります。この時潜望鏡にチラッと見えるのは空からする友軍機の活躍です。友軍機今や果敢な爆撃の真最中らしい、勇士達の勇気はいよいよ百倍、一艦といえども撃ちもらしてはならじと歯を喰い縛って頑張ります。』

戦闘は敵味方入り乱れての乱戦となり、どの艇がどの敵艦を攻撃したかわからなくなる。その夜。

『我が一艇は昼間攻撃による損害の少ない敵主力艦はないかと探しもとめて肉薄接近してゆきます。見れば敵艦の巨体は月光を浴びて、くっきりと影絵となり、攻撃の好目標です。「発射始めー」司令官の号令に、最後の襲撃が決行されます。見敵必殺の精神をこめた襲撃に狂いはありません。傲然たる爆音が湾内をふるわせ、数百米の火の柱が一時天を焦します。と見るや、白波を蹴って悠然、司令塔が水上に浮び出ました。沈着大胆な司令官は今し巨体真二つに裂けて崩れ沈まんとする断末魔を、確認したのであります。』

その時の小学生にこれを聞かせれば、「ぼくも特殊潜行艇にのるんだ」と、幼い血を沸かせたにちがいない。幼い血だけではなく、国民を熱狂のなかになげこんだのである、天皇もしごく御満足の御様子だった、とのお付きの者の記述もある。

九軍神創作の隠された意図は、「母」である。母のちからを知らずのうちに国民に植え付けることであった。長い中国との戦いで父は戦線にしばりつけられ、母を中心とした家庭がふえつつあった。母を鼓舞し、子を奮い立たせる、この意図があった。

たとえば詩人の江間章子は九軍神正傳でこんなふうに表現した。「わが子に」と題する詩全文である。

『坊やよ
お聞き　真珠灣深くもぐっていった特別攻撃隊の話を
はじめて世に發表されたときだれでも泣きました

坊やよ
お前の母も襟をただして泣きました
サイダーとお辨當とチョコレエトを持たされて遠足へ
出掛けるやうに勇んで行った特別攻撃隊の話を聞いて

坊やよ
美しい月がのぼる風景を見たら世の母たちは真珠灣の
月を偲んで泣くでせう　月を待つあひだ積木をして遊んでゐたといふ
その人たちを想って涙するでせう

坊やよ
この涙のあとでお前の若き母はたちあがる
たれかこれを世界にほこらずにゐられませう
御稜威《みいつ》万歳を唱へずにゐられませう

坊やよ
お前もその道を慕っておいで
お前にも尊いその血は流れてゐるでせう
その人たちの母さんの尊い血がお前の母にも流れてゐるでせう

それゆゑ大きくおなり　この榮光ある御代に　』

16

マッコイキャンプの収容所長ロジャース中佐は、軍医の報告で、酒巻が頭を打って精神に異常をきたしているのではないかと思ったらしい。ある日酒巻のコテージにやってきた。

「煙草でもキャンディーでも欲しいものを言いたまえ。出来る限り自由に支給するから」

と言った。酒巻は、

「好意はありがたい。が、戦争中である、私の心はそんな贅沢をゆるさない」

と答えた。

所長は寂しそうにかえっていった。自分のことを考えて来てくれたのに、なにか済まない気がした。ロジャース所長は日系人の通訳をつれてもういちどやってきた。

こんどは、英字の新聞と鉛筆やノート、それに本を数冊もってきてくれたのだ。親切なガードが英英辞典をくれた。その日から酒巻は夢中で辞典をひき、英語の新聞を読んでみた。日本で蓄積した知識とはおおよそかけ離れた世界があった。

戸外へ出るようになった。季節は、寒いウイスコンシンにも春をもたらしていた。離れたところの酒保（集会所）から日系人のうたう日本語の歌が聞こえる。死んではいけない、生きなくてはいけない。彼らは酒巻にそう諭した。囚われの身となっても彼らは常に生きることを怠らない。それは米人の生き方とまったく同じだ。

夕陽がウイスコンシンの山に映える。四国山脈にたなびく夕もやを思わせる。吉野川の土手を散歩したことを思いだす。

「そうだ、私はアメリカ人に劣らない、思慮のある日本人となろう」

酒巻和男は決意する。

冷たく凝固した酒巻和男の生活態度がほぐれる瞬間だった。

キャンプでは生活のための自治的な組織がインタニー（日系の非戦闘員）たちによってすぐさま編成されていた。米軍との折衝をおこなう大事な役には木村医師が選ばれた。書記長を選び、郵便局長を選んだ。郵便局は外界とつながる唯一の糸である、それにわずかなお金を受け取るまどぐちでもあり、大事な組織だった。

石炭の運搬を主とする勤労部隊ができた。放送部に野球部、風呂を沸かし、便所をそうじする係、ある人は施設内に敷いてある砂利石から黒っぽい石と白っぽいのとを集めて碁石にした。厚紙で碁盤をつくって囲碁教室をひらいた。柔道の先生は按摩《あんま》で風邪ひきの人をなおしてやった。

そして「インタニー大学」も設置された。講師はすべて収容された人たちである。英語のクラス、彫刻のクラス、尺八、スペイン語など、さまざまあった。酒巻和男は英語と仏教のクラスをとり、七十歳のインタニーと共に学んだ。

収容されたインタニーは、その地に慣れたころには別の収容所に移される。脱走を防ぐためである。キャンプマッコイからキャンプフォレストに移り、キャンプリビングストンへと移りながら、インタニーたちは常に明るく、酒巻和男はすっかり溶け込んでいった。彼らの人間性が頭のなかで響き、新しい生活様式が体の中にしみこんでいった。

キャンプリビングストンにいたある日、布哇《ハワイ》タイムスを主宰する古屋翠渓にさそわれ、酒巻は松の木の根方に座って話し込んだ。そのとき酒巻は「ハワイ以来ずっと黙してはいたが、心では見守ってくれているあなたたちに感謝の気持ちでいた」と古屋に向かって心の内を話した。そしてこうも言った。

『インタニーのみなさんに親しく接して、日本独特のイデオロギーやミリタリズムに対し、再検討をせざるを得なくなりました。私は生の肯定を明確にするようになりました。』

（「配所転々」古屋翠渓）

太平洋戦争の勝敗が逆転したガダルカナル沖海戦から、日本兵捕虜の数がめっきり増え始めた。それまでインタニーとおなじキャンプに収容されていた酒巻和男は、ただ一人Ｐ・Ｗ（Prisoner of War）の文字を背にしていたが、キャンプケネディーにきてからは四百五十人ほどの士官、下士官のＰ・Ｗとともに収容された。陸軍海軍の混合で陸軍が大部分であった。サイパンやティニアンなどマリアナ群島での捕虜が多かった。

はじめて酒巻の顔をみた一人は「これが真珠湾で捕虜になった男か」とつぶやいた。捕虜の屈辱と、すこし遅く捕虜になった優越感との、悲しい裏返しのようであった。

酒巻のみる日本人捕虜（士官と下士官）の心情は三通りあった。

第一類。捕虜の恥辱から逃避しようとする者で、おもに士官であった。米軍のガードに突撃し自爆しようとしたりするなど不服従の気持ちが強かった。

第二類。できるだけ死から遠ざかり、生きて日本へ帰ろうとする者で、おもに妻子のいる下士官であった。まじめなひとが多く、米軍のガードに従順であった。

第三類。死ななくてはいけないと思いつつ生きている、その矛盾からニヒリズムに陥り、理由なくキャンプ内を混乱させて喜ぶ者。腕力のある下士官に多かった。

酒巻和男はすでに「生きる」と決めており、戦争も日本が負けると判じていた。その後の日本の復興に眼を転じていたのであるが、実際の捕虜生活のなかでは彼の位置は微妙であった。捕虜第一号として後続の世話役となり米軍との折衝にあたらなければならなかった。しかし彼は少尉である。中尉や大佐が捕虜として入所してくると、号令は上位者が発した。

ある日、炊事と清掃の新しい作業命令が米軍ガードから通達された。士官、下士官にはいささかプライドにかかわる命令であった。総員討論のすえ拒否ときまった。酒巻自身は捕虜の国際条約からして当然の命令と思っていたが、交渉の責任は自分にあり、私情をころして拒否を通告した。独房にいれられた。下士官の責任者である太田曹長も独房入りとなった。

17

独房は鉄製で、テキサスの暑気は倍増する。夜はベッドともなる鉄板の上で瞑想をしていると、隣の太田が小声で「元気ですか」と話しかけてきた。酒巻は自分のことを心配してくれる太田を嬉しく思った。太田は候補生で、優秀な、そしてやさしい心根の下士官であった。

「ああ、生きているよ」

と、何でもないことのように酒巻は答えた。「どうかね、初めての独房で参ったろう」

酒巻は太田を気遣って言った。

「いえ、体の方は大丈夫です。それよりも戦争がどんなふうに終るのか分らないんで困ってます」

と、太田は言った。酒巻は、

「僕はいま、戦争が終った後のことを考えてるんだ。日本がどうなっていくかについてずっと先のことまで考えてる。それがわからなくてね、困ってる」

太田は興味を示していろいろ聞いてくる。

「戦争はね、案外はやく終ると思うよ」

そう酒巻がいうと、太田候補生は思いを日本にはせているように黙り込んで考えているようであった。

八月十五日、米軍から終戦の通告があった。

収容所内はまず沈黙が支配した。沈黙の中身は二通りあったろう、日本に帰れる喜び、日本でどんなふうに迎えられるかという不安、そのぶっつかりあい。

ある者は歩き回り、ある者は戦友の位牌に手を合わせる。喜びの声は収容所の外側から響いてきた。交代の米兵がフェンスのそばを散歩する酒巻に向かってこう声をかけた。

「おい、今日からはお友達だなあ」

昭和二十年十二月十三日、八百八十人の日本兵捕虜を乗せた米国船モーマックレン号はシアトルの港を出、一月四日十一時三十分浦賀沖に投錨した。酒巻和男たちは団平船で日本の地を踏んだ。

港はごったがえし、その中で酒巻は太田候補生を探している太田の母親とその弟に出会った。探してきてあげましょう、と酒巻は引き返した。太田はぽつんと海を見ていた。肩をたたき、おかあさんが来ていると言うと、太田は「そうですか」と苦痛であるかのように答えた。

そして笑顔もみせず太田は母親の前にたった。母が言った。

「あなたもお父さんのように立派に戦死したと思っていましたのに、こうして帰ってくるとは、夢にも思っていませんでした」

太田は直立したまま涙をためていた。母は言葉を継ぐ。

「私はあなたに、お帰りなさいとも帰ってくるな、ともいえません」

そういって、長く太田を待ち続けたはずの母はハンカチを取り出した。口惜しさゆえの涙か喜びのそれか、太田にはわからない。

酒巻和男が徳島、吉野川ぞいの自宅についたのは夜もふけた静寂の時間であった。帰宅を知らせるためにわざと大きな靴音を立ててみたが家の人たちは寝静まっていた。

勢いよく戸を引きあけると、しばらくして義姉が出てきた。

「あら、和男さんが帰ってきたわ」

何でもないことのように、義姉は言った。その後みんなに告げるため、はしゃいだ声とともに奥へすっとんで行った。

3　東條英機の戦陣訓

18

酒巻和男の三年にわたる捕虜収容所での生活を苦悩の色で染めさせたもの。帰国した日本の埠頭で、母親をして「お帰りなさいとは言えません」とわが子にたいして吐きつけさせたもの。

それは、戦陣訓の思想が鉄壁に、兵隊の、一般国民のあたまに植えつけられていたことを示している。

戦陣訓は、東條英機が陸軍大臣の昭和十六年一月八日、全軍に示達させたものである。将兵のための「道徳書」と位置づけられているが、書いてあることは道徳書を超えている。

本文は、三つの「本訓」から成る。本訓がさらに幾つかの項に分かれていて、それぞれに見出しがついている。この見出しをみるだけでも、戦陣訓の神髄は垣間見える。わずらわしさを承知でタイトル全部を列挙してみる。

本訓　其の一

一、「皇国」

二、「皇軍」

三、「皇紀」

四、「団結」

五、「協同」

六、「攻撃精神」

七、「必勝の信念」

ここまでが本訓の其の一である。ついで本訓其の二。

本訓　其の二

一、「敬神」

二、「孝道」

三、「敬礼擧措」
四、「戦友道」
五、「率先躬行」
六、「責任」
七、「生死観」
八、「名を惜しむ」
九、「質実剛健」
十、「精錬潔白」

これが本訓の其の二。そして最後に本訓其の三が二項目ある。

本訓　其の三
一、「戦陣の戒《いましめ》」
二、「戦陣の嗜《たしなみ》」
この二項目はそれぞれが、さらに幾つかに細分されている。
ちなみに、「戦陣の戒《いましめ》」と「戦陣の嗜《たしなみ》」とから一節ずつ引用しておこう。

『本訓其の三
一、戦陣の戒
一、一瞬の油断、不測の大事を生ず。常に備へ厳に警めざるべからず。』
『本訓其の三
二、戦陣の嗜
一、尚武の伝統に培ひ、武徳の涵養、技能の錬磨に勉むべし。
「毎時退屈する勿れ」とは古き武の言葉にも見えたり。』

こういう具体的な訓示こそが戦陣訓といえるものではなかろうか。道徳書を超えていると書いたのは、このことである。

19

戦陣訓の本質は実は本訓其の一のはじめの三つの項にある。
「皇国」、「皇軍」「皇紀」の三つである。
「皇国」の冒頭でまず言う。

「大日本は皇国なり。万世一系の天皇、上に在《あら》しまし、肇国《ちゅうこく》の皇謨《こうば》を紹継して無窮《むきゅう》に君臨し給ふ。（以下略）」

日本は天皇の国である、と宣言している。だから国民は天皇の赤子なのであり、軍隊も天皇の軍隊、「皇軍」なのである、という。では皇軍はどうあらねばならないか。それを「皇紀」で示している。皇紀とは皇軍の軍紀のこと、これは全文を紹介する。

『皇軍軍紀の神髄《しんずい》は、畏《かしこ》くも大元帥陛下に對し奉る絶対随順《ずいじゅん》の崇高なる精神に存す。上下齋《ひと》しく統帥の尊厳なる所以《ゆえん》を感銘し、上は大権の承行を謹厳《きんげん》にし、下は謹《つつし》んで服従の至誠《しせい》を致すべし。盡忠《じんちゅう》の赤誠《せきせい》相結び、脈絡一貫、全軍一令の下に寸毫紊《すんごうみだ》るるなきは、是戦捷《これせんしょう》必須の要件にして、又実に治安確保の要道たり。

特に戦陣は、服従の精神、実践の極地を発揮すべき処とす。死生困苦の間に処し、命令一下欣然《きんぜん》として死地に投じ、黙々として献身服行の実を擧ぐるもの、実に我が軍人精神の精華《せいか》なり。』

煩わしさを承知で「皇紀」の全文を紹介したのは、戦陣訓というものの雰囲気を味わっていただきたいからである。序、本訓、結と一貫して格調高く、朗々としている。意味はわからずとも、なんとなく、命令とあらば死ななくてはいけないのだ、天皇陛下のために。そんな気にさせられるようになっている。

これこそ戦陣訓の狙いである。

当時（昭和十六年ごろ）の日本にはまだ文字になじまない人がおおくいた。読んで理解することよりも、耳に自然に入って、何となくからだが理解してしまうことを狙っている。東條自らレコードに吹き込んで全軍に示達したのはそれ故であり、発売もされたから、一般国民（将来の兵士）への宣伝も狙った。

東條英機本人がこんな名調子の文章を書けるわけがない。作家の島崎藤村が文章を練った。

振り仮名は筆者がつけた。一字一句を理解できなくとも、大意はつかんでいただけると思う。命令とあらば喜んで死地に身を投じなさい、というのが最も言いたいことである。天皇のために。

20

「皇紀」の項の主旨を曲げて援用し、さらに悪用したのが本訓其の二の第八「名を惜しむ」の項であろう。

まずその全文を読んでみよう。

『恥を知る者は強し。常に郷党家門の面目を思ひ、愈々《ますます》奮励して其の期待に答ふべし。生きて虜囚《りょしゅう》の辱《はずかしめ》を受けず、死して罪禍《ざいか》の汚名を残すこと勿《なか》れ。』

捕虜になるのは恥である、といっている。死んでもその汚名は消えないぞ、と脅迫している。

この部分はよく引用されるところであるが、「捕虜になるのは家族や親戚一族皆の不名誉になるのだぞ」と、家族や親族を質にとっての脅迫文が、その前段についているのはあまり触れられない。

むしろこの部分の方が注目に値すると思う。

外国の兵士は恬淡として捕虜になる。逆に、捕虜とした日本兵を丁寧に扱う。日本の兵士は捕虜になることにひどい屈辱感をもつ。

酒巻少尉がコッテイジで悩むのは、父母の顔を思い浮かべてのことであるし、太田軍曹にたいして投げつけられた母の言葉も、この「名を惜しむ」の項の心理的脅迫がそうさせている。こうした、日本兵の屈辱心理は非戦闘員にまで力をくわえ、サイパンのバンザイクリフのような悲劇を生み出す。

従軍記者のロバート・シャーウッドの見聞したことを聞いてみよう。彼はその日サイパン島の司令部にいた。仲間の記者や米海兵隊員が、島民の集団自殺を興奮してしゃべるのを聞き、翌日そのマルピ岬に行った。

島民たちの投身自殺はまだ続いていた。サトウキビの栽培のためにこの島に入植していた人たち、その家族である。

「ある射撃のうまい日本兵は、隠れた洞窟から、父母と四人の子どもをみつけた。その一家は岩の上で投身自殺をしようとしながらためらっていた。すると日本兵は狙いをつけ、はじめに父親を背後から撃って海中へ落とした。第二弾を母親に命中させた。母親は鮮血にまみれながら岩の上を九メートルもはいずりまわった。日本の狙撃兵が子どもを狙ったとき、母親はにわかに立ち上がって子どもたちを岩陰に連れ去った。憤然とした日本兵は自分が隠れていた洞窟から歩いてでたが、たちまち米海兵隊の数百発の弾丸にどっとたおれた。」

つぎに見たのは、島民の一団が集団自決をする光景である。

「岩の上にいた百人ほどの日本人の行動は儀式のようであった。

彼らは断崖の上から見つめている米海兵隊員におじぎをして、衣服を脱ぎ、海水に浸った。全身を清めたあと、新しい衣服を着、そして大きな日本の国旗を岩に拡げた。指揮役の男が手榴弾をひとつづつ配った。発火栓を抜き、日本人たちは内蔵を露出して爆死をとげた。」

（「サイパン日記」七月十一日の項）

戦闘のなかで捕らえられることは当然あり得ることであり、そのためジュネーブ国際条約で捕虜を虐待しないよう、決めている。日本も批准していた。

しかし、日本軍の場合、裏返しの屈辱感が捕虜の蔑視と虐待につながっていく。戦争初期の日本軍の進撃のなかで多くのオーストラリア兵が捕虜となった。彼等への虐待が、のちの東京裁判におけるオーストラリア政府の強硬な姿勢となって現れることになる。

戦陣訓を仔細に読むと、この本訓其の二の中の「名を惜しむ」の項は全体の中で違和感を感ずる項である。

本訓其の二の流れを追ってみると、神（天皇）を敬えと説く「敬神」の項、親、先祖への忠孝を説く「孝道」の項、敬礼は大事であるとする「敬礼挙措」、戦友への信頼を説く「戦友道」、幹部は部下の手本となれという「率先躬行」、責任を重んじる者は最大の勇者であると教える「責任」、そして生死を超えた悠久の大儀に生きるべしと説く「生死観」の項。

これに続いて突然、捕虜になるのは恥辱であるとする「名を惜しむ」の項がでてくる。このあとは「質実剛健」と「精錬潔白」で本訓其の二は終わる。

「名を惜しむ」の項だけがひとつ他とは違和感をおぼえる項である。

捕虜になった兵士は当然尋問を受ける。日本軍の機密を報せることにもなる。これへの極度の警戒感がこの項には含まれている。捕虜になるのは恥だ、とすることでこれを牽制した。その人質に家族と親戚をとっている。軍事機密の流出阻止、これがこの項の真の狙いである。だから皇国史観をベースとした戦陣訓の中にあって、この項には違和感がにじむのである。

21

昭和五十一年（1976年）に酒巻和男氏は作家・村松剛の司会で小野田寛郎氏との対談を行っている。ブラジルで行われ、それは二日間におよんだ。

その中で酒巻は、敗戦というのは日本国自身が捕虜になったようなものだ、という発言をした。正確なやりとりは次のようである。

（村松）　当時どういうことに、いちばん印象を強くお受けになりましたか。敗戦後の日本で。

（酒巻）　これがもう、逆にいえばわれわれは四年先行しておるわけです。日本は敗戦で戦争に敗けると同時に、極端なことをいえばマッカーサー司令部の指令によって事を処理していかなくちゃいけないということで、日本自身が捕虜になったような格好で……。

（村松）　巨大な捕虜収容所。（笑）

（「遙かに祖国を語る」時事通信社）

敗戦とは日本国全体がおおきな捕虜収容所になること。この指摘は見事である。戦陣訓を作成し、兵に、国民に、それを強要した張本人は、自分の主義に殉じたであろうか。

作家の山田風太郎著「戦中派不戦日記」に教えてもらおう。

「『東條大将はピストルを以て……』ここまできいたとき、全日本人は、『とうとうやったか！』と叫んだであろう。来るべきものが来た、という感動と悲哀とともに、安堵の吐息を吐いたであろう。しかし、そのあとがいけない。なぜ東條大将は、阿南陸相のごとくいさぎよくあの夜に死ななかったのか。なぜ東條大将は阿南陸相のごとく日本刀を用いなかったのか。逮捕状が出ることは明々白々なのに、今までみれんげに生きていて、外国人のようにピストルを使って、そして死に損っている。」

これは昭和二十年の九月十一日、昼過ぎの出来事である。東條英機は、逮捕に現れた米兵の姿をみて、あわててピストルを胸にあて、発射し、撃ちそこない、死に損なった。

東條英機に、自決の機会はいくつもあった。

八月十日のポツダム宣言受諾通告の日、

同十五日天皇による敗戦の詔勅放送の日、
九月二日ミズーリ艦上での降伏の署名の日。
これらの節目節目で死ぬべき時はあったのに死ななかった。
その理由をのちに東條は次のように言ったとか。

「死ぬのは易い。しかし敵に堂々と日本の所信を明らかにしなければならぬ」

そういう考えをもっていたのならば、戦陣訓「名を惜しむ」のところに「捕虜になったら敵に堂々と所信を明らかにせよ」と書いておけばよい。であれば、どれほどの兵士が島民が死なずに投降し、堂々と日本の所信を明らかにし、のちの日本国建設に寄与したことであろうか。

ちなみに、昭和十六年（1941年）十二月一日の、開戦を最終的に決定した御前会議（慣例によって東條英機首相が司会進行した）に出席した、十六人の閣僚のうち、昭和二十年八月十五日の「聖断」を聞いて以降自決した人は三名いる。

小泉親彦中将（厚生大臣）、

橋田邦彦（文部大臣）、
そして
杉山元《はじめ》（陸軍参謀長）。
杉山元は九月十二日の出頭指定日に自害した。参謀長の自室でソファーに座り、ピストル四発を自分に撃った。また、妻啓子も自宅の仏間に香を焚き、白装束に着替え、毒死した。

戦争に、中枢として最も深く係わった軍人で、敗戦後自決した将官は陸海合わせて三十六人、山田風太郎の日記にでてくる阿南陸相もこのうちのひとりである。（陸軍三十人、海軍六人）。

また、文民である近衛文麿元首相は、第二次の戦犯リストにのり、出頭指定日の十二月十六日午前六時頃、毒を飲んで死んだ。近衛の死を石渡宮内大臣から知らされた天皇裕仁は、

「そう、近衛は気が弱いからねえ」

と、言った。

第二部　天皇制

1　さつきの火星ちゃん

1

ハワイへ出稼ぎに行った人、移住した人の数は広島県が日本一である。地勢からくる、農業の生産性の低さがもたらした結果であろう。平野はほとんどなく、海からいきなり山間部にいたる。これが広島県の特徴である。

たとえば広島市からものの三十キロも北へ向かうと上根《かみね》峠があり、そこはもう分水嶺である。全長百九十四キロの江《ごう》の川《かわ》はここで生まれ、広島県内をおよそ百キロ流れて島根県にはいる。水源から河口の島根県江津《ごうつ》市まで、もし江の川が直線にながれるなら三十キロにすぎない。川は水源から北東に向かうが、三次《みよし》市にくると、ほとんど九十度に曲り、北西に進路をとって直線距離の六倍の百九十四キロを流れるのである。全流域面積の四分の三が広島県にある。しかしこの川は島根県の川である。これを流れる水は広島県のものではない。

広島市から呉市に向かう沿岸も、三原市までのおよそ九十キロは、山が海に直下するという地勢がずっと続く。とくに安芸郡の坂地区とその隣接地区では耕地はほとんどなく、あっても全て斜傾地にしがみついている。この一帯とその対岸の仁保島地域とが、広島県ではハワイやアメリカ西海岸への移民をもっともおおく出している。

坂町から道を山路にはいり三十分ほども車で走ると、熊野町に着く。筆の町である。坂地区の後背地でありながら、盆地のゆえに田畑も多少はあり、なによりも先見の先人が残してくれた筆産業のおかげで、潤ったまちといえる。

益井さつきは熊野町で重い瓦をのせた旧家に両親と住んでいた。ぼくが彼女を知ったのは、親のいない孤児たちに本の読み聞かせをする奉仕員としてであった。新聞でみて連絡した。本の読み聞かせであるからラジオ向きの素材であるし、感心な高校二年生ということで話題性も充分である。

土曜日の、学校が半日の日に彼女はテープ持参で局にやってきた。制服であるセーラー服をきつそうに着て、すこし上気しているような赤ら顔だった。受けた第一印象は、高校生というより、家の前に打ち水をする主婦の風情を漂わせていた。

一緒に聞いたテープの朗読も、感激をするといったほどものではなく、けれども彼女はちっとも悪びれた様子がなく、読み聞かせを聞く子どもたちの表情を、楽しそうに話してくれた。

日を決めて孤児たち（多くは原爆によって孤児となった子どもたち）のいる修道院にいき、朗読を録った。聞く子どもたちの感想、院の保母や職員やお世話をする人たちの話を録った。ごくありふれた取材に終始した。てがるにまとめて放送をした。どんな反応もなく、翌日にはぼくはもうそのことを忘れて公開番組の準備にはいっていた。

2

六つきほどもたったころだろうか、益井さつきが局にやってきた。話を聞いてください、という。局の前の喫茶店にいった。

てっきり友情の縺《もつ》れとかあるいは初恋のはなしとか、そんな類とふんでいたが、それはびっくりするようなものだった。

しばらく来ることができなかったんです。放送のお礼も言いたかったんですけど、とっても忙しくて。東京に行ってたんです。書類がこれくらい（と手で拡げてみせる）、積んであって、二千人分だそうで、宮内庁のひとがそれを見ながら面接するんです。

彼女は淡々としゃべるのだが、中身が飛躍しているのでまったく理解できない。もう一度初めから説明をしてもらう。

こういう事だった。

さつきの家は家柄がよい。鹿児島の島津家と血がつながっているのだそうだ。彼女たち高校生が火星ちゃんと呼ぶ皇室のひとりが婚期をむかえ、その選考が始まった。書類選考の二千人のなかに自分も入った。東京に呼び出され、宮内庁の面接を受けてきた。

「日本中の家柄のある人たちが全部ピックアップされたらしいんですよ」

これがさつきの報告であった。驚いたが特に感想などなかった。いや、出てこなかった。そうなの、というような相づちを打っただけだったように記憶している。さつきもそれで充分だったようで、世間話をしてかえっていった。まさかさつきがあの人の嫁になるなんて、もしかして、の可能性すらあり得ない。

また番組に忙殺される生活だった。

受付から、海田高校の生徒さんがきておられます、と連絡があった。用件を言わないのだそうだ。とにかく会いたい、というのだとか。ぼくに海田高校などなんの用事もない。

一階のロビーには三人の制服の女生徒が一列にすわって待っていた。緊張している風だった。ぼくが座り、なんでしょう、とたずねた。真ん中にすわっている知的なかおだちの生徒が、リーダー格なのだろう、話し始めた。

「私達は益井さつきさんの同級生です。さつきさんは松永さんのことをよく話します、お兄さんと呼んで慕っています。

私達は天皇制に反対しています。さつきさんには皇室の一員にはなってほしくないのです」

そこで彼女は間をおいた。

「この話しを知ったとき私達はさつきさんを説得しました。でも、反応がありませんでした。松永さんから是非思い止まるように説得していただきたいのです」

その生徒の話は論理一貫していてわかりやすかった。が、ぼくのとまどいは大きかった。十七歳の女の子が「天皇制反対」とはっきり口にしたことだった。益井さつきがぼくを兄のように慕っているといわれたことだった。さつきが皇室の一員になることなど全くあり得ないと思われるのに、彼女たち三人が非常に真剣であることだった。

その真剣さに押されて、日頃なにも考えていなかったぼくがとっさに口にしたのが皇室無用論だった。

「ぼくも天皇は無用の長物と思っています」

彼女たちはうなずいた。なにか質問されてはいけないので、すぐに言葉を継いだ。

「さつきさんが皇室の一員になることなど絶対にないとは思います。が、でも、彼女が次の進展を報告してきたら、もしそうなったら、思い止まるように話します」

そう答えた。思いつきで答えたのである。

彼女らはほっとしたようだった。三人で立ち上がり、ありがとうございます、とていねいに礼をいい、帰っていった。


その日からしばらく複雑な心境に落ちた。天皇制についてぼくはまるで知らない。ただ、税金をむだに使わせるだけの存在だから天皇などいなくてもいいという程度の、幼稚な天皇無用論があるだけである。

ただ一点、きっぱりとぼくの体に染みついているのは、戦争中と戦後の、徹底的にひもじい思いをさせた元凶が天皇とそのおべっかつかいの東條英機であるという体験的な憎しみであった。その飢えは戦後十四年たってもまだ回復せず、ぼくは百七十センチの身長で五十キロしか体重がなかった。外的な変化は薄身の肉をとおしてすぐに体内に影響を与え、ぼくはしょっちゅう下痢をしていた。

彼女たち三人は、きっぱりとしたあの口調からすると、正面から天皇制を研究してるようであり、ぼくの約束を、逃げ腰とみすかしているのではなかろうか、というような後ろめたい複雑な気持ちがあった。ほんとうにさつきが皇室の一員となるような事態に進んだとき、ぼくはちゃんと説得できるのか。いいや、さつきが皇室に入るなどとってもあり得ない。

「お兄さん、か」

それも複雑な心境の一部を構成していた。彼女とぼくとは七歳の年の差だ。一人っ子ならそういう気持ちにもなるのだろうか、友達であるさつきのそういう心理を見越してぼくに説得を依頼するあの三人はいったいどういうおんな達なのだろう。女心はわからない。

3

連絡が途絶えたので、もうおわったのだろう、と思っていたころ、益井さつきは電話してきた。

「日赤に入院しているんです」

といった。

「おや、大変。お見舞いにでもいこうか」

そんなのんびりとした出だしだった。

「ええ、来て欲しいわ。それで電話したんです。何時いつがいいんです」

それからのさつきの言い分がまたたいへんなものだった。

火星ちゃんがおしのびでさつきのいる日赤病院に見舞いに来るのだという。マスコミにはもちろんオフレコ。だけれど松永さんなら私が話して会わせてあげる。そういうのである。

彼女は気が違ったのではないか、そう思った。もしかして、本当だとすると事態はそこまで進んでいるのか。ぼくはここでもひどく混乱した。すると彼女を説得しないといけない。それに、病院へ見舞いに行って火星ちゃんと会見するかどうか返答をしなくてはいけない。行くとしたらマスコミ人のはしくれのぼくとしてはどういう態度をとればいいのか。幼稚ではあるが天皇無用論をいっているぼくとして、どういう会話をしたらいいのか。

と考えながらも、いっぽうでは彼女の話がまるっきり本当には思えない。でも、そんな嘘をつくような彼女でもない。

忙しいから、と断った。行こうと思えば行けた。寂しいような、悔しいような、ほっとしたような、全部が混ぜ合わさっていた。お忍びで火星ちゃんが広島に来た、というようなことはどこからも漏れてはこなかった。

しばらくして「退院しました」と益井さつきがにこにこしてやってきた。

「皇室のひとって世情にまるっきりうといんですね」

さつきは問わずに話す。

会ったという。そのときはそれほどの時間話せなかった、かれが帰京してから電話がかかってきたそうだ。

「その電話が三十分も続くんです」

電話を引くことができないでいるぼくからすれば、三十分も電話で話すというのは一種の恐怖である、どれだけ電話料がかかることか。

「話しが通じないんです。いちばん困ったのが焼き芋っていったとき」

お金の価値がまるっきりわからない、それでたとえば焼き芋は五十円で、というと「焼き芋とはなにか」と聞かれる。焼き芋そのものを一度もみたことがない、たべたことがない。それを説明するのに、五分も十分も。

「財布など自分で持ったことないからしかたないですよね」

さつきは面白そうに話す。ぼくは、そのときもまだ皇室のお忍びの訪問が本当のことか、彼女の妄想なのかわからないでいた。

けれども、この日からぼくには天皇（そして皇室）というものがひどく気になる存在にかわっていった。そういう効用がさつきの話には存在していた。

（近年問いただしてみた。含み笑いをしながらさつきは「あの事は本当だったんですよ」といった。ぼくが半信半疑でいることをすっかり見抜いていたような含み笑いだった。

ついでに益井さつきのことを書くと、彼女は長じて結婚したが、子どもを授からなかった。修道院から双子の男児を養子として入籍し、すてきな男性に育て上げている。その子たちは養子であることを知ってるの、とぼくは聞いてみた。ええ、高校生になったときにちゃんと話しました、とさつきは言った。）

2　「独白録」にみる昭和天皇

〈この章のはじめに〉

天皇裕仁に戦争責任はない、というのはほぼ定説になっている。ここからは、この定説が誤りであることを記述する。そして、ではなぜ天皇は東京裁判において戦争責任を追及されなかったのか、に触れる。

まず、これ以降の記述の骨子となる事実を箇条書きに列挙しておく。

一、天皇裕仁は戦争開始に積極的であったわけではないが、戦争開始に反対だったわけでもない。

二、「国体の護持」ができるとわかればどちらでもよかった。

三、占領軍（連合軍）の最高司令官・マッカーサーは占領政策を円滑にすすめることを第一の目的にしていた。そのために天皇を利用する意図をもっていた。
四、国際社会にあっては、中国、ソ連、オーストラリア（豪）のように、天皇の戦争責任を追及しようとする国々があった。
五、天皇の戦争責任を追及しようとする国々と、天皇（制）を利用しようとするアメリカとの鬩《せめ》ぎ合いのなかで、象徴天皇を規定した新憲法と、そして一連の民主化が押しつけられた。
六、それによって中、ソ、豪などの追及をかわすことができた。そうでなければ、天皇は被告となる、あるいは最低でも「証人」として法廷に立つことはまぬがれなかっただろう。

（記述の踏み台として「昭和天皇独白録」（文春文庫）を採用する。天皇が昭和二十一年（１９４６年）三月から四月にかけて話したことを速記録し、その起こしから寺崎英成が転記したもので、発表されたのは１９９０年である。第一次史料とはいえないが、天皇裕仁自身が話したことであるため、かれの思考方法を知るうえで絶好唯一の資料である）

4

明治時代の天皇、大正時代の天皇、そして昭和二十一年までの天皇は、日本の国の政治のなかでどういう有り様《よう》をしていたのか、これをはじめに明らかにしておかなければならない。

大日本帝国憲法（明治憲法）は天皇をつぎのように規定している。

『天皇は国の元首であり、統治権を総覧し、統治する』（第四条）。

つまり、天皇は司法、立法、行政の全てを統治するということである。天皇ひとりではむりであるから、それぞれの国務大臣が天皇を「輔弼《ほひつ》」することになっていた（第五十五条）。

補弼とは天皇を補佐することであるが、一般に考える補佐とは異なる。補弼にもとづいて実行された大権は、その責任を、補弼した各大臣がとることになっていたのである。天皇は、命じ実行させるが、責任はとらない。

この規定は実行者に責任が無く、補佐・助言した人間が責任をかぶる、というきわめてあいまいなものである。明治憲法制定の時から意図して定められた規程で、なにがあっても天皇は護らねばならない、とする立場からつくられた制度なのである。

戦後の天皇免責論はここから派生する。


もうひとつみておかなければならないのが、天皇は大元帥であって、統帥権をもっていたということである（第十一条）。

統帥権とは陸軍・海軍にたいする最高指揮権で、一般の国務からは独立したものである。統帥権の発動には、陸軍では参謀総長が参与し、海軍では軍令部総長が参与した。参与には補弼とは異なり、責任が伴わない。

戦争が起ってしまえば天皇（大元帥）は独走し得たのである。事実、中国大陸に進出した陸軍の指揮官に天皇が直接指示を出したことがある。

立場のあいまいさに、天皇裕仁の個人的な性格が加わって、ことを複雑にする。

藤樫《とがし》準二はながく皇室担当の新聞記者であったが、この人の目に映った天皇はつぎのようなものであった。

『陛下には豪胆とか剛情とか、際立った性情はみじんもない。かといって小心といふ訳でもないが、低俗な表現をすれば〝心臓の弱い紳士〟と申すべきであろう。食料の遅配や欠配で都民が飢餓突破運動を起したときも「自分も都民と同様に配給米を受けてもよい」と仰せになった。総て良心的で遠慮勝ちである。』（「陛下の「人間」宣言」藤樫準二）

藤樫記者は、天皇の左ほほに大小三つの黒子《ほくろ》がある、ということまで知っていたほど天皇裕仁と親しく接していた人なので、この性格診断は信用してもよいだろう。

心臓の弱い良心的な紳士が、二十歳で摂政となり、国政に触れる。そして五年後、二十五歳で天皇となった（1926年十一月）。

二十歳から四十一歳、敗戦までの二十一年間、日本は動き、揺れる。重大な岐路にたたされるたびに、この紳士は、『著しく食欲が減退し、不眠症にか、』った。

5

張作霖《ちょうさくりん》の爆殺事件は、天皇二十七歳のときに起きた。昭和三年（1928年）である。爆殺を実行した首謀者は陸軍大佐の河本大作である。時の総理であった田中義一は、天皇に対して遺憾の意を表し、処罰するといった。にもかかわらず、紆余曲折《うよきょくせつ》のすえ、「うやむやの中に葬りたい」と天皇のところに言ってきた。これにたいする天皇の反応を「独白録」でみてみよう。（以下、若い人たちのために、「独白録」の引用の際は、送りがなを今のものに換えた。読みにくい漢字にはルビを振った）

『それでは前言と甚《はなは》だ相違した事になるから、私は田中に対し、それでは前と話が違うではないか、辞表を出してはどうかと強い語気で言った。

こんな言い方をしたのは、私の若気の至《いた》りであると今は考えているが、とにかくそういう言い方をした。（略）

久原房之助などが、重臣ブロックと言う言葉を作り出し、内閣の倒《こ》けたは重臣達、宮中の陰謀だと触れ歩くに至った。

かくして造り出された重臣ブロックとか宮中の陰謀とか言う、いやな言葉や、これを真に受けて恨《うらみ》を含む一種の空気が、かもし出された事は、後々迄大きな災《わざわい》を残した。（略）この事件あって以来、私は内閣の上奏する所のものは仮令《たとい》自分が反対の意見を持っていても裁可を与える事に決心した。』

「昭和天皇独白録」はこの張作霖爆殺事件から叙述がはじまっている。太平洋戦争にいたる道程で、いいなりに裁可をくだしたのはこういうことがあったからだ、とそのきっかけとなった出来事から話し始めたのである。

昭和六年（１９３１年）になると、いわゆる満州事変が起きる。国際連盟が仲裁にはいり、リットン調査団を現地満州に派遣した。その調査報告書では「日本の侵略である」と断定されたが、妥協案もついていた。それは「中国も、満州での日本の権益を認めなさい」というものだった。賛否がうずまいた。この時のことについて天皇はこう述べている。

『私は報告書をそのま丶、鵜《う》呑《の》みにして終う積りで、牧野、西園寺《さいおんじ》に相談した処、牧野は賛成したが、西園寺は閣議が、はねつけると決定した以上、之に反対するのは面白くないと言ったので、私は自分の意思を徹することを思い止ったような訳である。』

西園寺公望《きんもち》は元老として天皇の最高の相談役であり、牧野伸顕《のぶあき》は宮中グループとして準元老的な立場にあった。二人の意見は割れたのであるが、元老の方の意見を尊重した、といえば聞えはいいが、小心なひとがなにかにおびえて、態《てい》のいい逃げ口上をみつけ、それに飛びついたような感じがする。西園寺と牧野が逆さのことをいっていたら、牧野の言い分をとっただろう。

昭和十二年の初夏は中国北部（満州）をめぐる中国と日本の関係が先鋭化した（1937年）。

『日支関係は正に一触即発の状態であったから私は何とかして、蔣介石《しょうかいせき》と妥協しよーと思い、杉山（元《はじめ》）陸軍大臣と閑院宮《かんいんのみや》参謀総長とを呼んだ。（略）

若《も》し陸軍の意見が私と同じであるならば、近衛《このえ》（文麿《ふみまろ》）に話して、蔣介石と妥協させる考えであった。これは満州は田舎であるから事件が起っても大した事はないが、天津《てんしん》、北京で起こると必ず英米の干渉が非道《ひど》くなり彼我《ひが》衝突の虞《おそれ》があると思ったからである。

当時参謀本部は事実石原莞爾《かんじ》が采配を振るっていた。参謀総長と陸軍大臣の将来の見透しは、天津で一撃を加えれば事件は一ヶ月内に終るというのであった。これで暗に私の意見とは違っている事が判ったので、遺憾《いかん》ながら妥協の事は言い出さなかった。』

この部分は、「平和主義者」である天皇の鎧《よろい》のしたから刃物のちらつく有名な個所である。中国への侵略がいけないといっているのではなく、人目につくところで侵略行為をしてはいけない、人目のないところでやれ、と堂々といっているのである。天皇を敬愛していた藤樫準二氏が生きていたらなんといったであろうか。

いずれにしろ、天皇裕仁はここでもいいなり裁可の決定をだすのである。

昭和十五年ごろには、戦争へのきなくさい臭いは濃く立ちこめるようになり、ナチスドイツと同盟を結べ、という声が大きくなった（1940年ごろ）。

『日独同盟に付いては結局私は賛成したが、決して満足して賛成した訳ではない。松岡（外務大臣）は米国は参戦せぬという事を信じて居た。私は在米独系が松岡の言う通りに独乙《ドイツ》側に起つとは確信出来なかった。然《しか》し松岡の言がまさか嘘《うそ》とは思えぬし半信半疑で同意したが、ソ聯《れん》の問題に付いては独ソの関係を更に深く確かめる方が良いと近衛（首相）に注意を与えた。』

このように天皇裕仁は、「賛成したが本心ではなかった」といい、強面《こわもて》の人間にはいつも妥協していく。それは「田中義一首相の件（張作霖爆殺事件）が根底にあったからだ」という言い逃れの論理に、常に、支えられていたからである。

6

対米戦争突入のいろあいが濃くなった。政府内部、政府対軍部、主戦論者の暴走もはじまり、収集のつかない状態になってきた。天皇参加の会議（御前会議）で戦争か否かの態度をきめることになった。

昭和十六年（1941年）九月六日、御前会議がひらかれた。

天皇は対米交渉をまず押し進める、との信念であったが、例の如く口には出さない。張作霖事件のトラウマである。

会議は結論を得るところにはいたらず、沈黙が支配しだしたころ天皇は突然ふところから一枚の紙片をとりだし、それを読んだ。

『四方の海みなはらからと思ふ世に
　など波風の立ちさはぐらむ』

（四方を海に囲まれたこの国では皆が同胞である、なぜに波風がたつということがあろだうか）

これは明治天皇の詠んだ歌である。これを読んでから、天皇裕仁はこういった。

「余は常にこの御製を拝唱して、故大帝（明治天皇）の平和愛好の御精神を紹述せむと努めておるものである。」

同席した人間はみな、天皇の気持ちが平和にあるとわかった。だが、天皇は口に出して「戦争を回避せよ」といっているわけではない。だから、近衛文麿が軍部に圧《お》されて作成した政府原案は、そのまま会議で可決されてしまった。

近衛原案とは次のようなものであった。

第一、対米開戦の準備をする。

第二、ただし、対米交渉は継続する。

第三、交渉が十月上旬になってもまとまらない時は、開戦を決意する。

7

九月六日の御前会議後、首相の近衛文麿は辞職する。突出する陸軍と、決めるのは首相である近衛さん、あなたですよ、という海軍との間で板挟みになって内閣を投げ出した。このことを天皇裕仁は、『確乎たる信念と勇気とを欠《か》いた近衛』と「独白録」で表現している。

近衛の後は、東條英機の登場となる。

このとき天皇裕仁は、東條の首相就任に反対していない。むしろ積極的に東條を推している。

その理由を「独白録」で、天皇はこう言う。

『東條という人物はさきに陸軍大臣時代に、大命に反して北仏印進駐をした責任者を免職して英断を振るった事もあるし、又宮中の小火事事件に田中東京警備司令官、田尻近衛師団長、加陽宮《かやのみや》旅団長以下を免職したこともあり、克く陸軍部内の人心を把握したのでこの男ならば、組閣の際に、条件をさえ付けて置けば、陸軍を抑えて順調に事を運んで行くだろうと思った。』

「東條は日米開戦論者である。このことは陛下も木戸内大臣も知っているのに、木戸がなぜ開戦論者の東條を後継内閣の首班に推せんし、天皇陛下がなぜこれを御採用になったのか、その理由が私にはわからない。」

と、天皇裕仁の肉親の弟（東久邇宮）すらもこういう声をあげた。

東條英機は天皇の意を汲んで組閣をした。九月六日の決定を白紙にもどそうと、連日会議を開いた。

が、戦争を回避するためには、輸入の途絶えている石油、それにかわる人造石油（または同等の燃料）の開発が必要である。これができなければ、戦争をせずとも日本は滅びる。天皇と東條はこういう結論にたっした。人造石油はできるはずもない。

戦争を決意する。

『実に石油の輸入禁止は日本を窮地に追込んだものである。かくなつた以上は、万一の僥倖《ぎょうこう》に期しても、戦った方が良いという考えが決定的になつたのは自然の勢いと言わねばならぬ。若《も》しあの時、私が主戦論を抑えたらば、陸海に多年錬磨の精鋭なる軍を持ち乍《なが》ら、ムザムザ米国に屈服すると言うので、国内の与論は必ず沸騰し、クーデタが起ったであろう。』

8

『十二月一日に、閣僚と統帥部との合同の御前会議が開かれ、戦争に決定した、その時は反対しても無駄だと思ったから、一言も言わなかった。』

9

不意打ちによる真珠湾攻撃での大勝利、以降およそ六ヶ月は日本軍の勝利が続いた。「独白録」にはそれら勝利の記述はない。「独白録」の成立事情からすれば当然である。（これは後述する）。

＊昭和十七年（1942年）六月、ミッドウエー海戦で日本空母四隻喪失。敗戦へのターニングポイントとなる。
同年七月、米軍アッツ島、キスカ島占領。
同年八月、ガダルカナル島の日本守備隊ほぼ全滅。
＊昭和十八年（1943年）一月、ニューギニアの日本軍ブナ守備隊玉砕。
同年五月、アッツ島の日本守備隊、玉砕。
同年九月、中部ソロモンの守備隊、ブーゲンビル島に撤退。
同年十一月、タラワ島の日本軍、奮戦ののち玉砕。

ミッドウエー海戦の日本軍の敗北と、以降、南の島々での玉砕に継ぐ玉砕のなかで、東條英機への怨念がではじめる。このとき天皇裕仁はなお、東條をかばう。

『東条内閣がかく評判が悪くなつたに不拘《かかわらず》、私が進んで内閣を更迭しなかつたのは、田中内閣の苦い経験である。

東條にも多少の「ファン」があるから、倒閣は宮中の陰謀だと言われる事を避けたかつたのが第一。

次には東條を避けても、彼よりも更に力のある人物が得られるならば、格別、その見込みが無かったことが第二。

更に東條は従来大東亜の各地の人々と接触してきているので、之を無視して内閣を更迭すれば、大東亜の人心収拾が出来なくなりはせぬかと考えたのが第三。

この三つの理由で私は内閣を更迭することを避けた。』

＊　昭和十九年（1944年）二月、ブラウン環礁の日本軍、玉砕。
　　同年七月、サイパン島の日本軍、玉砕。
　　（同年七月、東條内閣総辞職、小磯内閣成立）

ここで天皇も東條を見切る。引導を渡したのは平沼騏一郎である。

『東條は平沼から言われて辞表を提出した。袞龍《こんりょう》の袖に隠れるのはいけないと言って立派に提出したのである。

私は東條に同情しているが、強いて弁護しようというのではない、只真相を明かにして置き度いから、之丈言って置く。』

＊　昭和十九年八月、ティニアン島の日本軍、組織的戦闘を終える。
同年八月、グアム島の日本軍、玉砕。
（このころ学童疎開の第一陣、上野を出発。皇太子と義宮も那須へ）

10

戦況は切迫してきていたが、天皇の気持ちは政局にある。特に、東条英機が閣外に去ってからは、後任の小磯内閣への風当たりが強くなる。戦況が悪くなるのは小磯のせいだといわんばかりに。

『この内閣は私の予想通り、良くなかった。改造問題にしても、側から言われると直ぐ、ぐらつく、言う事が信用できない、その代り小磯は私が忠告すると直ぐに言う事をきく。それでいて側から言われると直ぐ、ぐらつく。つまり肝もなく自信もない。』

張作霖《ちょうさくりん》事件で震え上がった天皇裕仁が、自分は肝もあり、自信もあるとおもっていたのだろうか。

＊　昭和十九年十月、レイテ沖大海戦、日本軍連合艦隊事実上壊滅。初の神風特別攻撃隊出動、フィリピン沖で米艦に突入。同年十一月、米軍五十機が東京中島飛行機工場を空襲。本格的本土空襲の幕開け。

レイテ沖大海戦での大敗北について天皇は思いがけない発言をしている。この作戦に自分は賛成した、というのである。

『私は参謀本部や軍令部の意見と違い、一度レイテで叩いて、米がひるんだならば、妥協の余地を発見できるのではないかと思い、レイテ決戦に賛成した。』

その理由とは、すでに日本に勝つめどがたたなくなっていたからだ、と次のように話している。

『私はニューギニアのスタンレー山脈《さんみゃく》を突破されてから勝利の見込みを失った（昭和十八年九月）。一度どこかで敵を叩いて速やかに講和の機会を得たいと思ったが、独乙《ドイツ》との単独不講和の確約が在るので国際信義上、独乙より先には和を義し度《た》くない。それで早く独乙が敗れてくれ、ばい、と思った程である。』

昭和十八年（1943年）九月ころには早くも戦争の継続がムリではないかと思いはじめた、という。さすがに目先の利く天皇らしい。

11

敗戦を決定するのはそれから二年ののち、二発の原爆を落とされ、ソ連の参戦を見てからである。

それも決して国民を救うためではなく、三種の神器を護れなくなるかも知れない恐怖からポツダム宣言の受諾を決めるのである。

「沖縄決戦の敗因」と題する小見出しの項と、「八月九日深夜の最高戦争指導会議」の項で天皇はそれぞれ次のように話している。

『之（沖縄決戦の敗因）は陸海作戦の不一致にあると思う。沖縄は本当は三ケ師団で守るべき所で、私も心配した。梅津（参謀総長）は初め二ケ師団で充分と思っていたが、後で兵力不足を感じ、一ケ師団を増援に送り度いと思った時には已《すで》に輸送の方法が立たぬという状況であった。

所謂《いわゆる》特攻作戦も行つたが、天候が悪く、弾薬はなく、飛行機も良いものはなく、たとえ天候が幸いしても、駄目だったのではないかと思う。

特攻作戦というものは、実に情に於て忍びないものがある。敢《あえ》て之をせざるを得ざる処に無理があった。

海軍はレイテで艦隊の殆ど全部を失ったので、とっておきの大和をこの際出動させた、之も飛行機の連絡なしで出したものだから失敗した。

陸軍が決戦を延ばしているのに、海軍では捨鉢《すてばち》の決戦に出動し、作戦不一致、全く馬鹿ばかしい戦闘であった。詳しい事は作戦記録に譲るが、私は之が最後の決戦で、これに敗れたら、無条件降伏も亦已《またや》むを得ぬと思った。』

「八月九日深夜の最高戦争指導会議」の項より、天皇が無条件降伏の受諾を決心したときの心境。

『当時私の決心は第一に、このままでは日本民族は亡びて終う、私は赤子《せきし》を保護する事が出来ない。

第二には国体の護持の事で木戸（幸一）も仝《どう》意見であったが、敵が伊勢湾附近に上陸すれば、伊勢、熱田両神宮は直ちに敵の制圧下に入り、神器《じんぎ》の移動の餘裕《よゆう》はなく、その確保の見込みが立たない。これでは国体護持《ごじ》は難しい。故にこの際、私の一身は犠牲にしても講和をせねばならぬと思った。』

赤子とは国民のことである。国民は中国大陸においてすでに多くの命を失い、太平洋戦争でもまた、天皇裕仁の不決断によって死なずともよい体を、海に山谷にさらしたのである。

12

天皇裕仁のおしゃべりを長く度重ねて引用したが、この意図は天皇の頭のなか、あるいは天皇の発想方法といったものを感得してほしかったからである。

「昭和天皇独白録」と題されたこの文章は、速記録のおこしであるから、随所にしゃべり口調が残っている。そういうことからも、天皇自身が書いたものよりも、よりいっそう天皇の感性が感じ取れるのである。

天皇は大元帥であり戦争の最高指導者であるにもかかわらず、おおよそ当事者とは思えない。岡眼《おかめ》八目《はちもく》的な態度である。天皇裕仁の頭のどこに、「国民」という言葉があるのだろう。

あるのは三種の神器を護ること、つまり皇統が断絶しないこと、これだけしか考えていない。自分ではっきりとそう言っている。

それは、天皇一家の長として生まれた宿命であり、気の毒な面もある。だが、「宿命」に、個人的な気の弱さからくる「責任回避」が加味されると、状況は絶望的になる。国民を統率する能力のない人間が、長子であるという理由だけで国家を指導する立場にたつという制度（天皇制）が、もともと無理なのである。

3　天皇は憂鬱である

〈この章のはじめに〉

天皇裕仁が、戦争犯罪人として東京国際裁判の法廷に立たないですんだのは、マッカーサー司令部の指導と熱い協力があったからである。それは世界各国のそのときの動向、意思、そして将来の見通しを子細に検討して練りあげられた、アメリカ合衆国自身の国策（利益）に基づくものであった。

いっぽう、日本の側にはただひたすらに天皇（天皇制）を護ること、国体の護持の強い願望があった。

日本国内での天皇制堅持の第一層は、天皇の弟たちと係累の皇族、そして第二層は華族である。華族は明治維新に功績のあった人たちの子孫で、大日本帝国憲法のもとで政治と経済の中枢をなし、国家の頭脳であり、国家の物的エネルギーの産出者であった。

しかし、この二つの層だけでは天皇と天皇制を護りぬけるはずがない。礎石または捨て石がなければ城は建たない。

第三層は、天皇を罰することなど毫《ごう》も考えていない多くの国民である。その中核はマッカーサーによって土地をとりあげられた（と思いこんでいる）富裕な農民と、マッカーサーのおかげで小さな土地の所有者となった数多くの零細農民である。

13

ボナ・フェラーズはダグラス・マッカーサー元帥の筆頭軍事秘書であった。いわゆるバターンボーイズのひとりである。天皇裕仁が戦後初めてアメリカ大使館にマッカーサーを訪問したとき、玄関に迎えたのがこのボナ・フェラーズである。

マニラにいたときから、日本人の性情と心理の研究をし、それを軍事に、あるいは占領後の政策に反映させることを職務としていた。

日本人の精神面で、フェラーズが注目したのは、玉砕する日本兵が「天皇陛下万歳」と叫んで死んでいくことだった。民間人もそうだった。マリアナの海戦以降多くなった日本兵捕虜たちへの尋問でも、それがわかった。

フェラーズは幼少の頃日本に住んでいた事があり、信仰するクエーカー教をつうじての友人もいた。終戦となって日本への上陸後、かれは、日本人が天皇をどうとらえているかの詳しい調査を行った。そのなかで最もフェラーズの心を揺さぶった証言が、友人の河井道《みち》のものだった。

フェラーズが聞いた。

「もし天皇を処罰するようなことがあったら、あなたはどう思いますか。そして日本の国民はどんな反応を示すとおもいますか」

これに対してクエーカー教徒である道はこう答えた。

「日本人はそのような事態を決して受け入れないでしょう。もし陛下の身にそういうことが起これば、私がいの一番に死にます」

さらに道は言葉を継いだ。

「もし陛下が殺されるようなことがあったら、血なまぐさい反乱が起きるに違いありません」

フェラーズは驚き、感銘し、後にマッカーサーへのレポートで次のように書いた。

「もしも天皇が戦争犯罪のかどにより裁判に付されるならば、政治機構は崩壊し、全国的反乱がさけられないであろう」

天皇の威力を、身を以て体験した人の手記がある。

スイス人の医師、マルセル・ジュノーとアメリカ人の空軍パイロット、チャールズ・スウィニーの書いたものである。


マルセル・ジュノーは赤十字国際委員会の主席代表として、昭和二十年八月九日、厚木空港へ到着した。（ジュネーブを出たのは六月だったが、戦乱にもまれ、二か月もかかったのである）その日、長崎への原爆投下の日だった。空港へ出迎えた同僚が、

「ヨーロッパでは原子爆弾のことをどう言っているかね」

と聞いたが彼にはなんのことかわからない。

広島と長崎への原爆投下を知り、部下を広島へ派遣して調査をさせた。その結果、至急に大量の医薬品が必要と判断し、横浜に居を構えたばかりのマッカーサー司令部とかけあった。十五トンの医薬品、治療器具を準備させ、九月八日、広島へ空輸、自身も同行した。

飛行機にはファーレル准将率いる原爆調査団（先遣隊）の十一名が乗っており、岩国空港につくと、マルセル・ジュノーは調査団の一行と共に広島郊外（五日市）の日本軍司令部へ、翌日からの調査の打ち合わせに出発した。

乗ったバスはおんぼろで、故障は必至とジュノー医師は判断した。でこぼこ道を飛び跳ね、あえぎながら走っていたバスは、案の定、突然あえぎを止めた。大竹のあたりではないかと想像する。

そのときの体験をジュノー医師は、驚きとともにつぎのようにジュネーブの赤十字本部への報告書のなかに書いている。

「ついに町の真ん中でバスは突然ストップした。一行が外に出ると、住民たちが集まってきて、初めて見るアメリカ人の士官を喰い入るように見つめている。私を除いてすべてアメリカ人だが、白人十二名が武器も持たずにいるのだ。（略）私は想像してみた。われわれの国のある町が、原爆で破壊されたとして、無条件降伏後に敵側からおくりこまれた調査団に対して、どのような振る舞いに出るであろうか、と。最悪の事態を覚悟した。しかし、何も起きなかった。

逆に、子供たちは近づいてきて、アメリカ人の差し出すキャンディとチョコレイトに喜んで手を出す。大人たちはうすい笑いを浮かべてそれを見ている。そこには和らいだ空気が漂っているように思えた。」

（10月8日付報告書「広島の残虐」より）

ヨーロッパやアフリカの戦火をくぐってきたマルセル・ジュノー医師には日本でのこの体験は一種の驚愕だったのだろう。

もう一人のチャールズ・スウィニーは、広島への原爆投下では観測機の機長として原爆投下機のエノラゲイと一緒に広島を攻撃し、そのあと、小倉―長崎への攻撃では投下機の機長として参加した。

九月二日の降伏調印のあと、エノラゲイのポール・ティベッツほか両都市への投下機のクルーが日本入りをし、長崎を訪れた。九月六日大村空港に着き、七日に長崎を訪れた。大村空港からホテルへ向かう道中での印象を次のように書いている。

「あちこちで、日本人の家族たちが田畑を耕していたが、我々には目もくれなかった。時々、一人の武装していない日本兵が―決して集団ではなく、かならず一人で―道端を歩いていたが、こちらには何の反応も示さず、まるで我々の存在が、この美しい田園風景の中の毎日の出来事のように、日常的で予期していたことであるかのようであった。これが二週間前であれば、道端の兵士も田畑の家族たちも、我々を見つけるやいなや殺しにかかったことだろう。」

翌日仲間と、被爆をまぬがれた長崎の中心街を歩きながらのスウィニーの感想。

「くらい空気が漂っていたが、それは絶望感ではなかった。道行く人々は親切だった。（略）三人のアメリカ兵が町を歩き回っているのを見ても、とくにあわてる様子ではなかった。」

（「私はヒロシマ・ナガサキに原爆を投下した」より）


マルセル・ジュノー医師やチャールズ・スウィニー少佐は、天皇のひとことで日本人がぴたりと戦争をやめた、これを実感したのである。

14

マッカーサー元帥も、昭和二十年八月三十日、コーンパイプをくわえて厚木の空港におりたった時にはすでにそれを感じとっていた。

天皇のもつ神がかり的絶対的な力、天皇の言うことには一切逆らわない日本人の有り様《よう》を見て、

「天皇ひとりの力は二十箇師団の軍隊に値する」

と、評価し驚嘆した。

日本の占領政策は間接統治とする、マッカーサーはそう決めた、心のなかで。

アメリカ占領軍（GHQ）の使命はポツダム宣言にもとづいて、占領期間中に日本を非軍事化し民主国家に変えることであった。

この目的の遂行のため、連合軍最高司令官（ダグラス・マッカーサー）には、天皇と日本政府とをその麾下《きか》に従属させる（subject to）権限を与えられていた。天皇または日本政府が連合国最高司令官に従わないとみた場合には、間接統治をやめて直接統治をしてもいいことになっていた。間接、直接、どちらを選ぶかは最高司令官にまかされていた。

ボナ・フェラーズの調査と助言、その他のあらゆる状況から見てマッカーサーは、天皇を利用して占領政策を遂行するのがもっとも効果的であると判断し、これを決定した。

これは天皇裕仁を戦争犯罪人としないということを意味する。だがいっぽうで、これは天皇制を認めるということではないのであって、天皇制を存続させるかどうかは占領終了以降に日本人自身で決めるればいい、と考えていた。

天皇を利用しての間接統治には、ひとつ大きな障害があった。ポツダム会談の参加国であるソ連が、天皇を戦争犯罪人として裁判にかけることを主張していたことであり、そのほかにも連合軍を構成するオーストラリアやニュージーランドも同意見であった。オーストラリアは特に強行に主張した。また東南アジアの、日本軍によって蹂躙された国々もそれを希望していた。アメリカ国内にも見逃すことの出来ない数の同じ主張があった。

これらの、天皇を訴追しようとする国々の要求を、どういうふうに扱うか。これがマッカーサー司令部につきつけられた最大の試練であった。

15

いっぽう日本側の状況である。

ポツダム宣言の受諾を、日本が連合軍へ通告したとき、日本政府は「国体の護持」を条件につけていた。しかし、連合軍はこの点（国体の護持）にイエスともノーともいわぬまま、日本の受諾を認める回答をしてきたのである。無条件降伏がポツダム宣言の大前提であったから、当然のことではある。

しかし日本側は、国体は護持されるのか、天皇制は護られるのかを不安視する人たちで紛糾した。陸軍には国体の護持が明記されないかぎり受諾回答を突き返せ、という強硬論もあった。天皇裕仁をはじめかれをとりまく人々は、不安におののきながら、事の推移を見守ることになる。

ポツダム宣言にもとづいて実行されるＧＨＱの最初の民主化への要求は、明治憲法にかわる新しい憲法の作成であった。

国内にはすでに自主的に憲法草案をつくっていた人がいた。高野岩三郎の立案したもので、

＊　天皇制を廃止し、大統領をおく共和制

を骨格にしたものであった。

また、民間の憲法研究会（代表・鈴木安蔵）の作成した草案は、

＊　天皇を象徴とする立憲君主制

としていた。

そして、政府の憲法調査会は、

＊　天皇制はそのまま存置し、天皇の統治大権を温存するという案をもっていた。

（政府の憲法調査会は、はじめ近衛文麿元首相が御用係の肩書きをもらって会長を務めていたのであるが、近衛が自害したあと、松本蒸治が会長となって本格的に動き出したため、この会を松本委員会と通称する）。

松本蒸治は、天皇の統治大権を温存しつつ民主化をすすめるのは、これまでの明治憲法

を部分修正し、運用面でみなおしていけば可能であるとし、憲法改正の必要なし（するとしても、部分修正でよいだろう）という見解をとっていた。だから憲法の改正は急ぐ必要ない、とも考えていた。

ＧＨＱの要請で提出した松本烝治の見解は、ＧＨＱの憲法改正担当者・ケーディス民政局次長を烈火のごとく怒らせた。

日本側がそのような考えであるならば、サンプルとしてすでに提示してある憲法改正のＧＨＱ草案を、君たちの案と並べて国民に公開し、国民がどちらをとるか聞いてみてもいい、といったのである。

付け加えて、

「恥をかくのは君たちだろう」

と、吐き捨てた。

日本側は、事は甘くないと悟り、ＧＨＱの作成した憲法草案を礎石にして新しい憲法案を模索し始めた。

16

中国、ソ連、豪州、ニュージーランドなどの天皇訴追を主張する国々を納得させるためには、日本の非軍事化と民主化は徹底したものであることが必要だった。

憲法草案が合意されるのを待ちつつ、ＧＨＱは指令のかたちで次々と民主化に関する指示を出した。

その項目を列挙し、簡単な説明を添える。

＊ 昭和二十年十月四日、「人権指令」

（内容）天皇にかんする自由な討議の保証。

政治犯の釈放。

思想警察の全廃。

（説明）天皇についての画期的な出来事は、昭和二十年九月二十七日の第一回マッカーサー訪問のときの天皇、マッカーサーの記念写真であろう。巨体のマッカーサーの横に立つ天皇裕仁はまるでみすぼらしく、この写真が新聞に掲載されたとき日本政府は、不敬であるとしてこれの掲載を禁止した。GHQはすぐさまこれを撤回させた。

また、翌二十一年のメーデーのとき、参加者のかかげるプラカードに日本政府は不敬罪を適用した。GHQはまたもやこれを撤回させた。

プラカードには辛辣な戯れ歌が書かれていた。

「　詔書
国体はゴジされたぞ
朕はタラフク食ってるぞ、
ナンジ人民飢えて死ね
　ギョメイギョジ　」

(国民学校五年生で、軍国少年を脱皮していたぼくは、このプラカードにいたく感動したものだった。食べ盛りのぼくはほんとに飢えていた)

＊　昭和二十年十月十一日、「五大改革指令」
（内容）一、婦人解放、参政権の付与
二、労働組合結成の奨励
三、学校教育の自由化と民主化
四、秘密審問司法制度の廃止
五、経済機構の民主化
（説明）マッカーサーは占領後の日本進駐に際して、十一項目の占領政策を発表していた。そのうちの右記五項目を再度、最重点指令として指示したのである。

＊　昭和二十年十一月六日、「財閥解体指令」
（説明）三井、三菱、住友、安田の四大財閥をおもに解体した。なかでも、三井と三菱とは百分割、二百分割と徹底的に分割化された。これにより、中小企業の活躍できる場が増えた。のちのソニーやホンダがその環境から生まれた格好の例である。

＊　昭和二十年十二月九日、「農地改革指令」
（説明）この改革によって、それまで全農地の五十パーセントあった小作地が十パーセン

トに減った。これまでの小作人が自分の田畑を持ち、農民の労働意欲が格段に向上した。

（ただし、負の面として、この小作農民が強固な保守基盤をつくったため、二大政党による政権交代ができにくくなった。これはＧＨＱの改革とは無関係で、純粋に日本の政治の在り方、日本人の思考のあり方の問題である）

＊　昭和二十年十二月十五日、「神道指令」

（説明）国に所属し、国庫補助を受けていた二百の神社を、民間の宗教法人とした。伊勢神宮への補助金二十三万円など計百万円の国費補助がうち切られ、神職は公務員の身分をはずされた。

しかし、宗教の自由の観点から、靖国神社も護国神社も閉鎖はされなかった。

＊　昭和二十一年一月四日、「公職追放令」

（説明）ＧＨＱは一月中に予定されていた衆議院選挙を中止させた。候補者のなかに軍国主義的思想の持ち主が多数おり、彼等によって議席が独占されることを懼《おそ》れたからである。そして軍国主義的主唱者などの公職からの追放を命じた。この日以降三年間で、およそ二十万人が公職から追放された。この中には後に総理大臣となる岸信介も含まれていた。

（このとき延期されていた衆議院選挙は四月十日に実施され、日本共産党が五議席を占めた。ある人は喜び、ある人は懼れおののいた）

そして新しい憲法の制定にいたる。

17

天皇裕仁は、小心ではあるが賢いのである。

戦争中からラジオでイギリスやアメリカの短波放送を聞いており、連合軍の動きを察知していた。戦後も、アメリカ国内の動向に注意をはらっており、マッカーサー司令部のだす指令の意味を感じ取っていた。だから、ＧＨＱの動きに呼応して自らも改革にのりだした。

まず外国からうさんくさい眼でみられている宮中の改革にとりかかった。侍従次長に就任した木下道雄が初めて天皇裕仁に挨拶をした日（昭和二十年十月二十四日）、天皇はさっそく宮内省の縮小と、内大臣職の廃止という課題を木下に命じた。

宮内省は当時、十三の部と職があり、定員は約六千二百人だった。これは現在の宮内庁の四倍の人数である。

天皇はすでにじぶんなりの検討をしていたらしく、「人数を削減するに際しては、減らす女官の数に注意しろ、男子のように単純に減員はできないぞ」と注意した。つまり宮中では、女性の生理のときには十日間勤務できないことになっており、この点を考慮して減員計画をたてないと祀《まつ》りごとができなくなるぞ、といったわけである。有能な人事部長の面目躍如の指摘である。

内大臣を廃止する件では、「内大臣がいなくなると自分を補佐するものがいなくなる。形を変えた補佐役、たとえば侍従長という名のようなもの。その人選では軍人は避けろ」といったふうに、アメリカや連合軍への配慮をみせる。

その結果、内大臣と内大臣府は昭和二十年十一月に廃止となった。同時にそれまで天皇侍従として軍部から派遣されていた侍従武官長の制度も廃止された。また宮内省は昭和二十二年五月の新憲法施行のさいに「庁」に降格となった。

これは、天皇周辺が戦争遂行のエネルギー源である、とアメリカあるいは連合国側からみられていることを察知しての、天皇側からの先取り改革であった。

しかし、GHQはその程度では許さなかった。

皇室財産に眼をつけたのである。皇室財産が秘匿されていて、その運用が非民主的であるとGHQは考えていた。

これを知って天皇裕仁は、まず箱根と東京・浜、神戸・武庫《むこ》の三つの離宮を地方団体に下賜《かし》した。さらに、那須・金丸ヶ原、静岡・大野ヶ原、岡崎・高師ヶ原の三つの御料地を国に下賜した。

所有する貴金属や宝石、絵画などを米と交換して国民に配りたいとの考えを幣原首相をつうじてGHQに打診させた。これはGHQに「人気取りにすぎない」といって拒否された。

逆にGHQは、昭和二十年十一月十八日、皇室財産を凍結する指令を出した。皇室財産を三つに分割したのである。

一、国有財産とするもの（たとえば森林や博物館など）

二、国有財産とはするが皇室が従来どおり使うもの

三、私的財産
この三分割である。

第三の私的財産のなかに三種の神器も含まれるのを知って天皇は安堵した。

18

翌昭和二十一年元旦、天皇裕仁は「人間宣言」をだす。

自分は神ではない、と言ったのである。もともと神ではなかったのだ、と。

元旦の新聞はこれを大きく報じた。善良な国民は驚愕したが、おおむね好意をもってこれを受け入れた。

宣言と書いたが、大日本帝国憲法が生きていたため「詔書」としてだされた。昭和十六年十二月八日の「米国、英国にたいする詔書」や、昭和二十年八月十四日にだされた「終戦の詔書」と同列のものである。これは「年頭、国運振興の詔書」と通称されている。人間宣言とは全く異なるタイトルである。

異なる意図が含まれていた。

天皇裕仁はもとから自分は神ではない、といっていた、思っていた、そのように「昭和天皇独白録」で述べている。人間であるという宣言などする必要はないと思っていた。だからこの詔書の中で裕仁は「自分は人間」であることを言いたかったのではない。人間宣言は天皇の意志に反して連合軍側、あるいは連合軍に動かされた天皇周辺の深謀、強制であった。

発案者はCIEの、親日派で知日家のハロルド・ヘンダースンである。彼は、はやく天皇が神格を否定する宣言を出して欲しいと願っていた。天皇が動かないため、レジナルド・ブライスに相談した。ブライスはイギリス人で学習院につとめ、皇太子（現・平成天皇）の英語教師をしていた人、そういうこともあってか、ヘンダースンのつくった神格否定の草案を宮中と天皇に見せることに成功した。そのとき、ヘンダースンからの伝言だとしてブライスは、

「天皇が神格化されたいまの状態のままでは、連合国側にある、天皇の超国家的存在が戦争を引き起こす源となったという疑念を払拭できない。裁判にかけられるかもしれない」

と説得し、脅しをふくめたことばを伝えた。

天皇は、これ以上の拒否は無理、戦争裁判にたいして不利になると見て、それでは、と妥協案を申し出た。

それは、草案の冒頭に、明治天皇の国家統治方針を示した「五箇條の誓文《せいもん》」をいれることであった。これに固執した。

五箇條の誓文は次のような文章である。（現代文にかきかえている）

一、広く会議をおこし万機公論《ばんきこうろん》に決すべし
一、上下こころをひとつにして盛んに経綸《けいりん》を行うべし
一、官武一途庶民に至るまでおのおのその志を遂げ人心をして倦《う》まざらしめんことを要す
一、旧来の陋習《ろうしゅう》を破り天地の公道に基づくべし
一、智識を世界に求め大《おお》いに皇基を振起すべし

この文章は、さらりと読めば、「万機公論に決すべし」というような、民主的な装いを感じる。しかし国政の全てを掌握し、かつ陸海全軍を統帥している天皇がそう言っても、説得力がない。五番めの項で大いに皇基を振起すべしといい、馬脚をあらわしている。

昭和天皇がこれを強引にいれたその意図は、

「日本は明治維新の「五箇條の誓文」以来民主主義であり、大日本帝国憲法もその精神によってつくられていることを宣言することによって、日本は出発当初から民主主義を志向しており、かつ、天皇制と民主主義は矛盾するものではないことを強調しようとはかったのである。」

（『天皇・皇室辞典』（岩波書店）・人間宣言の項より）

結局のところ、この詔書（「人間宣言」）は異なる二つのことを言っているのである。

「天皇は神ではない、人間なのである。」

これは、天皇を弾劾しようとする国への牽制としてGHQが東京裁判用に構想した、神格否定の本文。

「日本は明治の建国のときから民主国家だったのだ。五箇條の誓文がその証拠である。」

これは天皇裕仁が主張したかった、ささやかな抵抗。ほとんど顧みられることがなかった。

人間宣言の効果は、歴史書にはかならず「昭和二十一年、天皇の人間宣言」として通常につかわれていることからもわかるように、マスコミからは賞賛のこえを頂き、日本国内の天皇ファンを熱狂させた。ＧＨＱのノックアウト勝ちであった。

ＧＨＱの計画はさらに綿密であった。

人間宣言の掲載された同じ元旦の新聞（朝日新聞）に、皇后陛下が娘といっしょにちゃんちゃんこを作る写真が掲載された。宮中に綿花が保存されていたのが見つかり、これを利用して、引き揚げ者のために五百三十枚のちゃんちゃんこを作って配布するのだとキャプションがついている。

なんと涙ぐましいエピソードだろう。心憎いまでである。

天皇の人間宣言が海外むけのトリックとすれば、皇后のちゃんちゃんこは国内向けのトリック実践編で、いずれも「天皇は人間、その家族もあなたたち同様の人間なんですよ」といっている。

そして、天皇裕仁の人間宣言が理論編、皇后のちゃんちゃんこが実践編とすれば、天皇の実践編は、昭和二十一年二月十九日川崎市の工業地帯から始まり、四年間にわたって行われた、マッカーサー司令部演出の全国行脚《あんぎゃ》である。各地で国民は熱狂し、天皇の足にとりすがって泣くひともでた。

いずれの旅もＭＰ（米国軍憲兵）に守られていた。

その証拠の写真が、広島市立袋町小学校の資料室に残っている。

昭和二十二年十二月七日、天皇が中国五県を訪問したとき、広島市立袋町小学校にも訪れた。学校に到着したときの写真、そして校庭で二百人程の児童と、児童をとりまく市民をまえになにかを話している天皇。

九枚あるうちのこの二枚の写真に米兵が四人写っている。腰に、はばひろの白いベルトを巻き、あたまにつば広の登山帽のような帽子、幅広のベルト固定のためだろうか、斜めに肩からたすきがけした二本の細く白いベルト、足には半長靴をはいている。天皇にいちばん近い、カメラマンと同じ位置にいる。くろっぽい服の日本人群集のなかで米兵の白いベルトは、ひときわ鮮やかである。

4　「独白録」の成立

19

ＧＨＱの確信にもかかわらず、天皇裕仁の胸のうちには、東京裁判の法廷に立つ、自分の姿の幻影がたえずつきまとっていた。

戦争責任を追及するＡ級戦犯のリストが一次、二次と発表されていった。一次リストのトップにある名前は東條英機。

天皇裕仁をもっとも驚愕させたのが、梨本宮守正への戦犯指名であった。昭和二十年十二月二日である。

梨本宮守正は皇族の一員であり、天皇裕仁からいえば、妻良子《ながこ》の伯父にあたる。そのとき七十二歳であった。社会的にみても神宮祭主、武徳会、飛行協会、警防協会などの長をしていたが、元帥の肩書きはもちながらも、戦争とは直接関係のない仕事で、困惑と驚愕が、天皇裕仁の、そして他の皇族に渦巻いた。

これに追い打ちをかけてGHQは十二月四日、「宮殿下ゆえに特別扱いせず」との声明を出した。

天皇の幻影は実像となりそうな気配であった。


おなじGHQにいても、ボナ・フェラーズは天皇擁護派であったから、事態を憂慮し、こうした動きへの対策として、GHQと皇室側との連絡役をつとめる人物を置くべきだ、と当時の外務大臣・吉田茂にたいして助言をし、それが天皇にも伝えられ、ここに寺崎英成が登場することになる。

寺崎英成は、日本が対米宣戦布告をした日、ワシントンの駐アメリカ日本大使館にいた人で、妻はグレンというアメリカ人であった。英成の英語は妻のグレンもおどろくほど立派なアメリカ人で、なによりもアメリカ人の考え方に通じていた。さらに、ボナ・フェラーズとグレンとは親戚筋にあたることものちに判って、寺崎、グレン、ボナのあいだには一種の連帯感が生まれた。

寺崎英成の活躍がはじまる。

おおくの米側情報を得、分析し、昭和二十一年三月ごろまでには「天皇の訴追はない」

と確信できるところまでの情報を得た。

ただ一点、天皇が逃げ切るには、フェラーズが提起した難問があった。それも巨大な。

「天皇のひとことで戦争を終結せしめ得たのに、なぜ天皇は日米開戦を抑え得なかったのか」

これに答えを与えようとしたのが「昭和天皇独白録」である。（以下、「独白録」と略称する。）

20

「昭和天皇独白録」というタイトルは文藝春秋社が出版用につけたものである。寺崎英成の書いた原文（原稿）にはタイトルはない。

発見されたのはアメリカのワイオミング州キャスパーという町の、寺崎英成とグレンの一人娘、マリコ・テラサキ・ミラーの家である。

欄外に「寺崎用箋」と印刷された原稿用紙百七十頁に書かれていた。英成直筆の鉛筆書きで、一部と二部のふたつに分かれ、それぞれがひもで綴じてあった。

発見されたとき、マリコとその周辺に日本語の文章が読める人がおらず、アメリカ人教授で日本に通じた人に鑑定を依頼した、その教授も判定ができなかった、東京に転送され、東京大学教授の日本現代史の権威にみてもらった。権威からの返答は「歴史的資料として希有のものである」ということであった。

マリコはこの資料を公共の財産と考え、発表した。

独白とは、ひとりごと、の意味である。独白録は、天皇がひとりでしゃべったことになるのだが、実際には記録者を含め、五人のものが天皇のひとりごとを拝聴した。

松平慶民宮内大臣、
木下道雄侍従次長、
松平康昌宗秩寮総裁、
寺崎英成御用係、
そして、
記録者の稲田周一内記部長。

（注・宗秩寮とは華族の監督機関である）

この五人をまえにして天皇は話したのである。

昭和二十一年三月十八日からはじめて四月八日まで、合計にして五回（八時間）、特にはじめの三回は、天皇が風邪気味のため、政務室にベッドを持ち込んでの聞き取りとなった。

この記録を「天皇の回顧録」ととる人が多かった。それにしてはいくつかの不思議があった。

なぜ、勝ち戦の真珠湾攻撃が書いてないのか。

なぜ、終戦の直接のきっかけとなった原爆投下のことが書いてないのか。

なぜ、「人間宣言」のような大反響のあったことに触れてないのか。

そして、なぜ寺崎英成が聞き取りの一人に加わっているのか。

この疑問を一読者が鋭く提起している。

「独白録」が掲載された次の号で、文藝春秋は反響をのせた。有識者といわれるもの二十五人、一般読者六名の文章がのせられた。そのなかで一般読者の三上治氏（五十九歳・山口県・自由業）は次のような指摘をしている。

「すでにあの時点、自分は戦犯指定を免れていることを承知しながら、あのような口述をされた必要性とは何だったのか。

謎を解くカギは、五人の聞き手の中に、「御用係」という他とは異質な人物が一人だけいたことだ。しかもこの人物のＧＨＱ某高官との特殊な位置関係を考えると、明らかに自分の口述が先方に伝えられることが念頭におかれていたことは間違いない。その証拠に、誰が考えても終戦の直接の引金になった原爆についてはＭ論評がなく、真珠湾の記述もない。要するに連合国側の心証に刺激を与えることは極力さけられたフシがあるのだ。」

慧眼である。

これにたいして、有識者と称する人たちの感想は、お粗末のひとことである。文藝春秋社がつけた（あるいは本人がつけた）タイトルを列挙してみてそれがわかる。冒頭からの五人を並べてみよう。

（以下、肩書きは当時のものである）。

「澄んだ目」（鈴木治雄・昭和電工名誉会長）、「人物評価に同感」（猪木正道・平和・安全保障研究所会長）、「比類なきドラマツルギー」（柳田邦男・ノンフィクション作家）、「余りにも生々し過ぎる」（平岩外四・東京電力会長）、「孤独な君主の姿」（村松剛・筑波大教授）。

ついでにもう五人追加してみよう。

「柔軟性に驚く」（上坂冬子・評論家）、「明察と孤独」（佐伯彰一・文芸評論家）、「意外」（後藤田正晴・衆議院議員）、「やはり王者の言葉」（杉森久英・作家）、「天地に恥づることなし」小堀桂一郎・東大教授比較文学）。

ただひとり、評論家の徳岡孝夫氏がいくつかの疑問を呈している。

「筆跡はたしかに寺崎のものにまちがいないのか、天皇と寺崎メモとの間にいる稲田と木下とはどういう役割を果たしたのか」など、もしこの点を深く深く追求すれば、あるいは「独白録」の本質に迫り得たかもしれない問題提起をしているが、読後感の終わりはへなへなとなっている。

「寺崎英成について一言。彼はなぜ天皇と「真珠湾」を話題にしなかったのか。（略）開戦通告が遅れ日本国民に大恥をかかせたことを、寺崎はなぜ天皇に釈明しなかったのか。天皇は通告遅延の理由を聞きたかったろう。私も聞きたい。」

結局のところ徳岡氏もことの本質をわかっていなかった。

21

この二十五人の識者と称する人たちのなかで、東大名誉教授の林健太郎は、ある意味の、、、問題提起をしている。

文藝春秋がつけた惹句「戦後最大級の資料」、「超一級資料」という宣伝文句を、言い過ぎだと批判した後こう述べている。

「しかしそのような史料価値上のハンディキャップを、この天皇談話は充分克服していると言うことも出来る。というのは、それを東京裁判に備えた自己弁護のように見る見方は、松本清張氏の指摘するように（『週刊文春』）、この談話の時には天皇が起訴されないことがわかっていたのであるから、正しくないことは明らかである。（略）ここには後年の意識による強弁のようなものは全く見られないのである。」

ある意味の問題提起と言ったのは、この寺崎原稿がはたして東京裁判対策としてのものかどうかについて、鋭い対立があったからである。

文藝春秋の、識者・一般読者の反響が掲載されたのと同じ号に、『独白録』を徹底研究する」と題する座談会のやりとりがのせられた。

出席者は、

伊藤　隆（東京大学教授）、

児島　襄（作家）、

秦　郁彦（拓殖大学教授）で、

司会が半藤一利（昭和史研究家）である。

このやりとりがめっぽう面白い。

東京裁判の対策として話されたものである、とする秦郁彦。

たんなる回顧録である、おもしろく読めばいい、とする伊藤隆と児島襄の連合軍。

まず伊藤隆はこの寺崎メモの性質についてつぎのように言っている。

伊藤　その問題について言いますと、ぼくは東京裁判に直接役立てるためにやったのではないだろうと思うんですね。ちょうどこの聞き取りの行われた前後の時期には、いろいろな人がいろいろな手記を書いて、それが雑誌に出る。それらを天皇の周辺が気にしている事実も木下氏の日記にあります。そこで側近の人たちが、天皇がどういうふうに考えているかについて、共通の理解を得ておく。また、今まで公表された回想の類《たぐい》がどういうものかということを確認する。天皇のお話を聞く目的にはそういう側面があったのではないか。

ついで司会者からの、「東京裁判用でないとしたらどうして寺崎はこれを写筆する必要があったのだろうか」という質問に、ふたりはそれぞれ次のように答えている。

伊藤　寺崎氏にとってみれば、こうした聞き書きの体験は、前代未聞のことです。自分で記録を写しておこうと思いませんかね。一部だけつくって宮内庁に納めるでしょう。そのときちょっと自分で写そう、と。

児島　それは担当者がよくやることでしょう。たとえば天皇とマッカーサーの第一回会見にしても、通訳である奥村さんがまとめる。そして一部が当然宮内庁に行くわけです。しかし、奥村さんも自分で持っていたかも知れない。これはわからないが、あり得ることだと思いますよ。寺崎さんがひたすら自分のためだけに清書して、ということもあり得るんじゃないのかな。

東京裁判のためであるとする秦郁彦は孤軍奮闘つぎのように言う。座談のままに引用してみよう。文中「木下」とあるのは、五人の「独白録」の聞き取り者のうちの木下道雄侍従次長のことである。

秦　「木下日記」を見ますと二十一年の二月から「木下の発案で思想統一という必要があるということで」という記述がある。東京裁判を意識してのことなんですが、それで天皇に特に願い出て聞き取りが始まっているんですね。

半藤　研究会みたいなものですね。それに「木下日記」には第一回の聞き取りの時に「今般の戦犯裁判に関係ある問題につき御記憶をたどり」云々とある。

秦　ですから、天皇が充分承知の上で、一応準備をして望んでいるというふうに私は考えます。そして「木下日記」と寺崎メモが違う。ということは、たとえば寺崎氏の場合、英訳をするという目的ならば、これは意味さえはっきりしていればべつに文章が天皇らしく整っている必要はないわけですね。

児島　英訳ってどこに書いてある？　あなたの忖度でしょう？

秦　もちろんこれは忖度です。つまり、あくまでも状況証拠なんですが。

二対一では秦郁彦もいささか不利ではあるが、かれの論理はきっぱりとしており、説得力がある、ほとんど結論的にこういう。

秦　これを始めた（独白を始めた）ときの天皇には、もう訴追はないという一応の安心感のようなものがあったと思うんです。

ところが天皇を訴追しないと言うことになると、今度は日本とアメリカが共同戦線を張って、東京裁判でソ連、中国、英連邦といった国々の天皇戦犯論に対して天皇を擁護しなきゃならなくなります。（略）したがって、これを最も必要としたのは私はキーナン主席検事だろうと思う。その後のキーナンの日本側との協力ぶりから見ますと、これは彼が手許で読んで活用したんではないかと思うんですね。

伊藤・児島対秦の食い違いは埋められることなく座談は進行し、途中でまたこのテーマが出たとき、伊藤らは妥協するかのようにつぎのように言った。

伊藤　これは秦さんのいう英文が出てきたらカブトを脱ぎますがね（笑）。

児島　せいぜい秦さんにお探しいただきましょう（笑）。

独白録に相当する英文のテキストは、後日みごとに発見された。探し出したのはＮＨＫの取材班、場所はアメリカのボナ・フェラーズ邸であった。これで、寺崎テキストが裁判対策のためのものであったと、きっぱり証明された。

だが、伊藤隆がカブトを脱いだ姿はみていない。


ついでに書いておくと、寺崎英成の原稿に「歴史的資料として希有なものである」とのお墨つけを与えたのは、この伊藤隆である。学者という者にもいいかげんなのがいる。自分で価値がわかっていないのにお墨つけをあたえるのである。

22

ＮＨＫの取材班は、「秘録　高松宮日記の昭和史」を制作中で、高松宮の日記のなかにボナ・フェラーズの名が出てくることから、その裏付けをとるために、アメリカに住むボナの独り娘ナンシー・フェラーズ・ギレスピーの家を訪問した。１９９６年五月であった。

そこに占領当時の書類が、膨大に所蔵されているのをみた。

ボナは非常に几帳面なひとで、ほとんどあらゆる資料を保存していたし、例えば自分の書いた手紙でもコピーをつくってのこしていた、というふうに、取材班が歓声をあげるほどに完璧なものだった。

くわえて、娘のナンシー自身も父の回顧録を書く意図をもっていたため、資料の整理もきちんとしてあった。

このなかに、「独白録」の英語版に相当するタイプ打ちの原稿十二枚があったのである。第一枚目の原稿の上部に「寺崎英成による」(BY Hidenari Terasaki)と、ボナ・フェラーズの筆跡の書き込みがあった。

発見されたタイプ原稿の、出だしは次のようになっている。

「一九四五年八月十五日に、すなわち日本本土が侵攻を受ける前に、戦争を終わらせる力が天皇にあったのであれば、そもそもなぜ天皇は戦争開始の許可を下したのか、という疑問が生じる。

この疑問を解明するには、一九二七年にさかのぼり、軍国主義者たちと天皇がどのような関係にあったのか、天皇自身に回想してもらうことが必要である。」

「独白録」の狙いをみごとに言い表している。

この前文に続いて張作霖爆殺事件の回想が天皇の一人称で始まる。そして、自分（天皇）はこの事件に鑑みて、以降はいいなり裁可をするようになったのだ、と太平洋戦争についての責任のないことを語り始めるのである。

これで秦郁彦の完全な勝利、ＮＨＫ取材班の大殊勲であった。

このフェラーズ文書の発見とそれの解読をもとにしてＮＨＫは『昭和天皇　二つの「独白録」』と題して放送した（１９９７年六月十五日）。そののち、番組の構成を担当した東野真氏は番組と同じタイトルの本を発表し（ＮＨＫ出版）、そのなかでいくつかの「なぜか」や、日本文と英文「独白録」のあいだの食い違いを提示、指摘した。

＊日本語の「独白録」（甲とする）が百七十枚もの頁数があるのに対して、英文の「独白録」（乙とする）は十二枚と、極端な差があった。内容にも細かい食い違いがあり、日本語文（甲）の完全英訳というものには思えない。

＊英文の独白録（乙）では、天皇の一人称で書かれていた文章が、結末部分で突然、寺崎自身の一人称にかわる、という奇妙なちぐはぐがあった。

＊さらに、フェラーズの文書群のなかから「天皇は戦争についてどう考えていたか」

（How the Emperor Felt about the War）と題する、「独白録」と内容の酷似する、別の英文の文書（丙とする）もみつかった。タイプ打ち十一枚の、報告書スタイルのものだった。これは一体どういう性質のものか。

これらの「なぜ」を、東野氏は綿密な考察の末つぎのような結論を得た。証拠文書が発見されなかったものもあり、東野氏が断定していない部分がいくつかあるが、しかし決して忖度ではない。きわめて合理的な結論である。考察の道程は省略して、東野真氏がだした結論を記す。

（東野真氏の考察を松永が咀嚼《そしゃく》してのべるため、誤った記述をするかもしれない。間違いがあれば責任は松永仁にあります。）

23

天皇への聞き取りが終わったのは、四月八日（昭和二十一年）である。その間、天皇側には「オーストラリアとソ連はなかなかアメリカの言うことを聞かないで反発している」というような情報もはいったりしていた。アメリカは、とくにフェラーズは危機感をつよめていた。それは当然天皇裕仁にも伝播する。寺崎英成をつうじてその雰囲気をかぎとると、聞き取りを続けつつ天皇は、マッカーサーへの二回目の会見を画策する。四月三日、会談は日時の設定はできないまでも、実現の見込みがたった。通訳は寺崎英成がつとめることと決まる。

四月十三日、それまで嫌がらせぎみに代表団派遣をこばみ続けたソビエト連邦がやっと、ゴルンスキー検事をはじめとするソ連代表団を送り込んできた。四月二十九日が起訴状の提出ときまり、緊迫感は高まる。

四月十八日、フェラーズからの朗報、「マッカーサーと天皇裕仁の会談は二十三日午前十時半から」と告げられる。

翌十九日、天皇は寺崎と大臣（宮内大臣・松平慶民）にたいし、会談ではなすことの自分の腹案を示す。

四月二十日、寺崎は会談用の資料を木下侍従次長に、木下が天皇にそれを渡す。

四月二十二日、会談対策のための二回目の打ち合わせ。天皇、木下、寺崎。

ここで事件が起きる。

衆議院議員総選挙で革新系が大躍進をし、幣原喜重郎の率いる保守系内閣が基盤脆弱のため、総辞職においこまれたのである（四月二十二日）。

憲法はまだ明治憲法が効力をもっていたため、次の総理の任命は天皇が行わねばならない。その混乱のなかで、マッカーサーとの会見はむり、とした天皇は寺崎そしてフェラーズを通じて会談の中止を申し入れたのである。日本側から申し入れていた会談を日本側の事情で中止した。

四月二十三日、天皇は寺崎英成にむかって、「フェラーズを通じて機密話してよし」と告げる。マッカーサーに直接言えないための代替案だった。寺崎は、会談のために用意した英文の文書をフェラーズに見せ、天皇がマッカーサーに言いたかったことを説明する。

この文書が英文「独白録」（乙）なのである。


寺崎英成の文書と説明を下敷きにして、ボナ・フェラーズが文章の体裁をととのえ、くわえて天皇裕仁の政治指導力がどれほど押さえ込まれていたか、を潤色し簡潔に表現したのが「天皇は戦争についてどう考えていたか」（丙）である。タイプ打ちで十一頁、寺崎の書いたルーズベルトの親電の部分は削られ、一方で木戸幸一（もと内大臣）の証言が引用され、天皇裕仁は戦争を望んでいなかったという論旨が、天皇のしゃべった以上にたくみに補強されている。

24

最大の難関をくぐりぬけて天皇裕仁は、安堵とともに全国行脚《あんぎゃ》にでる。人間天皇を実際の眼で見てもらう旅である。行く先々で国民は熱狂し歓迎した。

しかし、GHQはまだ安堵してはいなかった。

裁判の進行に決して安心できない要素は数々あったし、かたほうでは日本への新憲法制定という大事業が残っていたからである。

5　憲法第九条

できあがった憲法を一口で評価すると、

〈日本は形をとったことで納得し〉

〈米側は実をとったことで難局を乗り切った〉

といえる。

天皇制は残るが、戦争はしない。それを保証するのが第九条「戦争の放棄」の条文である。いくら天皇が、天皇制が存続しても、第九条があるかぎり日本は戦争はできない。この条文は中立国からも絶賛を浴び、世界は安堵した。

25

日本側が形をとった、と書いたことの理由を示そう。

天皇条項が憲法の冒頭にあることである。ヨーロッパの王政の国をざっと見てみても、王室についての条項が憲法の冒頭にきている国はない。

新憲法は明治憲法の条文のたてかたに酷似している。いや、明治憲法をなぞってつくられた。

明治憲法の条文を提示し、それに対応する現憲法の条文を書いてみる。

(明治憲法の条文は、カタカナ書きであり、濁点が打ってない。明治憲法、現憲法とも現在の仮名遣いにかえてある)

＊＊

明治憲法第一条

大日本帝国は万世一系の天皇之を統治す

現憲法第一条

天皇は、日本国の象徴であり日本国民統合の象徴であって、この地位は、主権の存する日本国民の総意に基く

明治憲法第二条
皇位は皇室典範の定むる所に依り皇男子孫之を継承す
現憲法第二条
皇位は、世襲のものであって、国会の議決した皇室典範の定むるところにより、これを継承する

＊（明治憲法第三条から第六条までは、これに対応する現憲法の条文がない。削除された）

明治憲法第七条
天皇は帝国議会を招集し其の開会閉会停会及衆議院の解散を命ず
現憲法第七条
天皇は、内閣の助言と承認により、国民のために、左の国事に関する行為を行う。
第二項　国会を召集すること

第三項　衆議院を解散すること

（第一項と第四項以下は略す）

＊（明治憲法第八条と第九条とは、これに対応する現憲法の条文がない。削除された）

明治憲法第十条

天皇は行政各部の官制及武官の俸給を定め及文武官を任命す

但し此の憲法又は他の法律に特例を掲げたるものは各々其の条項による

現憲法第七条

天皇は、内閣の助言と承認により、国民のために、左の国事に関する行為を行う。

第五項　国務大臣及び法律の定めるその他の官吏の任免並びに全権委任状及び大使及び公使の信認状を認証すること。

（第一項から第四項までは略す）

＊（明治憲法第十一条、第十二条、第十三条そして第十四条は、現憲法に対応する条文がない。削除された）

明治憲法第十五条

天皇は勲位勲章及その他の栄典を授与す

現憲法第七条

天皇は、内閣の助言と承認により、国民のために、左の国事に関する行為を行う。

第七項　栄典を授与すること。

明治憲法第十六条

天皇は大赦特赦減刑及復権を命ず

現憲法第七条

天皇は、内閣の助言と承認により、国民のために、左の国事に関する行為を行う。

第六項　大赦、特赦、減刑、刑の執行の免除及び復権を承認すること。

明治憲法第十七条

摂政を置くは皇室典範の定むる所に依る

2、摂政は天皇の名に於て大権を行う

（第1は省略した）

現憲法第五条

皇室典範の定めるところにより摂政を置く時は、摂政は、天皇の名でその国事に関する行為を行う。この場合には、前条第一項の規定を準用する。

＊＊＊

明治憲法では十七の条が天皇について規定しているのに対して、現行の憲法では八つの条である。明治憲法から九つの条を削ぎ落としている。削ぎ落とした九つの条にこそ、明治憲法の命があったのである。その「命」ゆえに、天皇条項が憲法の冒頭にすえられていた。

現行憲法の天皇条項は憲法の冒頭に据えられるべきものでは全くない。民主憲法と称するなら、主権は国民にある、とする条項を冒頭にもってくるべきだろう。平和憲法と称するなら、戦争の放棄の条項を冒頭にもってくるべきだろう。

ここで煩わしさを承知で、明治憲法から削ぎ落とした、明治憲法の神髄ともいうべき九つの条項を書いておこう。若いひとたちが明治憲法をよむことはあまりないだろうから。

第三条　天皇は神聖にして侵すべからず
第四条　天皇は国の元首にして統治権を総覧し此の憲法の条規に依り之を行う
第五条　天皇は帝国議会の協賛を以て立法権を行う
第六条　天皇は法律を裁可し其の公布及執行を命ず

＊

第八条　天皇は公共の安全を保持し又は其の厄災避くる為緊急の必要に依り帝国議会閉会の場合に於て法律に代るべき勅令を発す

（付則は省略）

＊

第十一条　天皇は陸海軍を統帥す
第十二条　天皇は陸海軍の編成及常備兵額を定む
第十三条　天皇は戦を宣し和を講じ及諸般の条約を締結す
第十四条　天皇は戒厳を宣言す

（付則は省略）

天皇条項を冒頭に残し得たことで日本側は〈形をとって〉納得した。米側は〈天皇を象徴として無力化したことで〉納得した。

天皇の無力化を二重に担保したのが、「戦争の放棄」（第九条）であった。これで世界も納得した。

突然内閣を放り出して国民を驚かせてみせたある国のある総理大臣は、「押しつけられた憲法は変えなければならない」といって、手続き法の部分までは強引に採択させた。

「押しつけられた」というのは、確かにその面はある、しかしあの時点で、現憲法をのまなかったら、天皇は断罪をうけなければならなかっただろう。

時の総理大臣だった幣原喜重郎は彼の伝記の中でこういっている。

「天皇制を維持し、国体を護持するためには此際思ひ切って戦争を放棄し、平和日本を確立しなければならぬと考へた。」

天皇制があるかぎりは、現憲法第九条を改悪することはまかりならない。それが天皇制をのこしたことの、世界への償いだ。

第三部　原　爆

1　広島に生きる

1

昭和三十三年入社のぼくが三十五年にははやくも結婚した。この結婚は動機が不純なものので、仕事を心おきなくするためには家事をしてくれる手助けがいる、それだけであった。だから「子どもは必要ない」と宣言した。

いっぽうで、女性も働かないといけないといい、仕事は続けるように、といった。男尊女卑とエゴイスムのドロにまみれた行為であった。

そんな浅薄な行為はすぐ破綻する。

妊娠しました、と告げられた。海水浴につれていった。翌日、トイレをでてきた妻は、赤いものが流れた、といった。ほっとした。

計算間違いでした、といったのはそれから一年もたたない頃だった。検査のため病院に行くと「おめでとうございます」と医師が告げた。

ここでぼくはすこし決心をし、妥協をした。

「男の子ならいい、女の子だったらいっさい面倒はみない」

広島の八月六日といえば、年中でもっとも忙しい日である。朝の五時、お腹が痛いといったがどこかで聞きかじった浅知恵で、もうすこし我慢した方がお産は楽だ、といった。六時「もう駄目」と云われてタクシーを呼び県病院へ乗り付けた。どこかの部屋へ運ばれるのを確認してそのまま局へ出た。仕事を口実にし、逃げ出した。

いつものように忙殺されていた朝十時、局の交換手が、県病院からです、と告げた。電話は男児誕生を告げる看護婦の声だった。指は十本あります、五体満足です、おめでとうございます。

男児を望んだはずなのに、男児誕生ときいても喜びはそれほどでなかった。指は十本あります、といった看護婦の言葉がいつまでも不思議のことのように頭に残った。

県病院へ向かったのは夕方の四時だった。

赤い顔の猿に似た男児がわが子だった。あかちゃん、と呼ぶ理由がわかってへんに感心してしまった。三日ほどで人の顔になり、退院の日が近づくと驚いたことに、笑うのだ。なんども笑顔を見せるのである。驚いて、カメラを買い、乳児ベッドに張り付いてシャッターをきった。現像すると確かに笑顔である。写真を局へ持参し、だれかれかまわず見せてまわった。たいていの人が珍しくもなさそうに見たが、受付に採用されていた元ミス広島のお嬢さんだけは、写真をみて自分のことのように感動してくれた。

ぼくは、このあかちゃんとなら仲良くやっていけるだろうと、元ミスと一緒に写真をみながら、そういう予感に包まれていた。

この子に「英《すぐる》」と名付けた。母親の名から一字とったのだ。贖罪である。

その日以後、わが子への必須になっていた朝の湯浴《ゆあ》みをさせながら、耳を押さえて頭をあらってやりながら、ぼくは、入社以来はじめて原爆をテーマにした作品を創る決心をした。

それまで原爆に背をむけていたのは、ごく単純な理由だった。入社の翌年のある日、ふと隣の同僚の机をみたとき、書きかけの放送原稿が眼にはいった。それをみてがくぜんとした。

「平和な家族が一発の原爆で一瞬にして不幸に突き落とされた」

沖縄が全滅し、日本の本土がいよいよ決戦の場になろうとしているときに、日本に平和な家庭などあったのだろうか。こんな認識を持つ同僚に不信感を抱くと同時に、あるいはこれが広島のマスコミの、あるいは被爆者の、おおむねの認識かもしれないと思った。
この一行のために、原爆はしない、と決心していた。

しかし、両腕を拡げ、握った小さな手をふりながらぬるい湯に満足そうな声をあげる男児をみて、彼が八月六日に命を得たのはやはり無視することのできない暗示だろう、一本つくろうと決めた。

原爆の残虐性、被爆者の哀しみ、辛い思い、それは語りつくされているように思えた。原爆の放射能がもたらす、未だ知られていない恐怖にたちむかっている被爆二世をテーマにしようと考えた。

結婚をためらう被爆二世を主人公にして、子どもを生むべきか生むべきではないのか、だれも答えられない恐怖のなかで、結婚し生むことを決意した二人の男女。その決意をほかの被爆二世へのはげましの言葉としたい。そういう番組を考えた。

広島大学に、被爆二世の会をつくって、被爆二世たちを励まし続けてきたN教授がいた。問い合わせると、ぴったりの二人がいる、とのことだった。悩み抜いたあげく、先生のはげましを受け入れ、結婚の決心をしたという。

羽仁進さんはＴＢＳラジオで「象にさわった子どもたち」と題する録音構成の番組をつくり、民放祭の最優秀賞をとっていた。

全盲の子どもたちが象にさわってその印象を語る。初めての体験が子どもたちを興奮させ、さわる部位によってみな印象が違う。けらけらと笑って楽しそう。その取材と構成、チームの仕事は見事であった。

羽仁さんが原爆に意欲があるかどうか、なにも知らないままに電話をし、羽仁さんは東京赤坂のある喫茶を指定した。受けてもらえる、と直感した。

三月のまだ寒さの残る東京だった。コーヒーを注文する間もまたず、羽仁さんは「どうして僕をえらんだのですか」ときいた。これをパスしないと承諾してもらえない。予期せぬ質問で、緊張した。

「象にさわった子どもたちに大変感動いたしました、それで」

それ以上言葉が続かなかった。

「わかりました、やりましょう」

それだけで羽仁さんは受けてくれた。いよいよ乗り出す。身が震えた。局に提出した企画書を渡し簡単な説明をした。いいですね、と羽仁さんは言った。取材スケジュールの概要を決めた。

羽仁さんには軽い吃音がある。どもることによって思考のリズムを整えている。そのリズムの中で、

「戦争は、こ、国際政治の一形態なんです」

と言った。

「この観点を基盤にすえて、つ、つくろうと思いますがいいですか」

「いいです、ぜひその観点からお願いします」

僕はそう答えた。

これで構成の姿勢がはっきりとした。ふるえが停まり、勇気が湧いてきた。


社へ帰ると、製作部長に羽仁進氏が引き受けてくれたことを報告すると同時に、足枷《あしかせ》になっていた公開録音のクイズ番組を打ち切りにするよう申し出た。労力がかかるのに、ラジオむきではなく、どんなにもがいてみても聴取率はあがらない。毎週毎週ライオンに追われているような感覚で、ほかの番組も粗製乱造になってしまう。

部長はあっさりと了承した。テレビがはじまってみて部長自身も止めどきと思っていたのかも知れない。

だが、部長はぼくに一言いった。

「番組を自分で終わらせた製作部員ははじめてじゃの」

番組編成は編成部に権限があり、終了するかどうかは編成部で決める。製作部ではない。嫌みのようであり、そうでもないような優柔不断の部長らしい一言だった。ぼくには「番組を埋葬した男」という陰口がついた。

2

原爆番組は十七歳の育子さんと未来の夫が取材対象であった。男性は直接被爆者で、育子さんは胎内被曝である。育子さんの両親はすでに死亡していた。

原爆の放射能が二世へ悪い影響を与えるだろうことは実際にも例があった。しかし二世から三世へとなると全く予知できない。

広島大学のN教授は、

「生むことによって自分たちも成長するんです。どんな子どもでも必ず育てるという覚悟をもって、結婚しなさい」

そういって励まし、勇気を与えていた。

屈折した思いでためらい、ひっそりと一生をおくることは原爆に負けてしまうことだ、ぼくには先生の言葉は共感できた。

育子さんたちも先生の考えに勇気づけられ結婚を決意した。結婚して赤ちゃんを生む。そう決意した。そんな、人間としてあたりまえのことに、被爆した人は悩むのである。

育子さんたちと話し合いをし、先生の助言もあって二人は取材に応じてくれた。ただし実名は出さないことというのが条件であった。

羽仁さんのスケジュールにそってインタビュー取材の日を決めた。N先生が自宅を提供してくださった。ぼくはインタビューを羽仁さんにお願いしたかったのだけど、一人でも多くの協力者がいるほうがいいと考えて、ベテランで気のあったアナウンサーを協力依頼した。クイズ番組の司会をしていた武良野さんで、気心は知れているし、番組をつぶしたお詫びの気持ちもちょっぴりあった。晩婚の人で前年赤ちゃんが産まれていて、赤ちゃん同期のぼくにぴったりだった。

録音も、いつものデンスケではなく機材をセットして簡易録音機を隣室に置き、長時間の収録に対応することにした。

昼から始めて、休憩をいれて五時間のロングインタビューとなった。最初、あるいは時折、羽仁さんが言葉をはさむだけで、武良野さんの独断場となった。ひとつづつひとつづつ具体的に聞いていく。

結婚のことはどちらが先に？

そのとき育子さんはどう答えた？

それは朝か昼か夜か、

場所は何処か、

どんな服を着ていたか、などなど。

じっと聞くとそのときのことが彷彿《ほうふつ》とするような、くいさがりようであった。武良野さんは自分の番組をつくろうとしているのではないか、といぶかるような迫力だった。

育子さんも未来の夫もひとつづつ丁寧に答えてくれた。のちに羽仁さんはこのインタビューを「武良野尋問」と名付ける。

三十分テープ三本くらいに荒編《あらへん》をしておいてください、と指示して羽仁さんは東京へ帰った。一緒にテープを聞くものと思っていたのでどきりとした。そこまで信用されていいものか。でもやらなければ。

三十分テープおよそ二十本を三日間ほどかけて聞き、必要個所にマークをいれる。その個所が本当に羽仁さんの欲しい個所なのか、ぼくにはわからない。これも必要かもしれない、と疑問が浮かぶともうだめだ。これもこれもでは三本のテープに収まらない。悩んだあげく、自分が一番必要と思う個所にかぎることにする。それでも、武良野尋問は細部がおもしろく、どれも落としがたい。そんなことで徹夜はまた三日間におよび、思考がうろんになってくる。

荒編からまた落としていくと、音質が劣化する。やっとのことで三本のテープに収めた荒編音源を聞きつつ、オリジナルのテープから再度その部分をダビングしていく。これは大変な作業であった。つきあう先輩の技術者もめんどうなことにつきあわされたものだ。しかしちっとも文句をいわず、新婚の奥さんの手料理を用意して徹夜をしてくれた。ぼくが鬼気迫るといった風情だったせいかもしれない。

3

N教授と電話で話していて、育子さんに里親がいたことがわかった。育子さんの中学生から高校生になるまでの多感な頃で、里親は中学校の男性教師だった。教職員組合の呼びかけに応じて育子さんの里親になったという。会うことは一年に一度もあるかないか、あとは手紙の往復です、とＮ教授は言った。里親は青森県のむつ市に住む。

里親から育子さんの手紙をお借りしたい旨教授に告げた。育子さんへの諒解は教授がとってくださった。里親へはぼくが連絡することになった。

むつ市に電話すると、誠実そうな青森弁で、手紙は三十通ほどあります、よく手紙を書く子でした、と里親の教師はいった。育子さんの番組をつくることを説明し、手紙を借用したいむねを告げると、簡単に承諾してくれた。先生の話も録音したいので青森へ、むつ市へお伺いしますというとこれも、いいです、という返事。ことはとんとんと運んでいった。Ｎ教授の協力がおおきかった。


羽仁さんはぜひその手紙が読みたいといった。ぼくも勿論必要だと思っていた。そう思わないひとがいた。

わが部長である。わが社は県域放送局であるから、県外にまで足をのばして取材する必要はないのだ、手紙は送ってもらえばいいし、インタビューは電話録音すればいい。

ぼくは絶対に行きたかった。行って、育子さんの里親になろうとした動機をこの耳で聞きたい。そのことは必ず番組のどこかに生きてくる、電話ではだめだ。

部長はもう話しはすんだ、という顔をしていた。

私費でもいい行ってくる、とぼくは決めていた。

東京へ出張取材の仕事ができた。別のレギュラー番組で、国鉄の鉄道運転士であり画家でもある太田忠さんを主人公にした番組をつくる。

忠さんには先生が二人いて、一人は神戸の小磯良平、もうひとりが東京にいた。太田忠さんに影響を与えた画家として東京と神戸には必ず行きたい、と部長に告げると、これは拒否できなかった。東京への取材はほかの番組でもよくあったからだ。

神戸から東京へ、太田画伯、武良野アナウンサーそしてぼく、三人で取材をし、東京の取材がすむとぼくは独りで青森へ向かった。

東京を出る前に支社から広島に電話した。もう一度、部長に懇願するつもりだった。電話にでたのは、先輩の女性ディレクターで、

「部長はおってんないけど、仁《じん》ちゃんから電話があったら、行っちゃあいけん言うといてくれ、いうちゃったよ」

部長はぼくの電話を見越していた。

「だめだというなら自分の口から言うのが筋でしょ、行ってきます」

ぼくは言った。

「ほうよね、ほんまよ、そう言うとくわ」

そしてぼくは夜行列車に乗ったのだ。

青森で乗り換えた列車は一輌だけの、乗客もほとんどいない、淋しいディーゼルカーだった。しばらく走ると左手に海が見え、海岸に白い朽ち木が異様な姿で並んでいた。後方支援を絶たれたぼくを暗示するような風景だった。

里親の先生はふっくらした体格の、穏和な容姿で、しゃべりも人間味にあふれていた。この人なら里親を引き受けるだろうな、とおもった。

帰りの汽車でぼくは、デンスケと、預かった手紙の包みを棚に置いて、安心感からぐっすりと眠り込んだ。

4

羽仁進さん二回目の来広は奥さんといっしょだった。

今回の打ち合わせは、荒編を聞くことと育子さんの手紙をわたすこと、それに基づいて番組の大筋をはなしあう、番組製作の進行を起承転結にたとえれば、承にあたるところで、そこいらの余裕を見越して羽仁さんは左さんを連れて行きたいといったのだろう。飛行機に夫婦割引というのがあり、これを利用すれば同伴の妻に割引がきく。もちろん妻の旅費は払います、そういう申出だった。ぼくにはなんの異論もない。大歓迎です、といった。

左幸子さんは映画俳優になるまえは体操の先生だっただけに、元気いっぱいの人で、打ち合わせの日、早めに（六時頃）出勤していると、ちょうど局の方へランニングしてくる左さんに偶然出会った。口をふさいでしまうほどの、六月の蒸し暑い広島の空気をかきわけて、すいすいと走ってきた。

「おはようございます、お元気ですねえ」

そのころ疲労困憊の極にいたぼくは心底驚嘆していた。

「朝走るのって気持ちいいわ、上流の橋までいって、こっち側の岸を下ってきたの。汗をながしてから羽仁といっしょにおうかがいしますね」

そう言ってまた走っていった。爽やかだった。

羽仁さんと局に来て、打ち合わせに入ると左さんは、散歩してきます、といってまた蒸し風呂の街へ出ていった。

昨日の到着の際すでに渡してあった育子さんの手紙の束を見ながら、羽仁さんは、

「この手紙読みましたか」

と、聞いた。読んでいなかった。くたびれはてていたのだ。

むつ市からの帰りの夜行列車ではなにも考えず眠りこけた。それに、里親の先生の方からの手紙は処分されており、この片側通行の育子さんの手紙がどれほど使えるものなのかわからなかった、眼をとおしていなかった。

羽仁さんは別に軽蔑した顔でもなく、

「こういう一方からだけの手紙というのは、推理小説を読み解くようなスリルがあるんですね。推理小説よりも面白いかもしれない」

と言った。そして「推理小説は嫌いですか」と続けた。大好きですが、とは言ったが、ぼくの頭にあったのは昔読んでいた、いわゆる探偵小説である。

「推理小説はね、作品《もの》をつくるときに役にたちます。よ、読んどくといいですよ」

羽仁さんは言った。そしてさらに嬉しい一言。

「これで番組に芯ができますね」

羽仁夫妻と武良野アナ、ぼくの四人で宮島見物にいった。海に浮かぶ朱の鳥居に左さん

は歓声をあげ、能舞台としても使われる張り出しの床を舞のしぐさで喜んだ。あ、左幸子といいながら旅の人が幾人か集まってきて、サインをねだった。ぼくは制止しようとしたが、左さんはいいのよ、といいつつ気軽に応じていた。

そんなとき羽仁さんがふと、言った。

「広島ではまだ自己規制ははじまっていませんか」

裏返して言えば、東京では自己規制が始まっていると言うことだろう。

「東京はもうそんな状況なんですか」

ぼくは逆に聞いた。

「え、まあ、それほどというわけではないですが、着実にきているような気がします」

海と左さんと両方を眺めながら羽仁さんはつぶやいた。

「広島はまだ大丈夫です、存分な原稿を書いてください」

ひょっとしたらこの作品がぼくの最後の力作になるかもしれないと思いながら、そう答えた。

羽仁さんはだまってうなずいた。

羽仁さんの、三度目で最後の広島入りは、オンエアー（八月八日）の二週間まえだった。

指示に従ってぼくが抜粋した収録インタビューは、前回の来広のとき羽仁さんと二人で聞いていたので、羽仁さんは荒っぽい構成は頭にあったのだろう、宿で書きますといい、旅館にもどって構成にかかった。

翌日十時、羽仁さんは構成をしあげ、局へ持参した。

タイトルは「広島に生きる」。

「ヒロシマ」ではなく「広島」と表紙に書かれているのを見て、まず嬉しかった。

育子さんたちの心の葛藤と迷い、そして克服。それらが武良野尋問を駆使して表現されていた。

ふたりを支えたN教授と、青森の里親、その心の支援は感情に溺れることなく表現されていた。

「ありがとうございます」

ぼくにはそれだけしか言えなかった。

台本にはいっさいの指示はつけず、羽仁さんは帰っていった。帰る日の朝、ふと羽仁さんが、

「松永さんの赤ちゃんにあわせてくれませんか」

といった。

驚いた。

一歳にもならないあかんぼを見てどうしようというのだろう、すくなからず疑問だったが、いいですよ、といい、局の近くに住んでいたことでもあり、わが家へ案内した。玄関口でしばし英を眺めた羽仁さんは、感想めいたことは何も言わず、礼だけをいって去った。

そのあとで、羽仁さんはどうしてぼくにあかんぼのいることを知ったのだろうと、疑問が湧いた。そうだ東京での初会見のとき、「象にさわった子どもたち」に触発されたこととあわせて、自分に子どもが生まれ、八月六日が誕生日であることを話したのだ、と思い出した。

5

編集しやすい、明快な台本であった。が、思案すべき個所がふたつあった。

ひとつは、ＳＥ（効果音）の指定として「産まれる赤ちゃんの泣き声」というのがあったこと。効果音集に既存の泣き声はあり、それを使うことも可能なのだが、ぼくは産室にマイクを据えて本当に産まれるときの声を録ろうと思った。

聴く人には、実音も効果音も同じように聞こえるだろう、だが臨場感が違う。励まし指導する医師と看護婦の声、苦痛に堪えながら自分の分身を生み出す妊婦。そしてなによりもぼくが、自分自身が番組に納得できるだろう。

あかちゃんが産まれる時間ははやくなったり遅れたりする、またそのことを了承してくれる妊婦がいるかどうか。これが思案のひとつ。

もうひとつは、育子さんの、里親の先生にあてた手紙の読みをだれにするか、児童劇団の声優に依頼するのは簡単だが、ご本人に読んでもらう方が迫力はある。しかし十三、四歳当時の育子さんの手紙を、成人した育子さんが読むことの不自然さはないか。また、その交渉をし、スタジオにきてもらって収録、その時間がとれるか。

放送局の診療室に、定期的に詰めてくれるお医者さんは、日赤病院の先生だった。その先生の紹介で産科の医師にコンタクトし、産科医はこの話しを了承し、近く赤ちゃんが生まれる予定の妊婦に話してくださった。初産だということだった。驚くほど簡単に諒解がとれた。

分娩室のとなりに、簡易録音機を設置し、陣痛がはじまると補助の看護婦さんにマイクを持ってもらうことにして、赤ちゃんの誕生を待った。録音担当として収録の時のU君がついてくれた。彼はとてもねばり強い。

分娩室にはいりました、との知らせが局に入り、日赤病院にかけつけた。夕方だった。夜中待った。朝になっても陣痛は始まらない。妊婦は一度産室にかえった。

産科医は、はじめての人は長引くことがよくあるんですよ、と言った。U君が、残ってあげるといってくれ、ぼくは局にかえり、編集を続けた。

次の日も陣痛ははじまらず、局にいて編集に身がはいらない。疲れもひどく、U君が残りますと言ってくれたのを感謝しつつ、いちど自宅に帰ることにした。夜十一時、編集の区切りで帰り支度をしていると、「産まれそうです」と連絡が入った。

U君と合流すると、もうじきらしいです、とささやいた。普通の声でしゃべってもかまわないのに、分娩室の緊張感がヘッドフォンをつけたU君をそうさせたらしく、それがぼくにも伝染し、黙って頷き、ヘッドフォンをつけた。

隣室は静かだった。ときおり、妊婦のうなりのような声が聞こえるが、医師や看護婦の声はまったく聞こえない。足音、器械の触れる音、マイクのコードの擦れる音、それだけだ。

「さあ、頭だ」

ふいに医師の声。

ややあって、

「ふぎゃああ」

と声がした。

「あああん」と続く。おぎゃあとは言わない。

そういう赤ちゃんの声が何度かあって、

「元気な赤ちゃんですよ、よくがんばりましたね」

と、医師の声が入った。

「はい」

と、妊婦の声がした。それで終わった。静かなお産だった。

妊婦に協力のお礼をし、医師や看護婦たちにお礼をいったあと、ぼくは先生にきいてみた。

「お産というのはいつもこんなに静かなのですか」

先生は、

「いやあ、録音に私達の声が入らないようみんなで声をおさえていたんです、こんなものじゃありません」

と言った。

棒でぶったたかれたようなショックだった。医師の、看護婦の、妊婦の、赤ちゃんの、それらみんなの声が欲しかったのだ。みんなが力を合わせて一つの生命を得る、それが欲しかったのだ。

自分の子どもの出産に立ち会って経験を得ていれば、あるいはそのことを強調して先生にお願いしたかもしれない。

バチだ、罰があたった。

6

育子さんの手紙は、声優に朗読してもらった。すがすがしい声だったが、迫力がないかなとも思った。

編集は、つまずきもなく、八月六日、放送の二日前に完成した。いつものペースよりも一日早い。すぐに事後処理に入る。出張旅費や、謝礼金、謝礼品の処理、番組を創ることから来るもろもろの処理。その中には青森行きの精算書もはいっていた。突っ返される覚悟だった。

八月六日、満一歳の息子の誕生日である。夕方早くに家に帰った。疲労で神経がささくれだっていたが、英を裸にして湯につけるとなぜか深いため息が出た。固まっていた頭脳がゆっくりと溶けていくような感覚を味わった。よる七時にははやくも睡眠に入り、翌朝の英の入浴も忘れてねむりこけ、眼がさめたのは八日、放送の日の早朝であった。

六時ころ、玄関のドアを叩く音とともに、「電報です」という大声が聞こえた。受け取ると、N教授からのそれだった。

「今朝の新聞を見た。実名が使われている。約束違反である、許し難い」

そういう内容の片仮名文であった。

血が引いた。

「実名」。

一瞬にして思いあたった。

番宣用の文章を、編成部からせかされたとき、忙しさの中で、企画書の内容をそのまま渡した。その後、羽仁さんと仕事がはじまり、主人公の名を「育子」としたとき、当然修正しなければならなかった。それを忘れていた。原爆特集であるから、新聞の扱いも囲みのおおきな記事だった。なんの言い訳もできない大失策である。放送中止、というような事態も頭をよぎる。

十分ほど考えた。武良野アナウンサーに近くの公衆電話から相談の電話をした。

「そりゃあまずかったのう」

と一言いい、武良野さんは、

「お詫びにいこう、編成局長にも行ってもらおう、わしが電話する」

と、てきぱきと対策をかんがえてくれた。

三人でN教授宅を訪れた。

朝八時、育子さんたちも来ており、まず編成局長が育子さんとN教授にお詫びを述べた。武良野さんの指示で、ぼくがことの経緯を説明して深く頭をさげた。

教授は、

「こういう約束違反に対しては、放送中止を要請することもできると思います、が、育子さんの意思も聞いてから決めたいと思います」

と言った。

N教授が問いかけるように育子さんの顔を見る。N教授宅へ入り、育子さんの固い表情を見てから後のぼくは、放送中止を覚悟していた。

育子さんはうつむいたままの低い声で言った。

「別に放送してもらってもかまいません」

そういったあと、

「マスコミというのはどうせそんなとこだろうと思ってましたから」

そう継いだ。

放送中止をいわれたのより愕然とした。ぼくひとりの小さな不注意がマスコミ全体の体質に転化された。ぼくは極度の自己不信に陥った。

午後からの放送が始まる前、局近くの喫茶店へ逃げ出した。ぼくの不祥事は編成局長と武良野さん以外だれもしらないことではあるが、とてもいたたまれなかった。

驚いたことに、古くから社外モニターをやっているRさんがいて、喫茶店のカウンターにラジオを置いてもらい、老いた掌を貝のようにして、耳にあて、その耳をスピーカーに近づけて番組を聞いていた。

切れ切れに聞こえる言葉の片から、それがぼくの番組であることがわかった。Rさんは辛口のモニターで、番組制作者からは、なにがしか敬遠されていた人である。そのひとがこんなに懸命に聴いている。不思議だった。ぼくの自己不信はまだ続いていたのである。

青森行きの旅費は受理された。

Rさんはモニター報告書で、ぼくの番組を絶賛してくれた。

こんなの始めてよ、あのモニターが褒めるなんて。と先輩の女性ディレクターがいった。

ジンすごいじゃないか、と武良野さんもいってくれた。

青森の旅費が受理されたことも、モニターでほめられたことも、ぼくにはちっとも嬉しいことではなかった。

2　統一の触媒は女性である

7

ラジオ制作で五年過ごしたあと、ラジオ報道に配置変えになった。テレビからはまだ見放されていた。

いたって暇なセクションで、報道取材というよりも、集まってくるニュースをねたにして、中央からくるワイドのなかのコーナーをつくるのが主な仕事であった。自己不信を脱却していないぼくには、ちょうどいい。

原水爆禁止運動が、考え方の違いで対立を強め、共産党系の原水協と社会党系の原水禁へと組織の分裂がはじまっており、その年（１９６４年）の七月には分裂していないのは全国で山口県原水協のみとなっていた。安部一成という山口大学の教授を核にして、対立はありながらも統一をまもっていた。

そのことにぼくは、自己不信にありながら、少し気持ちをひかれた。安部先生の指導力なのか、なにか不思議な力が山口県原水協にはあるのか、さぐってみようと思った。自己嫌悪も脱却できるかもしれない。

山口県原水協の平和行進に全行程を同行し、日々の行動をニュースとして送稿するとともに、それをまとめて構成し、山口県原水協非分裂の力の源をさぐる番組をつくる。分裂した他の原水協・原水禁への天啓ともなる。これが企画書の内容である。

課長は、共にラジオ制作から移ってきたひとで、自身原爆番組をつくっていたこともあり、即座に企画をみとめてくれた。留守中のことはなんとかする、ぜひやろう。ぼくの仕事の幾つかを他のひとに振り分け、後方支援も確保してくれた。

行進は下関を出発の起点とし、集会のあと、日本海側をとおって萩市から北上、山口市へ入る。ここで大規模な山口県の統一集会が行われ、瀬戸路を東上する。岩国で最後の夜をすごし、八月四日夕刻、広島市平和公園にはいる。十日間の行進である。

下関出発の前日、ぼくはめいっぱいの録音テープとデンスケ一台をもって下関の旅館にはいり、安部先生への取材、そして以降の打ち合わせをした。

行進の全行程をとおして歩くのは、旗手の富田雄一君と運転の脇俊治君です、そういってぼくの顔をみて安部先生は「そしてあなた」。ぼくも行進の一員となった。

出発式の朝、下関駅のまえは大勢の白い半袖のワイシャツ、赤い旗、原水協の各支部のプラカード、そこですでに山口県原水協の底力をみせていた。街頭宣伝用の車のうえで口々に統一を訴える。おしまいに安部先生が教授らしい柔らかい口調で、わたしたちの統一を全国のみんなにみせてあげよう、と誇りとともに語った。いっせいの拍手。

通して歩く社青同の旗手、富田雄一くんが紹介され、拍手。富田くんは山口県原水協の旗を大きく振る。また拍手。

おなじく行進を通して運転する日本共産党の脇俊治さんが紹介される。拍手。あろうことか、ぼくまで紹介され、またまた大きな拍手。「マスコミがんばれー」とおまけがついた。

行進が動き出した。

運転手の脇さんはやせ型のややいろぐろ、年配はぼくより上のようだ。集会のまえに挨拶したときの感じで、柔らかいひとに思えたが、彼が短気なのはすぐに証明された。参加者と一般通行人の混雑で車が思うように動けないと、

「もたもたするな、ちゃんと整理をせえ」

でっかい声でどなる。みると若い警官が制服の暑さもあってか、汗にまみれながらもなかなか群集を整理しきらず、動き回るばかりで脇さんの運転する先導車が動けない。

「なんじゃこら、交通整理が仕事じゃろうが、ちゃんと仕事せい」

集会で鍛えた声が警官にむかって浴びせかけられる。

ぼくは、脇さんへの性格診断ミスを驚くよりも、彼の、警官と対峙する勇気に驚いた。安保デモが国会議事堂周辺で渦巻いていたとき、親友で、まだ大学生だった奥本はなんどか参加し、警官に追い回された。その時のことを彼は、

「日頃ポリ公とかいうて揶揄《やゆ》しとるがの、ほんまにおいかけられてみいや、そりゃ恐ろしいでえ」

怖いものなしにみえる奥本がそんなふうに述懐していた。彼の言葉は親友であるだけに、よく理解できた。

いま、脇さんは本気でどなっている。助手席にいてぼくは小さくなっていた。

8

専用のベルトに旗竿をさしこみ、炎天を富田くんは歩く。十数人の有志が後に続く。脇さんが行進の速度で運転し、ぼくは助手席で楽をする。

富田くんは、ぼくよりも若く、独身。けれども若さはつらつというような風情はあまりなく、一種、醒めた態度である。脇さんは、富田くんを評して「社青同は気合いがはいっとらん」と運転しながら言う。いささかばかにしたような言葉で、ぼくは今日以降この三人でうまくいくのだろうか、とすこし不安を持った。

行進は、全行程を広島まで歩くという意味ではない。市街地はずれまでくると、有志の行進者は解散し、富田くんも旗を降ろして車に乗る、次の地点まで来ると、つぎの地区の行進者が待っていて、富田くんは車を降りてともに歩き、小集会の開かれる広場までいく。そういう繰り返しであった。こうやって拠点の町で夕刻となり、中規模の集会があって、そのまちの安宿に三人で泊まる。宿からぼくはその日の出来事を夕方のニュース用にラジオ報道部へ電話送稿する。

汗を流して、食事になると脇さんは、

「いっぱいやらんかい」

と、富田くんの顔を見た。ふたりは時折顔をあわせる間柄らしい。富田くんが酒を飲まないのを知っていて聞いたふしがある。ぼくを見てにやりと笑った。

富田くんは、

「むむむ」

というような曖昧な言葉で断った。脇さんがぼくの顔を見た。

「やりましょう」

ぼくは無性に飲みたかった。

一杯目を脇さんは富田くんにつきだし、

「まあ、初日じゃ、おまえもやれ」

富田くんにすすめる。富田くんは少し受けると、渋い顔で飲む。脇さんはぐいと飲む。ぼくもおいしく飲む。

「社会党はおかしいことをいうちょるのう」

脇さんがぼくの方を見ながら富田くんに言った。

「あらゆる国の原爆に反対」

そういってぐいと飲む。

「そういうような八方美人ができるいうんかいの」

また飲む。富田くんはめしを食っている。ぼくは、どういうことになるのか思案しながらも、協と禁が分裂する本質のところを富田くんに挑発していることに気づく。富田くんは黙っていて答えない。答えることができないのか、答えたくないのか。

富田くんが突然ぽつんと言う。

「それじゃ、なに、ソビエトの原爆はいいんですか」

これで火がついた。

「あたりまえじゃ。ソビエトが原爆をもつことが、アメリカの原爆水爆、アメリカの戦争志向、全てを抑制するんじゃ。」

待ってたとばかり、脇さんが答え、論争がはじまった。ぼくは完全な傍観者、聞き役である。

時とともに富田くんの旗色は悪くなり、とうとう黙ってしまった。何をどう挑発されても無言となる。

ふと、富田くんがいった。

「やりますか」

部屋の隅を見ている。碁盤があった。

「やろう」

と、脇さんが応じた。「碁でもこてんぱあにしちゃろう」

富田くんは笑っている。

たしかに富田くんの碁は、柔らかく、勝てそうでかてない、富田くんの性格をそのまま映しているもののようだった。負けているとも思えないのに、脇さんは数えると負けている、そんな碁が続いた。富田くんが意識的にそういう碁にしたのかもしれない。

三度挑戦して三度負け、脇さんが、もういっちょうと言ったとき、富田くんは、

「何べんやってもだめだと思いますよ」

と、きつい一言を発した。脇さんは碁盤の石を両手で掬うと、ざざざと盤に投げつけた。喧嘩が始まるのかと思った。


原水爆禁止運動のありかたについての議論と、囲碁と、これは夕食後の決まったパターンとなって、行進は萩市を過ぎ、県都山口市にはいった。

山口市では、安部一成教授ら大勢の、下関の三倍以上はあると思われる参加者があった。

県労会館ちかくの広場はぎっしりで、統一をくずさない山口県原水協の偉容をみせた。その日までなお社・共が分裂せず、統一を守っていたのは、日本で、ここ山口県だけである。参加者はそのことに興奮しているようであった。取材にも身が入り、テープがつぎつぎと回った。

集会ははやめに終わって、宿泊所にはいった。その夜は旅館ではなく、湯田温泉街の一角にある県労会館の二階大広間だった。会館とはいえ、温泉街らしく、ちゃんと天然の温泉がついていた。

9

広い温泉の湯につかり、夕食にかぶりつき、疲れが癒えてくるといつもの議論であった。同じ繰り返しなのであるが、なんども聞いていると判らないなりにもぼくに一つの方向が見えてきた。

脇さんの言う「ソビエトの核は正義である」とする理論は正しいと思えた。富田くんのいう「全ての国の核を禁止すべきである」というのも正しいと思えた。ふたりの違いは、一方（脇さん）が政治を論じているのに対して、他方（富田くん）は大衆にたいする運動の進め方、方法論をいっている。そう思えた。
かみ合うはずがない。

被爆から三、四年は被爆者を中心にして、アメリカ憎しのこえは広島の街に満ちみちていた。すこしずつすこしずつこの声は薄れてゆき、日米安保条約締結（1960年）以後は全く消えた。原爆のみが憎しみの対象となった。広島の人たちの（あるいは国民の）感情の変化によりそって、社会党は「核兵器こそが悪いのだ、全ての国の核兵器を廃絶せよ」という。人々の心を掴みやすいのはこのスローガンであろう。しかしこの時点で、そして2008年の今日の時点でも、核兵器をもっとも多く所有するのは、アメリカである。そして核廃絶にもっとも難色を示す国はアメリカである。

このアメリカの傲慢を牽制する役割を日本共産党は、同志であるソビエトにもとめる。ソビエトも核を所有することによってアメリカの傲慢を抑制できる。だからソビエトの核は正義なのである。

全ての国の核兵器を廃絶せよ、とさけびつつ多くの人の賛同をあつめ、その力をアメリカが先ず廃止することに集中する。これが必要なのではないか。なぜなら、アメリカは使、い、い、い、い、用する必要のない二発の原子爆弾を実際に日本国民の上で炸裂させたのだから。

ふたりの議論を総合してぼくは、このように理解した。

脇さんと富田くんの議論はいつもの平行線で、いつもの囲碁へとなった。この夜、富田くんは手をゆるめることなく、黒石を縦横に捕獲し、あまりの惨敗に、脇さんはぷいとたちあがり、窓枠にすわって夜空を眺めはじめた。富田くんは「井目《せいもく》風鈴でやってみますか」とぼくにいい、ぼくらは退屈しのぎの対局を始めた。

窓枠から脇さんの緊迫した声が聞こえた。

「おい、電気を消せ」

押しつぶした声である。

「早く消せ、早く」

気迫におされて訳のわからないまま、富田くんが電気を消す。

「こっちへ来い」

脇さんのいる窓のところにいくと、眼のしたの暗闇の一角で明るく電気がともっており、そこは会館の浴場であった。浴場の窓は湯船のある側が半分開けられていた。その右が脱衣所でその窓は全開であった。そこに湯船からでたばかりと思われる一人の女性がいて、彼女は全裸であった。

二十三、四歳であろうか、締まった肉付きのすらりとした後ろ向き。彼女は大鏡のまえで自分を見ていた。両手を胸に当て、すくい上げるように乳房をもちあげ、体をひねって左斜めから、からだをまわして右斜めから。正面にもどるとややあって手を放し、その手で長い髪を束ね、着衣にかかった。

「もうええじゃろ」

脇さんがささやく。

ぼくらは窓をはなれた。くらい部屋でだれも電気をともさず、男三人それぞれの想いにひたっていた。

電気をつけて三人が顔を見合ったとき、だれからともなく笑いはじめ、ついに大笑いになった。脇さんもぼくも、富田くんまでも、笑いわらった。

寝についてぼくは、古代ひとびとは争いごとをこうやって仲裁したのではなかろうか、たとえば岩戸のまえのアメノウズメのように。そんなことを考えてしまった。

岩国でぼくは行進を離れ、広島へかえった。山口県原水協の広島入りを平和公園で迎えるために。

ごったがえす群集のなかでスピーカーが、

「みなさん、山口県原水協の到着です」

と告げた。小さくまばらな拍手が人の中から起こった。

その次の年、1965年、五月二十二日にひらかれた原水禁山口協議会の総会に、社会党・総評系団体が脱退届けをだした。

指の鳴る音

第一部

さんにんのうち二人は同じ年齢である。

が、面識はない。

瓢文子《ひさごふみこ》は袋町国民学校の高等科一年生で、その日がはじめての建物疎開の日、雑魚場《ざこば》町《ちょう》への動員だった。

同じ年齢の森脇瑤子は、広島県立広島第一高等女学校に在籍していて、同じ日、土橋《どばし》町《ちょう》での建物疎開だった。

文子と同じ雑魚場町にいたのは、亀沢恵尼《えに》だった。けれども、文子と恵尼とはたがいに顔を知らない。亀沢恵尼は広島県立広島第二高等女学校の二年生だったから、学校が違っていた。

たがいに知りあわないこの三人に共通するのは、同じ日、おなじ八時十六分の閃光を浴びたということである。

1　建物疎開

森脇瑤子の日記が残っている。

広島第一県女入学の昭和二十年四月六日からつけはじめたもので、五月十七日と十八日の欄に、はじめての建物疎開のことを記している。（かな遣いは変えてある）

『　五月十七日（木）晴れ

【学校】

今日から、いよいよ作業がはじまった。

私たちは、地方裁判所から、七十軒を整理するのだ。（略）

【家庭】

作業で、少し足が痛かったが、兵隊さんのことを思えば何でもない。明日も一生懸命にやろうと思いながら、日記を書き、家事表をつけて、床についた。』

『　五月十八日（金）晴れ

【学校】

今日も作業であった。やはり昨日と同じ付近を整理した。竹をひぱっていると手を切った。小さい傷ではあったが、痛かった。しかし、戦場を思えば何でもないことである。』

建物疎開には、中学校と女学校の一、二年生が動員された。家の柱を、老いた兵隊がノコギリで切る。その柱に綱をかけ、大勢でえいやっとひっぱるのである。

『一軒の家がものすごい土煙を舞いあげて倒されると、少年少女たちの群はいかにも敵陣地を占領した時のように勝鬨《かちどき》をあげるのである。』

建物疎開の作業にたまたま、姪の森脇瑤子が参加しているのを見た軍司令部の宍戸幸輔は、その様子をこう描写した。

建物が倒れると、瓦をはがし、そぎをとり、電線をぬき、柱を集め、と解体にかかる。瓦や電線などで使えそうなものをより分ける。もう一度使うのである。そうやって平地（または道路）をつくる。できた平地にはすかさず芋の苗が植えられたりもした。だれもかも、空腹だった。

森脇瑤子はそのあとも動員にかり出された。

五月二十三日、道路の整理。

二十六日、待避道路整理。

六月三日と四日、道路清掃作業。

十一日、勤労奉仕で原村へいき農家の手伝い。

十四日、吉島飛行場で空き地を耕し、サツマイモを植えた。

十八日から七月四日まで吉和村へ帰農（農家の手伝い）。

七月九日、代用食のつくりかたを習い、翌日は学校や自宅が全焼したときどうするか、をならった。

八月三日と四日、竹屋町の農園で除草作業。

この間、机について勉強したのは数日しかなく、それもしばしば警戒警報や空襲警報で中断された。

そして、八月五日の日記。

『　八月五日（日）晴れ
【学校】

家庭修練日（休日）。

【家庭】

今日は、家庭修練日である。

昨日、叔父が来たので、家がたいへんにぎやかであった。「いつも、こんなだったらいいなあ」と思う。

明日からは、家屋疎開の整理だ。一生懸命がんばろうと思う。』


八月六日、森脇瑤子たち広島第一県女の作業現場は土橋町付近であった。その日、そこには、ほかに九校の生徒が動員されてきており、生徒と引率者の合計は千七百八十六人だった。

広島市内では、そのほか四カ所で大規模な建物疎開をしていた。
鶴見橋《つるみばし》付近が八校、千五百八人、
県庁周辺（水主町《かこまち》）が九校、千九百二十一人、

八丁堀付近が一校、五百十四人、
最も生徒数の多いのが市役所裏の雑魚場町で十三校、二千四百四十四人だった。その雑魚場町に瓢文子もいた。

2　学徒報国隊

袋町国民学校の訓導、加藤好男は女子のみの高等科一年生と二年生の担任だった。いまでいえば中学一、二年生である。

あわせて三十五人の生徒によって、袋町国民学校学徒報国隊が組織されていた。その報国隊に結隊後はじめての動員がかかった。八月六日午前七時より市役所裏、雑魚場町での建物疎開に従事せよ、というものだった。

その朝、加藤は疎開本部に提出するための動員名簿をつくっていた。参加予定の二十人のうち十九人の名を書いて、二十人目の猪飼《いのかい》たか子と書きかけて、七時九分、警戒警報のサイレンが鳴った。いそいで金庫に名簿の写しを収め、「正」の報告書をシャツのポケットに入れた。

加藤が金庫に入れた名簿の氏名はつぎの通りである。

＊高等科二年生

新井敏子、川本美智子、三好登喜子、多田品子、香川礼子、和田芳江。

＊高等科一年生

玉川房江、田部文子、西田フサヨ、原田文江、伊藤艶子、北村禎子、三島利子、矢野英子、西本敏子、藤崎君子、瓢文子、貝原信子、猪飼。

七時三十一分、警報が解除された。

作業開始には三十分以上もおくれていた。もう警報は鳴らないだろうと判断し、猪飼たか子を待たずに出発した。広島のひとたちは一機、二機の飛行機にはなれっこになっており、警報が解除になればすぐさま平常の生活にもどるのが習慣になっていた。

加藤の指示にしたがって、生徒たちは弁当や持ち物を学校に置き、防空ズキンひとつで出た。作業は、初日ということでもあり、昼までにおわる予定だった。

かすりのもんぺに白い水玉の服を着た瓢文子は、杉の下駄をからころと鳴らしながら、水筒を肩にし、仲良しの貝原信子とならんで、列をつくった。二人は家が近いのと、からだつきも性格もまはんたいであることから、親友の間柄であった。二列に並んで歩く十九人の下駄の音が、朝礼の再開された校庭から、雑魚場町へと遠ざかっていった。

着いてみて、加藤はびっくりした。千人もの生徒、先生、兵隊、勤労奉仕隊の婦人たちが群れている。加藤は千人と数えたが、実際には学校関係だけでも二千人以上の生徒、先生が参集していた、これに一般の人をくわえると、二千五百人以上はいただろう。

雑魚場町に集まった学校の名と動員数である。

（人数は先生を含まない。見込み数、実数が入り混じっている）

袋町国民学校（十九人）

千田国民学校（五十人）

大手町国民学校（三十一人）

第三国民学校（二百九人）

県立第一中学校（三百人）

（以上いずれも高等科生）

県立第二高等女学校（三十八人）

県立商業学校（三百三十人）

修道中学校（百八十三人）
山陽中、工、商業学校（四百十人）
女学院高等女学校（三百五十人）
山中高等女学校（三百六十人）
以上の十三校である。

現場はすでに前日、全ての建物の柱を切って引き倒されており、「へ」の字の屋根が地面にひざをついていた。蔵が一棟ぽつんと残って立っていた。そのかげで加藤は、この日の作業は大手町国民学校の高等科生たちとグループになって行うことを告げ、作業の要領を教えた。〈瓦とそぎをはぎとって手渡しで運び、一カ所にまとめておきなさい〉。

作業がはじまったのをたしかめて、加藤は人数報告のため、すぐ近くの疎開本部（教育会館）へいった。道中、そこここで学校ごとに列をつくり、はいだ瓦のリレーをしていた。亀沢恵尼のいる広島第二県女のグループは、二年生でもあり、すでにそうとうの経験もあるらしく、「ハイ」「ハイ」と手際のよい進行であった。屋根には先生とおぼしき男女がのぼっていた。

早く現場にもどって屋根にあがってやろうと加藤は考えながら、教育会館へいそいだ。

ふと北の空に飛行機雲がみえた。変だなとはおもったが警報は解除のままである。ポケットに手をつっこむと作業名簿をたしかめて歩いていった。

3 ティニアンからの発進

ティニアン島は淡路島に似て、北にむけて細くなっている。その細くなったところの先端に飛行場があり、二千六百メートルの滑走路が四本あった。うち一本は現地の島民まで動員して日本軍がつくったものだ。東京の刑務所からも受刑者が動員された。

この北飛行場を、米軍は島占領後もしばらく使用していなかった。１９４５年六月になって、米陸軍の第５０９群団がここに大移動をはじめた。移動が完了するとそこは施設の面でも人数の点でも世界で最大の飛行場となった。

移住者たちはそこがニューヨークのマンハッタンによく似ていることに気づき、域内の道路にブロードウエイ８番街とか４２番通りとか名付けた。５０９群団の住所は１２５番通りと８番街とのかどっこであった。

施設の警備は厳重をきわめた。おなじ島内に第３１３航空団がいて、連日、日本への焼夷弾爆撃をおこなっていたが、互いの交流は禁じられていた。１２５番通り８番街へは、近づくことすらＭＰに阻止された。５０９群団の存在は完全に秘匿《ひとく》されていた。

しかし、移動からほどなくして、日本からの短波放送がこんな放送を流した。東京ローズが甘い声で、

「第509群団のみなさん、ティニアン島へようこそ」

と、ささやきかけてきたのである。

「殺される前に故郷の家族のもとへ帰った方が身のためですよ」

かと思うとまた別の日、

「円のなかに矢じりのマークのある飛行機はとくにねらわれますのでご注意遊ばせ」

ともいった。

それは第509群団の尾翼標識だった。

東京ローズの放送はチャールズ・スウィニーをいささか不安にした。それでもティニアン島へきてからの訓練がいちだんと実戦的になってきたので、なにかが近づきつつあるという思いがスウィニーの不安を払拭《ふっしょく》した。

ティニアンへ来てからの訓練は、黄色く着色したずんぐりの爆弾に、原子核のかわりにトルペックスという強化火薬がつめられ、重量は本物とおなじにしてある、その爆弾の投下訓練であった。黄色いところからパンプキン（かぼちゃ）と呼ばれていた。海上でのパンプキンの投下訓練で命中率が格段と向上してくると、トラック諸島や南鳥島など日本の

領土への投下訓練に移行した。

そして、七月二十九日。この日から日本本土への投下訓練がはじまった。B29一機につき、パンプキン一個を搭載し、与えられた目標（都市）へ目視によって投下する。気象条件などによって目視がかなわないときは、機長の判断によって目標と同等の都市におとす。訓練とはいえ、投下し爆発すればおおきな被害がでる。これは訓練ではなく「ミッション」（任務）と呼ばれた。

第一回目は七月二十九日、福島県の郡山市を目標にして三機で飛び立った。郡山が目視不能であったことから、三個のパンプキンはそれぞれ、平、大津、東京に落とされた。

第二次ミッションは福島市を目標にして二機で発進した。爆弾は一個が福島市、もう一個は海上投棄された。

第三次ミッションは長岡市を目標に二機で発進し、一個は長岡、もう一個は平に落とされた。

こうしてミッションは第十二回まで行われた。

八月四日（土）、それまでティニアンから姿を消していたポール・ティベッツが三日ぶりでみんなのまえに現れた。午後からミーティングが招集された。会場となる兵舎は武装憲兵によって非常線が張られた。

三枚の大きな写真パネルに、黒い布がかぶせてあり、それがとりはずされると、左から広島、小倉、長崎の高解度航空写真が現れた。

七月二十五日撮影の最新の写真で、第十三回めのミッションでの爆撃目標都市がそれだった。パンプキンではなく、本物の原子爆弾を落とす。

第一の候補都市・広島が悪天候などで目的を果たせないときは、小倉へ、小倉がだめなら長崎へ。

投下機の機長はポール・ティベッツ。

観測機の機長がチャールズ・スウィニー。

写真撮影機の機長がジョージ・マクオート。

この三機がひとつのティームとなってミッションを達成する。

気象観測機が三都市に先行し、三市の天候を報告する。

原爆搭載機に万一のことがおきたときのため、サイパン島で代替の機が待機する。

搭載される爆弾は、これまで訓練したパンプキンではなく、ウラン核を搭載した「リトルボーイ」とのことだった。スウィニーにはどちらでもよいことだった。

もうすこしで八月六日になるという時間だった。

第十三回目のミッションに出発する夜である。

スウィニーが自分の駐機場にジープをはしらせていくと、向こうにティベッツの駐機場が見え、彼の機には煌々《こうこう》とライトがあたっていた。出発前にひとこと激励の声をかけたかった。しかし機のまわりはまるで「アカデミー賞の授賞式のような」人垣で、搭乗員や保守整備要員はもちろんのこと、陸軍のカメラマン、映画の撮影班、憲兵、技術者、上級士官、科学者たちがそこらじゅうにうごめいていた。ティベッツは人垣にかこまれており、そのなかの主人公で、スウィニーは声をかけるのを諦め、自分のグレイト・アーティスト号にむかった。


午前二時三十分（日本時間一時三十分）ポール・ティベッツの管制塔を呼ぶ声が聞こえた。

「A滑走路への走行許可を求める」

「許可する」

二時四十五分、リトルボーイを搭載したティベッツのエノラ・ゲイ号がまず発進した。二分遅れてスウィニーの観測機が発進し、さらに二分おくれてマクオートの写真撮影機が発進した。三機はともに、尾翼の丸い円に矢じりのマークを消していた。ティベッツだけは機首に「エノラ・ゲイ」と、母親の名前を書かせていた。

五時四十五分（日本時間四時四十五分）硫黄島が姿を見せた。ティベッツが旋回しながら待っていた。合流した三機はエノラ・ゲイを中にして雁のとぶような編隊をくみ、日本に進路をとった。東の方向、機の後ろから太陽が昇ってきた。

日本までの二時間のあいだに三機は高度九千メートルまで上昇し、写真撮影機がうしろにまわった。そのとき、一時間前に日本に向かった三機の気象観測機のうち、広島へ飛んだストレート・フラッシュ号から、目標地点の気象が暗号文で入電した。解読すると、

「目標は快晴」

となっていて、さらに目標地点を決めた暗号文は、

「C・1」であった。

第一目標地を爆撃せよ、の意味である。スウィニーは機内インターカムでクルーに告げた。

「ヒロシマに向かう」

朝の太陽に照らされて広島の街が機の前方に見えてきた。ティベッツ機とスウィニー機

は北東から進入した。相生橋《あいおいばし》がはっきりと見えてきた。スウィニー機のビーハンが三つのラジオゾンデの投下準備にはいる。

ラジオゾンデは直径三十センチ、長さ一メートルの丸く長いキャニスターにはいっており、一見すると爆弾のように見える。しかしキャニスターの端には透明な強化ガラスの窓があって、いくつかの真空管が外側から見えた。三個のキャニスターにはそれぞれ落下傘がつけられている。原子爆弾の爆発後も空中に浮き、熱量、放射能、衝撃波（爆風）の観測を行い、観測データをスウィニーの観測機に送りつづけるのである。

投下時点の三十秒まえ、エノラ・ゲイ号からトーン・シグナルが送られ、それが機内に響きわたった。シグナルが終わると、原子爆弾はエノラ・ゲイ号を離れ、どうじにラジオゾンデを入れたキャニスターもグレイト・アーティスト号から投下される。

「ゴーグルをつけろ」

スウィニーはインカムで搭乗員にどなった。

八時十五分十七秒（日本時間）、エノラ・ゲイの発信するトーン・シグナルが終わった。爆弾倉が開き、リトルボーイが機を離れた、落下傘をつけたキャニスター三個も同時にグレイト・アーティストから投下された。

弧をえがいて落ちていくリトルボーイがスウィニーに見えた。はじめは揺れていたが、尾翼が作用すると安定し、頭をしたにして落下を始めた。高感度のレーダーアンテナを持ち、地上に送った電波をとらえ、その十九回目の反射で点火装置を作動させる。

キャニスターの落下傘が開いた。地上四千三百メートルである。空中を漂いながら、地上五百八十メートルで炸裂するリトルボーイの爆発データを送り続ける。

〈もう遅い〉

スウィニーはこころで叫んだ。同時に、口では左百五十五度の急旋回を命じていた。エノラ・ゲイもすでに右に急旋回していた。最短の時間で爆風から逃れる方法である。

スウィニーはゴーグルをはずして計器をにらみ、カウントダウンをはじめた。四十三秒は長い。

『とつぜん、空が白く、太陽よりもまぶしく輝いた。私は本能的に眼をつぶったが、脳の奥まで光に満たされた。』　（C・スウィニー「私はヒロシマ・ナガサキに原爆を投下した」）

4　火煙を逃れて

大柄な貝原信子がはじめ屋根にのぼり、瓦をはぐ役にまわった。はがした瓦を瓢文子に手渡し、瓢は次の人にリレーする。それの繰りかえしだった。二十分も作業をしたとき、屋根の貝原はさぞ暑いだろうと、瓢が交代を申し出、屋根にのぼった。そのとき飛行機の飛ぶのを見た。

「あ、飛行機がとびよる、八千メートルくらい」

瓢は下にいる貝原にさけんだ。八千メートル以上を飛ぶのは敵機である。

貝原は、

「警報は解除になっとるのにー」

と、まさかの気持ちをこめていいかえした。

そのとき衝撃がきて、瓢も貝原も、だれも吹き飛ばされた。

土橋町の森脇瑤子もふきとばされた。

おなじ現場の亀沢恵尼《えに》も吹きとばされた。

報告のすんだ加藤好男は疎開本部のある教育会館をでて数歩あるいたところだった。その衝撃を受けた。マンホールのふたにたたきつけられて三十分くらい気を失っていた、目覚めて「生徒はどうした」とすぐに生徒のことを考えた。

物音はまったく聞こえず、空は夕暮れのようにくらかった。

ガレキで埋まった道を障害物競争のように、ときにくぐり、ときに跳び越えて雑魚場町の作業現場にもどってみた。

『クラスの生徒はだれもいませんでした。鷹野橋から富士見町へと、こどもの沢山いるところを、自分のクラスの生徒はいないかと探して歩きました。どの子を見ても真っ黒で、見分けがつきません。みんな力なく、泣いていました』

（加藤好男先生による特別授業のテープより）

第一の避難所は白神社《しらかみしゃ》境内だった。そちらには土煙、火煙がたちこめて火災まで発生しているようだった。女の子の姿をみるとのぞきこんでクラスの生徒を捜した、比治山《ひじやま》へ逃げたのだろうと鶴見橋を渡った。

そこでクラスの生徒をひとりみつけた。彼女は泣きながらついてきた。ついて歩く女の子を見て、さらに別の女の子がついてきた。数人の行列ができた。

比治山の防空壕にもたくさんの人はいたけれど、教え子はみつからなかった。観音町に妻の実家があった。そちらへ向かった。とちゅう、自分の家にちかづくと、ひとりふたりと女の子はさっていった。残った教え子は舟入《ふないり》の救護所に託した。

己斐《こい》を迂回し、祇園《ぎおん》街道を古市《ふるいち》の自宅にたどりつくと、そのまま倒れ込んだ。

八月九日までのいっさいの記憶がない。

貝原信子は意識が朦朧《もうろう》としていた。くらいなかをわさわさと人が動いているような感覚のなかをいったりきたりしていた。そうとうの時間なにかの下になっていて、やっと気が付いた。

『ひょっと見たら自分が埋まっているし、うごかれんし、自分でこうやってかき分けて、蔵の竹を編んだのがありますでしょ、あれがなん重にもあって、それが動かなかった。わたしこれがもう最後なんかしらんと思うて、最後なら力をだしてみようかなと思って、竹をひとつひとつ取り出して、そしたらスポっと抜けた。』(貝原信子へのインタビューより)

体をだしてあたりをみると、だれもいなかった。センセーとさけんでも答えがない。もう見捨てられた、絶望におそわれた。

黙ったままゆらゆらと揺れながら歩く人の流れについて、広島高等師範学校（千田町《せんだまち》）のほうへ歩いた。家は竹屋町《たけやちょう》だったから、家のすぐそばを歩いていたことになるのだが、押しつぶされた瓦礫にまどわされて見分けがつかなかった。ふいに高等師範学校が自然発火した。迂回するひとの群についてさらに南へ歩いていき、気がつくと似島《にのしま》まで渡っていた。

水のようなおかゆでも吐いてしまう、という体調ではあったが、似島で一泊すると「ここにいても仕方がない」という前向きの気持ちになってきた。父も母もだめだろう。半分は諦めていた。が、ともかく両親を探そうという気持ちが十二歳の体内にわいてきた。

似島をでた。

宇品《うじな》につくと、ふと出汐町《でしおちょう》の叔父を思いだした。父のいちばん下の弟である。人にたずねながら歩いた。宇品方面から出汐町にいったことがなかったからだ。大河《おおこう》まできて、兵隊にであい、道をきいたら大河国民学校の救護所にとりあえず居なさい、という。忠告に従ってそこで二泊した。もらったおにぎりを口にいれたとき、えもいわれぬ味があり、食べたらのどをとおった。生きる、という実感がわいてきた。そんなとき、「のぶこー」と呼ぶ声を聞いた。叔父の声だった。そんな奇跡のようなことも起きるものだ、と不思議だった。

叔父がいうには、信子の父は竹屋町で被爆して母を失い、信子の兄弟をうしなった、ほとんど即死だった。父だけは気力いっぽんで叔父の家までたどりつき、家族のようすを叔父につたえたあと、息をひきとった。その死体を焼くために大河国民学校へきた、張り出された掲示板に、貝原信子の名をみつけた。

そう叔父は話した。

5　伝言のはじまり

八月九日、加藤好男は眠りからさめ、萎《な》えた足を馴らすために、杖をついて一日中歩く練習をした。

翌十日、可部線《かべせん》にのって広島にむかった。それまでは電車が走っていた軌道を、蒸気機関車が材木運搬用の貨車をひいてやってきた。人が群れ、貨車には乗れず、機関車に乗った。途中で汽車がとまった。杖をつき、歩いて市内に入り袋町国民学校へきた。学校にはだれもおらず、職員室には負傷者が寝かされていた。校庭には骨が散らばっていた。

ケガをしたひとが突然発狂した。

「ワシを殺せ、苦しい」

そういって貯水槽にとびこんだ。兵隊があわてて引き揚げようとしたが、すべって上がらなかった。

おりおりに地域の人や保護者がやってきて情報をもとめた。

警護団がやってきた。兵隊が来た。

できる限りのことを答えながら、加藤の心は雑魚場町《ざこばちょう》の作業現場でわかれたままの生徒たちのことにあった。

一、二時間ほど応対したのち加藤は市内に生徒をさがしにでかけた。比治山へ逃げたはずだから、と出汐町の兵器廠にまで足をのばした。そこから己斐《こい》方面まで足を伸ばした。

その間のだれもいない学校が気になり、次の日にはノートと鉛筆を家から持参した。木の箱があったのでその上にノートを置いて、「連絡事項を書いてください」と書いた。

ところが翌日（十二日）きてみると、箱と鉛筆がなくなっていた。

『こまってどうしたらいいか、どうしたら連絡できるか、と考えていた。ひょっと見たら壁がすすけて黒くなっていた。「あ、これは黒板になるかもしれん」と思ったんです。』

（特別授業より）

教室がある二階にあがってチョークを探した。黒板も机も床も、全部焼けていた。黒こげの床をみると白い物がてんてんとあった。焼けたチョークだった。焼けてもろくなっていたがこすりつけてみると使える。それを集めて一階に降りた。

『私もなにか書かないといけんと思うていたら、木村武三先生が三次から連絡にきたんです。そこで疎開地の様子やこっちのことを話して、かえるとき木村先生が「学校の先生や地区の保護者によろしくといってください」と言い残したんで、それでこれを一番に壁に書いた。これが伝言板のはじめです。』

「八月十二日
木村先生来校

皆様によろしく
との傳言あり
加藤」

6　袋町国民学校　八月六日

八月六日、鉄筋の西校舎には三人の先生がいた。小林哲一校長と坪田省三教頭、養護の竹野初美先生、この三人である。

小林校長は疲労で凝り固まった肩を竹野初美にもんでもらっていて、西校舎一階の校長室にいた。

坪田教頭は、疎開児童に食料をとどけにいくという樽谷さんのために、乗車許可証をかいているところだった。それがなければ汽車に乗れないのである。校長室のとなり、職員室にいた。

校庭では九十人ほどの生徒と先生たちが、警戒警報でおそくなった朝礼をすませたあと、倒された南校舎の残骸の整理をしようとしており、その声が坪田教頭のところにも聞こえていた。

閃光、轟音とともに校舎内の三人は吹きとんだ。

はじめに気が付いたのは坪田教頭だった。校内にいるかもしれない生徒や先生をさがした。竹野先生が地下室まで飛ばされていた。助け出し、一階にあがるとふらふらと小林校長が歩いて来た。肩にかついだ。

不思議なことに小林校長はいま着替えてきたとでもいうように、どこも汚れていない服だった。ふだんは国防服である、それが会合にでも行くような正装に着替えている。不思議に思えた。あるいはなにかの幻影だったのかも知れない。

そのあとの校長と教頭の逃避行を創立百二十周年誌「ふくろまち」から抜粋引用する。坪田教頭への、聞き取りによる手記である。

『校庭に出てみると、ちょうど、夜明けくらいの明るさであった。女の人がひとり、もんぺの布が少し残っただけの丸裸で倒れていた。そのまわりに、やはりまっ黒になった裸の児童が倒れていた。』

校長をせおって裏門からでた。

『小林校長は右足をやられて歩けず、私はガラスの破片で右肩が痛んだ。そこで、左肩に校長をかつぐようなかっこうで助け合いながら出かけた。』

避難指定場所の白神社ちかくまで来たが、熱風が渦巻いていた。

第二指定の比治山御便殿《ごべんでん》へ逃げたものと考え、東へむかった。竹野先生がいつのまにかいなくなっていた。

大粒の黒い雨が降ってきた。敵機の機銃掃射だろうと思い、平田屋川のコンクリート橋にもぐりこんだ。川と言うよりも溝といったほうがよい。細いながれのなかに、真っ黒なひとたちがたくさんいた。

満ち潮になって水位があがる。小林校長は小柄だった、首までつかる。がまんしきれなくなってはいあがった。坪田も橋の下からでた。見ると、南の方向に炎がたかくあがっていた。人の群とともに比治山方向（東）へすすんでいく途中、

「教頭先生」

と呼ぶ声をきいた。「だれだね」ときくと、

「飯山です」

と、ちいさな声が答えた。見たが、みな真っ黒い顔で見分けがつかない。飯山清美先生は二度は答えず、三人ははぐれた。

『比治山へ行っても、だれもみつからず、防空壕には人がいっぱいであった。小林校長に「市へは私が報告しておきます。あなたはあぶないから帰って下さい」といって別れたが、これが最期の別れとなった。午後五時ごろであったろうか。』

坪田教頭は、小林校長の家が比治山のふもと、段原末広町の変電所のところにあるのをしっていたので安心していた。そこは焼けていない。

が、小林哲一は死を予感していたのだろう、郷里の深安郡神辺町へ出発した。そこには妻子を疎開させている。母もいる。

八月九日、福塩線の万能倉《まなぐら》駅で血をはいて倒れているのを発見された。

作家の井伏鱒二は小学校時代、小林哲一とおなじ学校で、鱒二が一学年しただった。おとなしい人という印象をもっている。いつか、羽織のひもが下駄箱の蝶番《ちょうつがい》にひっかかって困っていたら、「小林君が難なくはずしてくれた」思い出がある。

井伏は、中央公論に発表した短編小説「かきつばた」(昭和二十六年六月号)のなかで、小林校長の広島脱出、帰郷の経緯を、うわさ話であると断ってつぎのように描いている。

『約一分間で警報解除のサイレンが鳴った。小林哲一は「暑い、暑い」と言って上着をぬぎ、窓のところに行ってシャツをぬいだ。それから肌着のランニング・シャツを半分までぬいだとき、その布地を透かして射しこむ光が閃いた。地響きのような「ざあッ……」という音が湧き起った。

いわゆる秘密兵器で攻撃して来ているのだと思ったので、上着をかぶって外に逃げ出した。裏門を出ると、そこの塀の外にあった空車のトラックに這い上った。裏門の筋向うの家から相当年配の男が駈け出して来て、そのトラックの運転台に乗った。トラックは発車した。行く先はわからないが小林は黙って乗っていた。間もなく気が遠くなって、それから漸く気がついたときには、何とかいう町まで運ばれていた。体じゅうに得体の知れない激痛を覚えた。死ぬならお袋と妻子のところで死にたいと思ったので、その町からまた便乗のトラックで福山までたどりつき、福山から厚生車で自分の生家に帰って来た。血まみれになっていた。』

＊＊

この日、校庭にいて即死した児童、または、校庭を逃げ出したが力つきて死亡した児童の名前を、確認しているもののみ記す。

西京節子、奥本直通、秋山映子、荒木絹枝、倉頭郁江。(以上一年生)、
中島明徳、上田安子、友田幸生、野間房三、古川秀美、伊藤和子、
村上恒雄。(以上二年生)、
奥本克彦、玉藤澄子、秋山優、寺田永子。(以上三年生)、
小笹和義。(四年生)
玉藤桂子、土井佑子。(以上五年生)。
苗代光子。(六年生)

また、校庭にいて亡くなったのかどうかは判然としないが、昭和二十一年三月に行われた合同慰霊祭に出席された遺族のかたの記帳した氏名にもとづいて、その児童の名前を記しておく。(学年は不明)

吉本武司、吉本博美、谷田千鶴子、桂莢美枝、奥本膳彦、三住拓三、沖義昭、
寺田伸子、吉本英雄、吉本美枝、稲垣誠、西田稔、泉文於、矢野正則、西本朝子、
田中猛、田中隆子。

さらに、加藤好男先生が引率して雑魚場町の建物疎開にいった高等科生のうち、死亡した生徒たちの氏名。

新井敏子、川本美智子、三好登喜子、多田品子、香川礼子、和田芳江。（以上、高等科二年生）

玉川房江、田部文子、西田フサヨ、原田文江、伊藤艶子、北村禎子、三島利子、矢野英子、西本敏子、藤崎君子。（以上、高等科一年生）

また、教職員で亡くなったかたがたの氏名。

小林哲一（校長）、

竹野初美、山本満子、本田ヨシコ、河内登美子、飯山清美、大田妙、砂元修子、熊谷佳子（以上教師）

田中寿々子、竹田徳市、藤井ツギ、託見シカ（以上職員）。

7　最初の発見

袋町国民学校は爆心から四百八十メートルである。

建物疎開の途中だった木造南校舎と北校舎とは崩壊炎上し、鉄筋の西校舎も骨組みは残すものの窓枠が吹き飛び、廊下や壁板は、燃えあがることなく三日間くすぶり続け、けむりは白い漆喰《しっくい》の壁を全面真っ黒に染めた。

学校組織は壊滅していた。小林校長も坪田教頭も疎開先の先生もだれも現れず、連絡網は加藤好男ひとりだった。

加藤は、熱っぽく、倦怠感のとりついたからだをふるいたたせて、朝は保護者や地域の人達への応接、昼からは雑魚場町から消えた教え子を捜しにでかけた。探すのは主に救護所である。それは焼け残った市の周辺に多い。夏の日照りのなか夢中でさがし、失意で帰ってきた。

学校へかえってみると、加藤の伝言につづいて保護者のかたがたの書き込みがつづられ、ひごとに増えていた。

「お願ひ
土井佑子
本校（五年女）
安藝飯室
川原軍一方
土井ヤエに
お知らせ
下さい
大手町内会に
お問合せ下さい　　　母　土井シヅ」

「本校一年生
荒木絹枝
生死不明
市内観音町三六〇
東罐寮内

母荒木キミヨアリ
オ知ラセヲ乞フ　」

「　加藤先生
本校高二（八月十六日）
三好登喜子
奥海田国民学校デ
死亡致シマシタ。」　父　三好茂　」

など、あわせて十三の伝言が三か所の壁に書かれていった。

一週間さがして、教え子はひとりもみつからない。敵の飛行機を見たのに引き返さなかった自分が悔やまれる。悔やむだけではすまない。

十七日夕方であった。加藤好男は袋町国民学校から五十歩ほどのところにある富国生命ビル（富国館）にはいった。白神社《しらかみしゃ》から近く、同じ電車道にあり、白神社の境内は第一の避難所である、そんなことから予感がしたのかもしれない。

地下には、精養軒《せいようけん》という広島一の西洋料理の店があり、そこにけが人を収容しているようすなので入ってみた。地下におりて、大勢の患者のなかに小柄な瓢文子が横たわっていた。色白の、おひめさまのような顔が真っ黒になっていて、はじめ見分けがつかなかった。顔の形から確信した。

「ひさごーっ」

思わず叫んだ。うつろな目で瓢はみかえす。

「おまえ、こんなところにいたんか」

瓢はだるそうではあったが、質問にはちゃんと答えた。芯のつよい子だった。

おねえさんは死んだ、

蒲刈下島の三之瀬にいく、櫻田さんという人がいる、おねえさんが行くようにっていった、死んだら行けと。

罹災証明書はもらっている、などなど。

よくしゃべったが瓢のことばはしばしば宙に浮いていた。

加藤は、しばらくはここにいなさい、兵隊さんにも頼んでおくからね、といってそこを出た。はやく今日の大発見を壁に書きたかった。

学校にかえると、広島市の学事課からだろう、重大な連絡が残っていた。校長先生が亡くなった。それを先ず書いた。

「小林校長　　八月十七日　加藤
　　戦災死（八月九日
　　　郷里ニ於テ）」

厳粛なきもちで書いたので、かたかな書きになった。そのあとすぐ続けて瓢のことを、もう帰ってくるだろう藤木先生あてに書いた。

「藤木先生へお願ひ
高一の瓢《ひさご》文子ガ　火傷シテ
精養軒内ノ治療所デ治療
ヲ受ケテヰマス　ミナシ児デ
広島ニ身ヨリハナク
蒲刈下島三之瀬　櫻田方

へ行ク予定デス
二、三日ハ治療所内ニ居ル様
兵隊サンニモ頼ンデ置キマシタ
カラ　何分ヨロシク願ヒマス
金ハ一文モ持参シテ居マセンカラ
ナルベク証明書ノキケル間中
ニ帰シタイト思ヒマス
　　　姉ノ所　加藤　」

気がせいていたのだろう、あるいは熱ですこしうっかりしていたのかも知れない。小林校長戦災死の伝言を書いたあと、すぐにつづけて瓢伝言を書いたため、「藤木先生へお願ひ」の一行が小林伝言にくっつきすぎて、小林伝言があたかも藤木喬先生に宛てたかのようになってしまった。それに日付をいれるのを忘れた。小林伝言と瓢伝言とをまとめて、「小林校長」と書いたそのしたの隙間に、すこしちいさく書き加えた。
簡潔に書くためにかたかな書きにしようと思ったのに、つい「高一の」をひらがなにしてしまった。「文子ガ」のところで気づき、「が」とひらがなでかいたのを、濁点二個ですましてかたかなにした。
「姉ノ所　加藤」と署名したのは、「広島・舟入川口町の姉の家にいます」の意味である。高い熱にうかされていた加藤は、古市の実家に帰れないかも知れないことを考えて、加藤と署名したあとで「姉ノ所」と付け加えて書いた。
加藤は、自らも高熱に浮かされていた。もう学校には来られないかも知れない、と思っていた。それで、七歳としうえの藤木先生にあてて瓢文子を託したのだ。

特別授業で加藤好男先生はこう話している。

『「安芸郡《あきぐん》の蒲刈下島《かまがりしもじま》に親類があるから、そこへ帰りたい」と彼女がいうんで、「歩けるようになったら帰してください」いうて兵隊さんに頼んでおいたんです。それでも心配だから、藤木喬先生が休暇をとって八月六日に郷里（福山）の実家へ食料をとりに帰って、無事なのを知っていたので「頼みます」というつもりで書いておいたんです。でも、藤木先生は帰ってこなかった。どうしてか知りません』

8　藤木喬と西村福三

加藤好男がひたすらあてにしていた藤木訓導は、すでに八月七日、袋町国民学校に来ていたのである、加藤より前に。

藤木喬が妻子を広島にのこして郷里に帰っていたのは、徴兵《ちょうへい》の赤紙がきたからである。応召《おうしょう》のまえに、準備のため、交代でとる夏休みの第一陣にいれてもらい、八月三日から八日までの予定で、福山へ帰っていた。

広島の惨事をきいて翌日七日、学校にもどってきた。

海田市《かいたいち》で汽車は停止、そこから歩いた。安芸郡府中町のキリンビール前まで来て、おなじ学校の太田妙《たえ》先生とであう。太田は、八丁堀の電停ちかくで電車にのっていて被爆した、と話した。そしてそのまま泉邸《せんてい》（いまの縮景園）から東練兵場《れんぺいじょう》まできてそこで野宿をした。あけてきょう、弟が東洋工業に動員でいっているのを探しに府中へきたのだと語った。

情報をきいたあと藤木は尾長町の自宅に帰った。妻も長男も無事だった。それをたしかめてから袋町国民学校へきた。

校内は惨憺たる瓦礫のやまで、まだ熱すらこもっているようだった。内玄関に山本満子先生の遺体があった。身体の上に鉄板が置いてあり、それに、「これは山本満子の死体です」と書いてあった。

運動場には焼け死んだ女性教師があおむけになっていた、身体を縮めて手を空に伸ばしていた。通用門のちかくに動かない児童が十人ほどもいた。

これはもうだめなんだろう、絶望のきもちをおさえながら藤木は、校庭の土を掘り、埋めてあった壺をとりだした。校庭に対角線をひき、その交点に埋めていた。そのなかには罹災証明書の用紙その他がいれてあった。一部を学校に残し、残りを広島市役所へもっていった。

十一日まで広島に残り随時学校へきては生徒を捜し、先生からの連絡を待った。だれにも出会わなかった。十二日あきらめて福山へひきかえした。

体調がわるくなり、腹痛もないのに下痢をした。それが二週間もつづいた。八月二十日ごろ、はやく学校にかえってほしい、との連絡がはいった。しかし動けなかった。ふたたび学校に帰ってきたのは八月二十九日ごろである。

そのとき加藤は、熱のため、八月二十日ごろから学校へこれなくなっており、九月十七日には枕崎台風で家が水浸しになって動きがとれず、その月のおわり、緑井国民学校へ転勤になる。藤木喬もその年の十二月末、郷里の水呑《みのみ》国民学校へ転勤となった。

藤木と加藤、二人はたがいに翌年の三月まで顔を会わせることがなかった。

昭和二十一年三月六日、袋町国民学校西校舎の三階で、原爆死没者のための合同慰霊祭が行われた。

教師の遺族八名、児童生徒の遺族三十四名が列席した。藤木喬と加藤好男も旧職員として参列し、ここでふたりは顔を合わせている。しかし、伝言についてはお互いにひとこともはなしていない。

無かったものを見るわけにはいかない藤木にしてみれば話しようがないわけだが、加藤のほうには多少の屈託があったようである。

「そのご一度だけ藤木先生とあったことがありますが、なにもいわんかったですよ」

と、つぶやくように話してくださった。語調のなかにそんな屈託が少しうかがえた。

藤木喬よりもさらに一日はやく、袋町国民学校へ姿を現した先生がいる。双三郡の和田村へ集団疎開の引率者として帯同していた西村福三《ふくそう》先生である。

夏のいろが濃くなって、疎開地では食料の不足とおなじくらい深刻な問題が起こっていた。シラミの大量発生である。それは西村先生の寺だけではなかった。

男気質《かたぎ》の西村先生は、小林校長と談判すべく、八月五日、和田村をでて広島へむかった。愛輪は快調にうごいてくれたが、空腹の脚力でははかがいかず、広島到着は夕方になった。

「校長先生、このシラミをどうにかしてもらわんと、やれんのです」

そういうと小林校長は、みなまで聞かず、

「まあ、今日はかんべんしよう。今晩は家にかえっておくさんとゆっくりせえ」

といった。校長のきづかいだと覚り、よろこんで五日市の家に帰った。ふたりの子供と妻とにひさしぶりで再会した。

翌日、登校するつもりでいると奥さんが、

「せっかく帰ったんですから、大掃除をしてくれませんか」

と頼んだ。わしゃあ大掃除をしにかえったんじゃあない、と心でどついたが、それもそうじゃ、という気持ちとの間でためらいがあった。

そこへドカンときた。

夕方になってやっと袋町国民学校へたどりついた。広島との境の川で憲兵が検問をはっていて通れなかったのである。

学校の正門のまえに顔見知りの保護者がひとり立っていた。

「先生、見んがええ、ムゴイから見んさんな」

「見ちゃあいけん」

命令の口調はまったくないのに、切々としたその声をあえて押し切ることはできなかった。

翌七日、ふたたび学校を訪れた。校庭にはいると、見たざまじゃないという昨日の保護者のことばとうって変わって、校庭は一物もないほどにきれいに片づいていた。だれも、なにもない校庭に太鼓がひとつぽつんところがっていた。供出したベルのかわりに敲《たた》いていたもので、中央玄関の上に吊ってあった。幽霊じゃないか、とおもい、近づいてたたいてみたら、威勢のいい音がした。

校舎内にはいろうとしたが、西校舎の鉄筋からはまだ熱がふきでているように思えた。入る気にならなかった。

そのあと、西練兵場へいった。空へ手を伸ばしたかっこうで死んだ兵隊が山積みにしてあった。その上から薪をのせると薪がふわりと浮いた。伸ばした手がもちあげるのである。

それに火をつけて焼いていた。袋町校の校庭でもこんなふうにして死者を葬ったのか、と西村は心を突き刺される思いがした。

その翌日、集団疎開先の和田村へかえった。

先生の顔を見ても、寮の子供たちは、なにかを感じとっていたのだろう、何もきかなかった。先生もなにもおしえなかった。

そのかわり西村は、和田国民学校の先生がたにはおもいっきりしゃべった。

和田国民学校で代用教員をしていた米田速夫先生はこう語っている。

『帰って（西村先生は）、広島の状況を必死で話してくれました。皮膚がめくれて、顔は真っ黒になって、いうのを職員のまえで必死に話してくれるんです。これはもう大変なんだ、この子たちの親はもう生きていないだろう、いうてね、話して下さったのを覚えています』

9　瓢《ひさご》 文子

加藤好男先生は、使命をおえた伝言にチョークでバツ印をつけている。住所のある保護者の家をたずね、連絡のついたものにバツ印をつけたのである。瓢文子を藤木先生に託した伝言にもバツ印がついている。

瓢文子は体力を回復して下蒲刈の親戚へいったのだろうか。

いよいよ瓢文子のことを語ろう。

五歳の時、父と母とをうしなった。以後、親戚にあずけられた。親戚も呉市長浜町、呉市広町そして東京、と三家族にわたった。七歳年上の姉美代子もいっしょに預けられたが、東京にいくとき、美代子はそれをいやがり、独立すると文子にいってとびだした。文子はできなかった。東京の親戚にひとり預けられた。

一番うえの姉芳江が結婚し、その夫が「とってもいい人」だった。海軍の軍人で呉に多く行っていた、それで姉妹一緒に住むようにといってくれた。文子は東京の親戚からかえり、美代子も合流し、にぎやかな家庭ができた。芳江に赤ちゃんも生まれた。

三川町のその家から文子は幟町国民学校へかよった。初等科四年生での帰広、転校であった。

仲良しになったのが貝原信子と佐伯弘子である。

信子とは、家が近いことから学校の登下校をいっしょにする仲良しであり、佐伯弘子とは弘子のほうから接近してきた仲良しであった。

弘子からみれば、文子は色白でこがら、東京がえりの頭がよくて素直。苦労したろうにと思うのだが、そんなことをすこしも感じさせない、おっとりとした雰囲気。すぐにすきになった。「ミナシ児」であること、親戚に育てられたことをしった。それでいてこの素直さはどこからくるのだろう。弘子は尊敬すらした。幟町国民学校で飼育していたブタの世話も一緒にした。卒業後は弘子が第一県女に進学したため別れわかれになった。（佐伯弘子は八月六日のほんのすこしまえ、父の転勤で尾道へ移ったため命を得た。）


建物疎開の作業現場、八時十六分。

瓢文子も衝撃で飛ばされた。防空ずきんも下駄もなくなった。体のうえに家の破片がふりそそいだ。必死にとりのぞいて首をだした。貝原信子はいなかった。人について歩いていくと炎がおそってきた。

『私が逃げた所は上の方から炎がわーっとあがってたんですね。そこをくぐらないと行けなかった。走ってくぐって、なんか塀に出たんですよ。その塀を乗り越えて、そこがお墓だった。お墓も踏ましてもらわないと降りられないから、降りたら男の人がそれこそ真っ裸ですよね、真っ赤になって、お墓を背にして。』

（瓢文子へのインタビューより）

そこは作業現場からすぐ北側の、善林寺、金龍寺、聖光寺など十一の寺院の密集する界隈だった。比治山へ逃げろ、という声が聞こえ、それにしたがって比治山へたどりついた。同級生にであった。いっしょに山の上の御便殿《ごべんでん》前広場へ登った。日陰の草の上に横たわった。山のうえから市内をみた。家のある三川町一帯は焼け野が原だった。

『友達が「私の家は吉島だから、焼けていないから一緒に行こう」と言ってくれたので、杖をつきながら歩いた。その時初めて自分が火傷をしている事に気が付いた。両手は、肘《ひじ》の下から焼けて皮がぶら下がっていた。』

（「瓢文子の手記」より）

友達の家は焼けてはいないが傾いていて、内部もガラスの破片や家具が散乱しているため、かぼちゃ畑に蚊帳を吊って寝た。明けて七日のいち日をどうやって過ごしたのか、文子は覚えていない。その夜もかぼちゃ畑の蚊帳で友達と寝たのだけ覚えている。

（のちに発見された名簿では、田部文子という同級生の住所が吉島本町であったことがわかった。瓢さんに問い合わせてみたが名前は覚えていないとのことだった。）

10　恵尼と瑤子

七日の夜というのは、火傷をした人たちが生き延びるか、命をおとすかの第一の分岐点の夜だった。

土橋町で被爆した森脇瑤子は、五日市町の救護所に運ばれ、そこで命が絶えた。瓢文子とおなじ雑魚場町で被爆した亀沢恵尼は、母と姉に発見されたが、七日の夜壮絶な死をとげた。

亀沢恵尼《えに》は横顔の美しい女の子だった。「えに」というのは、マルクス夫人のイエニーにちなんで父がつけたものだった。文学好きの少女で、父親の蔵書をかたっぱしから読破していた、とりわけ好きなのが高村光太郎の「智恵子抄」だった、長い詩を全部暗記していた。

「七月の夜の月は、見よ、ポプラの林に熱を病めり
かすかに漂うシクラメンの香りは、言葉なき君が唇に
すすりなけり……」

雑魚場町の作業現場から人の流れとともに南へ逃げた。貝原信子と同じ人の流れだったのではなかろうか。恵尼はしかし、広電の本社のあたりで力つき、死者とけが人のやまの間に横たわり、トラックに収容される寸前で、母親の動物のような本能によって、救出された。戸板にのせられたまま日赤病院で一夜を明かした。母と、姉の深雪にかかえられて江波の親戚にたどりつき、七日の深夜息をひきとる。その死の際の、姉深雪による描写である。

『か細く、力のない声なのに言葉ははっきり聞きとれた。先生や級友の名前を呼んだかと

思うと、天皇のことになり、国体を気づかう言葉になり、作業半ばで倒れて残念だというようなことを言う。』

『「撃ちてし止まむ、鬼畜米英」

突然妹は躯を起こそうともがいた。わたしは慌てて押しとどめた。

「エニ子は死んだんよ、お坊さんが来るから、こんな汚い格好じゃわるいけん、風呂に入って来る」虫の息が言う。

「死んどりゃせんよ。生きとるよ、エニちゃんは」わたしは言葉に力を込めて妹を諭す。

「生きとる。ほんまに生きとるんね、うちは」か細い声に歓びが溢れる。

「日本は神国です。断じて敗けません」

「ポプラが燃えた」

「天皇陛下は現人神です」』

（亀沢深雪「広島巡礼」）

そのほか脈絡のないたくさんのことばをつぶやきつつ、恵尼は「ろうそくの芯を削るように」息絶えた。

広島県立広島第二高等女学校の四十二人の作業参加者のうち、四十一人が死亡した。

雑魚場町に参集した十三校の学徒動員生の死亡率は八十パーセントである。

森脇瑤子は並木のかげに制服と弁当を置いた。土橋町での作業だった。熱風が瑤子をも襲う。瀕死の瑤子をトラックが観音国民学校（五日市町）へはこんだ。

救護室にあてられたその学校の理科室で、地元五日市の婦人会から動員された植田初枝は、瑤子の看護にあたった。十三歳の瑤子は母を呼ぶ。宮島にある瑤子の家に役場から電話を入れてもらうが、つうじない。

そのときの様子を、植田初枝は自分の友達にあてた手紙でこう書いている。

『あまりにも、身体全体の火傷がひどく、重傷でしたので、これは助かりかねると思い、一生懸命、看護いたしました。お母様の、お見えになるまでと、待ちに待って、時計ばかり見つめていました。』

『「お母ちゃーん、まだ来てないん？」と幾度も聞いていらっしゃいました。「もうすぐ見えるよ、もうすぐよ、しっかりしていなさいね、我慢してね」と、幾度慰めたか分かりません。』

森脇瑤子は六日、午後十一時二十四分、母の顔をみないで死んだ。

学校の検閲をうける日記帳のなかで、「私たちは、戦場で、増産へ、生産へと推進しているのだ。私たちが一生懸命しなくては、だれがするのでしょうか。勝つまではどんなにしてもがんばりましょう」（六月五日）と書いた瑤子が、母を恋いつつ母の顔をみないで死んでいった。

広島県立広島第一高等女学校の参加者二百二十人の全員が八月七日あさまでに死亡した。

土橋町付近で作業をした十校の生徒の死亡率は七十九パーセントである。

11　皮をはぐ

ふつかのあいだ、吉島の同級生の家で休息をした瓢文子は、八月八日、すこし体力を回復した。思考ももどってきた。姉たちのことが心配になってきた。生きていればさぞ私をさがしていることだろう。家に帰ってみようと考えた。家は袋町国民学校のほんのひと歩きのところにある。

同級生と別れ、その家をでて吉島から橋を渡る、日赤病院のある町にきた。そこから電車通りを北にあるいた。橋の上、川原、川の中、いたるところに死んだ人をみた。国泰寺の大きな楠木は焼けこげて一本は倒れていた。軌道に黒こげの電車がとまっていて、もし彼女が中をのぞいてみたら、そこにも死んだひとを見たことだろう。

文子はわが家が心配だった。ずっと見通せるその一帯は、一昨日比治山の上から眺めた光景をはるかにうわまわる惨惨としたもので、姉たちの生存は絶望であった。どろんとした悪寒がおそってきた。ついに姉たちまでも失った。わたしには誰もいない。吐き気がした。

学校につくと入り口に同級生が立っていた。

『袋町国民学校まで着いた時、同級生やよそのおばさんが、「ここに居たら食べ物もあるし、兵隊さんが傷の治療もしてくれるから」と親切に言ってくれるので、学校に居ることにした。』

（「瓢文子の手記」より）

治療といっても薬をつけるだけで、夜になると傷口の湿気をもとめてハエが群がった。寝むれなかった。

九日あさ、文子は驚いた。身体じゅうにウジがとりついているのだ。悲鳴をあげた。周りの人が、兵隊さんに診てもらいなさい、といい、中学生の男の子と同級生がわきから文えてくれて、電車道の向こうの治療室につれていってくれた。兵隊が治療をしてくれた。それはきわめて荒っぽいもので、火傷のたれさがった皮をべりべりとはぐのである。容赦なくはぐのである。文子は痛くて泣いた。兵隊は、

「これをせんとだめなんよ」

といった。それからハエを防ぐためにといって包帯を巻いてくれた。そのあとはただ横たわっているだけだった。だからといって、立ち上がりなさいと言われてもその時の文子にはむりだっただろう、腕には火傷、心には絶望。

その日二発目の原爆が長崎に投下されたことは、だからもちろん、知らない。救護所のぜんぶが知らなかった。

女の子が花咲ける乙女へ変身する、その入り口の十三歳。その日を瓢文子は富国館《ふこくかん》・精養軒の地下の床でよこたわって迎えた。カレンダーは頭の中で燃えてしまっており、だから八月十三日（誕生日）という日はなく、十五日（日本の敗戦）という日もなかった。

そして十七日という日もなかった。

ぼんやりと見えたのは、顔のうえからのぞきこんで、しきりに声をかける黒い影であっ

た。問われることには答えた。姉さんたちは死んだ。そう思っていたから、櫻田さんちへ行く、といった。芳江ねえさんは、私が死んだら櫻田さんの家へいきなさい、着る物が全部疎開してあるからね、といっていた。遺言みたいに思っていたので、それははっきりと頭にあった。それを話した。お金はもってない、けど罹災証明書をもらっている。そう話した。

また日が経った。十九日か二十日のことである。

夕方になって「ご飯よ」という声で起きあがった。ふと入り口をみると下の姉、美代子が立っていた。

『ふっと見たら前に立ってるんですけど、向こうは私変わってるから、もう真っ黒やったし、わかんないですよね。で、「お姉ちゃん」いうたら、「まー、あんたこんな所におったん」って。』

(インタビューより)

瓢文子さんは相当長い間、「あんたこんな所におったん」という、下の姉美代子の驚きを理解していなかった。へんなことをいう、と思っていた。

もうろうとした頭で、焼けて街の面影を残さない廃墟をあるいていた彼女は、富国館の門口に立つ同級生を見て、そこが袋町国民学校であると思いこんでいたのである。

それが解明されたのは、１９９９年、伝言の発見をきっかけに中国新聞の城戸記者が取材に訪れ、指摘されたときだった。

『その「こんな所におったん」いうのが、城戸さんに会うまでは、私は学校におったのに、学校に毎日捜しにきたいうて、学校におってなんも不思議はないのに、思うたけど、城戸さんが「富国生命やったんよ」って言われたけ、「ああ、そういうことか」と。』


下の姉、美代子の話はこうである。

美代子の勤めは広島第二陸軍病院だった。事務の仕事だったが、夕方からの勤務になっており、家から相生橋の上流方向にある病院への途中、毎日、袋町国民学校をのぞいてみていた。はじめ上の姉、芳江も一緒だったが、ある日誰かそこにいた人が「連れていった先生もまだ帰ってこないから、もうあきらめて下さい」といった。それで芳江は学校に行くのをやめた。美代子だけは通勤のついでもあり、ずっと学校をのぞいて見ていた。きょうは何気なくこっちに来てみた。文子をみつけ、驚いた。

そういうようなことを話した。

「私は今夜、勤務するから」と美代子は続けた。

「夜、牛田の家に帰るから、芳江姉さんに頼んでおく。明日、乳母車で迎えにくるようにね」

そういって美代子は勤務時間におわれて出ていった。

希望と哀しみと、両方が文子の胸に残った。

希望は、芳江姉さんと美代子姉さんが生きていたことであり、哀しみは芳江姉さんの三歳の子供がだめだったこと、宝町の叔母さんは十一日までがんばったけど亡くなったこと、呉から遊びにきていた従兄弟が焼死したことだった。

翌日、芳江姉さんが乳母車をおしてやってきた。食事の世話をしてくれていたおばさんや、兵隊さんがとても喜んでくれ、見送ってくれた。

帰った先は牛田国民学校の、長い塀にそって歩いた、その突き当たりのところにあった。すでに空襲を予期して疎開用に借りていたもので、夜になると空襲をさけて寝にいっていたところである。広島のひとたちの相当数の世帯が、市街地を離れた所に家を借り、そういう予防をしていたのである。

ねえさんの家も傾いてめちゃめちゃになっていた。が、やけてはおらず、文子には安堵の場だった。夜遅くになると美代子姉さんもかえってきて、寝ていた文子は起き出し、ああだったのよ、こうだった、と話しがつづいた。次の日もそうだった。

12 ふたりの姉

二十八歳の芳江、十九歳の美代子、十二歳の文子、そしてかわいいさかりの三歳の幼児とあかちゃん、殺伐とした戦時下でこれほど潤いのある場所はないだろう。芳江にとっては海軍にいっているいる夫のいないのが残念なのであるが、呉に住む十九歳の従兄弟や暁《あかつき》部隊勤務のその兄、かれら男どもにとって、いっときの休暇を、三川町のこの家で過ごすのはとても楽しいことであった。それにもうひとり、櫻田さんという女性もいた。芳江姉さんの親友の、その妹で、平田屋川をわたった向こうの、将校専用の下宿で働いていた。

ふたりの従兄弟はほとんど休暇のたびごとにやってきて、八月五日もそうだった。軍隊勤務の兄はその日夕方、帰隊した。かえるとき弟にむかって、「今日は帰れよ」といった。弟も「うん、帰る」と答えた。芳江は夕食を早めに準備してやり、彼女も「もうお帰り」と催促した。従兄弟は、明日帰る朝はやくに、と引き延ばしを計った。(それは文子も聞いていた）。

翌日（八月六日）、朝食を準備してやった、従兄弟は「今日は休む」といった。破壊した家の、柱や家具などのあいだに腕だけ、従兄弟の腕だけがはさまれた。そこへ火がまわってきた。「ねえさん逃げてー」と従兄弟は叫んだ。芳江と美代子は逃げた。地獄を見た、と芳江姉さんはいった。従兄弟をおいて逃げた、自分のふたりの子供も即死した。


宝町に住む叔父夫妻もそれまでよく遊びにきていた。叔父は母の弟で、親戚嫌いの姉妹がゆいいつ往来をしていた夫妻である。叔父は、テキパキと機敏な長女の芳江を気にいっていた。つづりかたコンクールで全国二位をとった次女の美代子も気にいっていた。芳江の子供も気にいっていた。自分の娘がすでに独立していたこともあって、孫のようにかわいがった。

その叔父も、十一日になって妻を失った、娘は相生橋の近くに住んでいたからもう駄目だろう、即死だろう、そういったそうである。

芳江姉さんは自分たちの逃亡を話した。

「火が廻ってきたんで、従兄弟は仕方なく置いて、うちら比治山へにげたんよ」と芳江はいった。

「うちも比治山へいったんよ、御便殿のところ」と文子は叫んだ。「もしかしたら、会ってたかもしれん」

話しを突きあわせてみると、まさしく三人は出会うチャンスのあったことがわかった。文子がこんどは自分の逃亡を話した。


ある夜、ふたりの姉がぼそぼそと話しているのを聞いた。

「もう戦争はおわりになっているのに、どうして行かにゃあいけんのんかね」と美代子がいった。向原《むかいはら》へいけ、という命令が病院のほうからきたのである。

広島第二陸軍病院は、七月頃にはすでに高田郡の向原国民学校に疎開をしていて、被爆後、およそ千人のけが人を収容していた。そこに行けというのである。美代子にしてみたら、戦争はおわっているのだからそういう命令は出せないのではないかという思いと、自分は看護婦ではなく、事務職だからという気持ちとが重なりあって、不服が口をついたのだろう。

しかし、彼女は従いがいになかった。

玄関を出て、学校の塀の横をまっすぐに歩いていきながら、美代子姉さんがなんども振り返って見るのを文子は鮮やかにおぼえている。

それは九月二日に起きた。座敷にいた芳江が急に気分が悪いといった。

『そりゃあ、ものすごい苦しんだですよ。もう、じっとしとられんのよね、寝たまま。なんていうか、歯茎が溶ける。』

（インタビューより）

その日のうちに、芳江姉さんは死んだ。急性白血病である。死ぬときに芳江姉さんは「あの夫《ひと》に逢いたかった」とつぶやいた。

すぐに向原の美代子姉さんに電報を打った。

そのあと芳江姉さんの遺体を牛田公園で荼毘《だび》に付した。近所の知ったひとに教えてもらって、身体の上に配給の薪をたくさん積み上げ、ガソリンをかけて焼いた。折悪しく、雨が降ってきて火は容易に燃えなかった。

『翌朝そこに行って見ると、身体は黒こげに成り、骨は手の指先しか取れなかったので、遺体はそのままにして帰った。缶詰の缶に入れると、カランカランと音がして悲しくて涙が止まらなかった。』

（手記より）

美代子姉さんはなかなか帰ってこなかった。どうしてだろうとおもっていたら、陸軍病院から連絡がきた。

瓢美代子さんは九月三日、死亡しました。遺骨を取りに来て下さい。

美代子姉さんが白木の箱に入れられて帰ってきた。

『とうとう一人ぼっちに成った。あまりの事で涙も出なかった』

13 急性白血病

八月のおわり頃から、昨日まで元気だった人がきゅうに倒れ、死んでいくという現象が増え始めていた。軍司令部でもそうだった。このため軍医の進言をいれて郊外の「空気のいいところ」への脱出を計画した。

五日市に候補地（岩国燃料廠跡地）がみつかり、中国軍管区司令官の谷壽夫は次のような命令書を発している。

「中国軍作命丁第九号
　中国軍管区部隊命令
　　八月二十七日

一、独立工兵隊第百十七大隊長ハ
　中隊長ノ指揮スル約二百名ヨリ成ル

臨時作業隊ヲ編成シ、明二十八日ヨリ
概ネ八日間五日市ニ派遣シ、
旧燃料廠庁舎ノ修復ニ任ゼシムベシ。
（二、略）」

こうして軍司令部は九月一日から五日市に「疎開」した。

移転したばかりの軍司令部を、赤十字国際委員会日本駐在代表のマルセル・ジュノーが訪問している。九月八日である。

ファーレル准将率いる原爆調査団に同行したジュノー医師は、空輸した医薬品およそ十五トンを岩国空港に降ろすと、一行とともにバスにのり、五日市へむかった。翌日の広島市内調査を障害なくおこなうための、軍部との打ち合わせであった。二人の日本人も同行していた。陸軍軍医の本橋均大佐、それに東京帝大の都築正男教授である。バスが途中で故障するというトラブルもあって、一行は夕方中国管区軍司令部についた。そのときのことをジュノー医師は十月六日付けの赤十字国際委員会（ジュネーブ）への報告書につぎのようにかいている。

『ほどなく小さな丘についた。そこが広島地方を管轄する軍司令部の移転先だった。木造のバラック数棟が建っていた、塀がめぐらされ、銃をもった衛兵が護っていた。われわれが通るとき衛兵は、「捧げ筒」と叫び、歩哨が挙手をした。そのあと日本人大佐のもとへ案内された。大勢の士官も同席した。

非のうちどころのない挨拶が交わされ、互いに握手をした。よく訓練された銃卒が、お茶、ビスケット、煙草を運んできた。書類がひろげられ、調査団がなすべき任務が説明された。この会議のあいだ、米軍と日本側の大勢が写真をとった。敵意らしいものが示されたことはまったくなく、会議は完璧に終了した。』(Le désastre de HIROSHIMA・広島の惨虐)

広島県庁も郊外の府中町へ移転した。広島へ戻ってきた職員が増え、手狭になったことが表の理由である。医務課と薬務課だけは広島市内に残った。放射能がこわいといって逃げ出すようでは、県民の健康を守るというわれわれの使命がはたせない、といって医務課長が頑強に残留を主張した、との説がある。袋町国民学校西校舎の二階をその拠点とした。

急性白血病とは、白血球の細胞が無制限に増殖する病気である。血液における悪性腫瘍である。原因は確定されていない。放射線被曝がもっとも有力である。とくに広島の場合、百パーセントそうであろう。

五日市の軍司令部を訪問した原爆調査団の一行は、九月九日、市内の調査をすませて十日、長崎へ発った。ジュノー医師は単独で広島に残り、さらに詳しい四日間の調査をおこなった。多くの病院、救護所をおとずれ、患者を診察し、救護にあたる広島の医師とあい、話を聞いた。

十月十日付けの赤十字本部への報告書のなかでジュノーは、厳密には被爆者といえない人、たとえば八日になって郊外から入市し、肉親の遺体をみつけ、胸にだいて家まで運んできた、外傷も火傷もない人でも嘔吐や脱毛の症状を呈したケースを報告している。被爆した人、被爆してはいないが後に被爆地に入ってきた人、さまざまなひとの症状が一様に示すのは、「放射能を浴びた」ということである。

その症状をジュノーは「ヒロシマ症候群」(Hiroshimite)と名付けて、臨床的兆候をつぎのように書いている。

『初期の症状は、被爆後六日目ごろまでに現れる。はじめ、身体全体に倦怠感がおき、衰弱する。顔面が蒼白になり、食欲の減退、はきけをともなう。この時点で被爆者は医師に相談したり救護所にかけこんだりする。

幾日かのち、吐血や腸内出血がはじまる。ときには血尿が出、喀血をする。鼻血が出る。

ついで、十四日ごろまでに突然肺に異常がおきる。あるいは歯肉炎をおこす。皮膚には、小さく無数の出血斑点が出現する。あっという間もなくである。

貧血し、呼吸があえぐようになる。外皮が蒼白になりちょっとした感染に抵抗がなくなる。口腔にエソが生じる。出血の時間が長くなる。高熱を発し、多くの人が脱毛になやみ、歯が抜け落ちる。』

14　叔父の来訪

瓢文子には、どこか他人が手助けをしてあげたくなるような雰囲気があるのだろう。九月もおわり近く、ふたりの姉との訣別にもふんぎりがついたころ、文子は上の姉芳江の着物をとりだした。解きほぐして洋服を縫った。それを着た。裏生地を帽子のようにした。それを頭にかぶった。芳江姉さんが下ろしておいてくれたなん十円かのお金をもって広島駅にいった。汽車を待っていると、二十歳くらいの女のひとがそばにきた。

『そのおねえさんが「どこまで行くの」って。「蒲刈まで」というと、かわいそうにねと思うたんでしょうね、たしか一円だったと思いますけど貰ったんですよ。』

（インタビューより）

文子は芳江のいっていた「遺言」を実行したのである。市内電車で広島駅まできた。汽車にのって呉線を仁方まできた。そこから船で蒲刈島へ向かい、下島、三之瀬についた。

頭に裏生地の帽子をかぶったのは脱毛していたからである。

櫻田さんの家に着いて、文子は「姉は亡くなりました」といった。死亡を報告することが姉の遺志であると文子はおもっていた。報告すると文子はすたすたと引き返した。それで、あずけてあった衣類のいっさいはそのままになった。

広島の牛田の家にかえってみると、宝町の叔父がいた。姉がふたりともいなくなったいま、つきあいのあった唯一の親戚がその叔父であった。

「もう仕様がない、お姉さんが死んだからにゃ、連れて帰らにゃあ、島根への」

母方の親戚は島根県の六日市にすんでおり、叔父もすでにそこへ引き揚げていた。その日叔父は自転車で広島まできたのだった。

「マッカーサーが汽車を動かさんいうとるけえ、オマエは歩いてかえらんといかん」

といった。

文子は、

「ええよ」

と、答えた。

そういうすぱっとした思いきりの良さが文子の特徴のひとつである。下駄を買いにいった。その日のうちに出発した。夜になって玖波町に一泊するまでを一気に歩いた。翌日は岩国から山路にかかる。

第二部

秋の陽はさすがに変わり身がはやかった。

ホテルを出たときには、足立山《あだちやま》の方向はすっきりとしていたのに、街なかを二十分も歩くと、驟雨が襲ってきた。幸い、二十四時間営業のうどん屋が道筋にあって、朝食をとっていなかったので天ぷらうどんを注文し、止むのを待った。食べ終えても雨足はいささかもおとろえなかった。朝の八時で、傘を売っている店といえばたぶんコンビニくらいだろうと考え、小止みになったところをとらえて足立山へのゆるい坂道を、濡れながら店を探した。まだ家並みはつづいており、店がみつかった、五百円の傘を買った。傘をさすとビニールを透して青空が見えてきた。五分もたったころには陽までさしはじめた。

雨上がりの足立山には緑秋の威厳があった。

車の通るコンクリート道から、右に曲がり、人の踏みしめた濡れ草の小道を辿った。そちらに小倉北区足立二丁目がある。二丁目のどこかに瓢文子さんが住んでいる。

15　足立山行まで

広島市袋町小学校の、壁に書かれた伝言の写真ネガがみつかった。１９７３年（昭和四十八年）のことである。

「瓢伝言」を含む六件の伝言を撮影したもので、写真家の菊池俊吉氏が被爆後二ヶ月目に撮ったものである。米国から返還されてきた多くの被爆資料のなかに混じっていた。

それがきっかけで、伝言に名の記された瓢文子さんと、その伝言を書いた加藤好男先生との再会が企画され、文子さんは家族とともに袋町小学校へ来た。中国新聞がその再会を報道した（１９７３年八月六日付）。

紙面の写真では、手前に加藤先生が立っていて、壁に掛けた伝言写真にみいっている。先生のむこうとなりに、まるでお姫さまのような文子さんがいて、お父さん似の面長な次女の恭子《きょうこ》さん、母親似で丸顔の長女倫子《のりこ》さん、と並んでいる。母と娘の列の後ろから、俺も、というように眼鏡の顔をのぞかせる夫、惇夫《あつお》さん。

それから二十六年がたった。壁のしっくいの下に加藤先生の書いた本物の伝言が残っていることが確認された。別の二つの壁にも伝言のあったことがわかり、それら三つの壁を中心にして、袋町小学校の西校舎の一部がそっくり保存された。平和資料館として一般のひとたちにも公開されることになり、２００２年（平成十四年）四月十二日に開館した。

私は開館の日からここで協力員として働くことになった。一日おきの勤務で、一日おきに伝言を眺めた。

伝言は三つの壁に書かれていた。

そのうちの一つは、現在でも漆喰の下に伝言の残っていることが確認された（「瓢伝言」をふくむ壁）。

もうひとつの壁には「校訓」という文字が、そうと見ればそうかもしれないという状態でむきだしになっていた。

この二つの壁は、漆喰を取り除くことはしないで、菊池俊吉氏の撮影した伝言のネガを、壁の大きさに引き伸ばして展示してある。　三つ目の壁は、漆喰をすべてはがしてみたところ、読みとりがほとんどできない状態で残っていた。

この三つの壁を日ごと眺めているうちに、ふと考えた。

「このなかで、一番はじめに伝言を書いた人はだれだろう」

窓枠がひんまがっていた。自転車の車輪や、土砂のようなものが堆積していた。ゆいいつ残る西校舎の地下の写真を見ても破壊のすごさが想像できる。そんな袋町国民学校の、すすで黒くなった壁にむかって伝言を書く人。そしてそのあとにやってきて、伝言を続けるひと。

伝言はだれがはじめに書きだしてどういう順番で書かれていったのだろう。それを考えるようになった。


手がかりはまず、伝言そのものに書かれた日付である。三つの壁にある十三件の伝言のうち、写真のフレーム内に全文がはいっていないことで、一件が判読不明、四つの伝言には日にちが明記してあった。しかし八件の伝言に日にちの記入がなかった。

この日付のない八件の伝言がいつ書かれたものなのか、それをさぐりだしてみようと考えた。

中国新聞のふたつの記事（1973年と1999年の記事）を参考にした。とりわけ、99年七月五日から六回にわけて連載された「伝言板再び」にはたすけられた。城戸収記者と山根徹三記者が共同取材したもので、伝言を残したひと、あるいはその周辺の追跡取材をしていた。

加藤先生がご存命で、袋町小学校の六年生に特別授業をされたことも知った。そのテープが学校に残っており、聞かせていただいた。

日付のはっきりしている伝言を時系列にならべ、そのどこに、日付けのない伝言がはいるのか、検討していった。

大きな疑問が三つでてきた。


第一の疑問は「瓢伝言」が何日に書かれたものなのか、である。

加藤先生は自分の伝言に日付と署名をきちんと入れている、にもかかわらずこの「瓢伝言」にはそれがない。右隣に書かれた「小林伝言」とおなじ八月十七日と読むのがふつうなのだろうが、いまひとつ確信がもてなかった。

確信がもてなかったのはこういうことからである。

「藤木先生へお願ひ」

この一行が、小林校長の死を伝える伝言（「小林伝言」）に付くものともよめるからである、よりそうように書かれている。

となると、瓢伝言には署名、日付が無いということになる。

きちょうめんな加藤先生が日付、署名をいれていないのは不思議である、なぜ入れなかったのか。瓢伝言を八月十七日に書かれたものとするのにためらいがあった。

第二。別の、階段を降りる、その右手の壁に書かれた「多々良伝言」は、八月十一日に書かれている。

「　八月十一日
　多々良来るも
　連絡とれず
　残念ながら帰る　」

多々良先生が学校に来たときにはすでにチョークがあった、と考えられる。

加藤先生の特別授業（テープ）を聞くと、八月十二日に書いた木村先生との再会の伝言が最初に書いた伝言である、と話しておられる。真っ黒くなった壁に、伝言が書けることに気づき、二階の教室へチョークを探しに行った、と話しておられる。手近なところにはチョークはなかったということになる。
多々良先生はチョークをどこで手にいれたのか。そして加藤先生はなぜ、「多々良伝言」の、十一日という日付を無視して、十二日付けの、木村先生の来校を知らせる「木村伝言」をもって、最初に書いた伝言であると授業ではなしたのか。

第三。「藤木訓導住所」と表題のある、略図つきの伝言はいつ、だれが書いたか。

「　藤木訓導住所
市内尾長町二四〇
片河二十九組
（この文の左に藤木先生宅の略図が書かれている）」

八月十一日と日付のついた「多々良伝言」よりも右手に、それと並んで書かれている。
「多々良伝言」より先に書かれたと考えられる。
いつだれがかいたのか。日付も署名もなく、これが最大の難問であった。

まず第一の疑問から考えていくことにした。

加藤先生にお聞きすることも考えたが、特別授業の日から四年が経過していた。その授業いじょうの新しい記憶がよみがえるようには思えなかった。瓢文子さんに会うのが一番と考えた。お会いして「加藤先生がきたのは終戦よりも後でした」というような答えが得られれば、八月十七日が確認できる。そのほかにもいろいろとお話が聞きたい。

昭和四十八年の中国新聞報道には瓢さんの住所として「小倉北区足立二丁目」まで記述があった。小倉北区の電話帳をみた。同姓の人はたくさんいた、惇夫（または文子）の名の掲載はなかった。

親戚の櫻田さんにきけばわかるかも知れない。

電話帳をくってみた。櫻田の名はただ一件、下蒲刈町三之瀬に記載があった。電話をすると、声からして五十歳くらいの女性がでてきて、瓢という人はしりません、親戚ではありません、といった。そんなことで時折電話がありますが、関係ありません、と。すこし困っているようなくちぶりだった。

長女の小学校に瓢さんが手記を書いた、と中国新聞の「伝言板再び」が書いている。小倉北区の地図を見て、足立二丁目の人が通うだろう小学校二校に見当をつけ、電話をいれた。倫子も恭子も名簿には見あたりませんという答え。手がかりはなかった。

小倉へ行こう。

小倉は好きな街だった。私の青春を震わせた松本清張の育ったまちであり、没後、そこに松本清張記念館ができていた。清張がたむろしたカフェがその地下に、しゃれた装いで営業しており、アップルパイがパリなみの美味さなのである。

小倉へ行こう、足立二丁目の全てを一軒いっけん探してみよう。

16　足立二丁目

足立山のふもと、等高線にそうように一丁目、二丁目、三丁目と南から北へならんでいる。

小道を辿った。一軒いっけん表札を見てあるいた。見晴らしのいい山の手のその一帯は裕福な人の住むまちのようで、主玄関から御用口までが三十メートルほどもある家があった。そんな家がもう一軒あって、表札をうかがうたびに、もしこんな家で瓢さんをみつけたらどうしよう、と気後れがした。

二丁目の端まで来て下りの道をとり、左折して等高線あるきを続けた。何度めかの折り返しをしたとき、ふいに町の雰囲気がかわった。メゾネットタイプの鉄骨の家が、四軒つづきになってひと棟を構成し、棟のまえにはそれぞれに三坪ほどの庭がある、そんな住宅が三十から四十も並ぶのである。奇妙なのは森として息吹のないことだった。ほとんどの家が空き家で、表札がない。住人の残っているほんのわずかの家いえも、空き家の静寂にあわせてか、しずまりかえっている。

メゾネットの集合はしきりにわたしを呼んでいた。なにも根拠はないけれど、強いていえば、そのメゾネット住宅が私の住むマンションとおなじ、住宅公団のものだったこと、それだけである。

ここの住民が、老朽化による建て替えによって移転したとは想像がついた。見回すと新しい八階建てのマンションがすぐそばにあった。オレンジの色合いとか建築の、どこか私のと似通うデザインであった。なんの確信もなく玄関にいき、郵便受けを見た。文子さん夫妻の名はなかった。

もういちどメゾネット住宅にもどった。あてもなく歩いて団地全体のメイン入り口に来ると、そこに案内標識をかかげるような掲示板があった。居住者全員の名札がかかっていた。一軒いっけんの住居番号と入居者のなまえが記されていた。取り壊されることなくそっくり残っていた。胸が躍った。

そこに瓢さん夫妻の名があった。番号は八十番。

ひきかえして、その家にいき、空き家を見た。破れたガラスがテープで補修してあった。ふすまに描いた子供の落書きが見えた。しばらく感動にひたった。自分の山猫のような本能に驚いてもいた。


老人がひとり家からでてきた。チャンスは逃さなかった。あのう、すいません、とよびかけた。七十歳くらいになるおばあさんで、昨日描いた眉毛を消さないままに今日もう一本引いたため、眉毛の二本あるお年寄りだった。

「ああ、あのひとはね」と老人はいった。「まってよ、なになにさんに聞いてみよう」そういって老人は、文子夫妻の旧の家のほぼ斜めまえにある家をどんどんとたたいた。もう一度どんどんと叩いた。三十歳ほどの女性がややあって現れ、文子夫妻の移転先を教えた。

「やっぱりあそこ、わたしもいまからあっちへ行くから、一緒にいきましょう」

そんな意味の事を九州弁でしゃべりながら、七十歳とみた私の判断をあざ笑うようにすいすいと手押し車をおした。

建て替えでみんなでていき、残ったのは十三軒だけだ、とはなしてくれた。私ももうじき移るんですよ、それが最後の組、と教えてくれた。

「ほら」と彼女がいったとき、もうひとつ、先のと兄弟のようなマンションがみえた。こちらがお兄さんである。大きい。

「あれですよ」

住居表示で住所を、郵便受けで部屋番号をたしかめてわたしは瓢文子さんに手紙を書いた。さんざんマスコミに追いかけられた瓢さんである。そっとしておいて下さい、という手紙。あるいはナシのつぶて。そんなことも考えていた。

土曜日の昼下がりであった。電話のむこうで、

「あのう、わたし」

といった人が瓢文子さんだった。

17　瓢さんに会う

小倉行きをいつにしようか、と考えていたとき、瓢さんから、広島へいきますとの連絡があった。友達と宮島で紅葉の観葉会をするという。友人というのは瓦のリレーをした貝

原信子さん、そして幟町国民学校時代の仲良し、学校でいっしょにブタを飼った佐伯弘子さんである。佐伯さんは広島市内なので宿泊をしないが、自分と貝原さんは牛田の神田山荘に泊まるということだった。

当日（2002年十一月五日）、夕食を共にしながら話をした。

瓢さんと貝原さんは、問わずに被爆の体験を話し始めた。

「あんたあの時、B29よって私が一生懸命いうのに、なんもひとのいうこと聞かんやった」と、瓢さん。

「ほうかいね、わたし下におったけ、聞こえんかったんじゃろ」

「なんべんも言うたのに」

というような具合だった。

あ、ちょっと待って下さい、機械のセットをしますから、といい、わたしはMDの録音スイッチをいれた。

食事がすむとロビーに移り、さらに話した。

そのとき瓢さんは、

「私の腕、きれいでしょ」

といって、袖をまくって腕を見せた。たしかに白く、美しい腕ではあったが、わたしにはそれがどういうことなのかわからなかった。

「兵隊さんが、痛がるのにべりべりと剥《は》いで、でもお陰で傷がのこらんかったんです、きれいでしょ」

そういった。白い腕がまばゆかった。

瓢さんは、お願いしておいた「手記」をちゃんと持ってきてくれた。かわいらしい丸文字で書かれていた。文章がしっかりしていて、丸文字というのがなんとなくしっくりこなかった。わたしの不審を察知した瓢さんは、

「私ね、書こうとしてまとまりがつかず、メモしたまんま放っておいたんですよ。それを娘が浄書してくれたんです」

といった。

娘というのは次女の恭子さんのことだった。恭子さんは浄書しながら、手記のおしまい近くにあった一言を削ったのだそうである。

それは、

『わたしも原爆といっしょに死ねばよかった。』
という言葉だった。

この手記は、1993年（平成五年）頃に書かれたものである。そのときは、そしてそれ以降、中国新聞・城戸記者の取材をうける1999年まで、自分は袋町国民学校に居たものと思いこんでいた。そう瓢さんはなぞ解きをしてくれた。

（松永）いちど、袋町国民学校に来て、そのあとで精養軒にいったんではないんですね。

（瓢）違うんです。この前、城戸さんに言われるまで気がつかなかったんです。あそこの角に富国生命というのがあったんです。あそこだったんです。ちょうどそこを通って学校に、自分では学校の向こう側が家だったから、学校の方に帰るつもりで行ってたら、同級生がね、門のところで「ここにおいでー、ここにおったらねオバサンたちがね、ご飯も食べさせてくれるし」いわれて、自分では学校と思っていたんですよ。そのままそこに行ったらバタンキューで。洋服もなかったですね。肩も火傷してて。

（松永）加藤先生が来たのは何日かわかりますか。

（瓢）私はわかんないですねえ。加藤先生は何日といわれましたか。日にちが合わないんですよねって、城戸さんにもいわれたんですけどね。十一日よりは後というのははっきりわかっているんですよね。姉が来たときに、「叔母さん、亡くなったよ、十一日に」というのを聞いているんです。だから十一日よりは後です。私も熱をだしてわかんなかったでしょ、だから、全然覚えていない。

終戦の日はどこにいましたか、という質問もしたけれど、加藤先生が来たことすら夢のなかのできごとのように思えた瓢さんには、日にちの特定などとうていムリだった。証言にたよらず、残っている資料（伝言そのもの）から解答をひきだすことにした。

18　推理の落ち着いたところ

「瓢伝言」の書かれた日を八月十七日と断定した。

はじめからわかっていることでもあったが、自分で納得できたのである。

「瓢伝言」の本文の出だしは、「高一の、」とひらがな書きである。さらに、「瓢文子ガ」とつづく部分の「ガ」の字は、いちど「が」とひらがな書きにしかかって濁点を二個にとどめることによってカタカナの「ガ」の字に替えている。

これは、「藤木先生へお願ひ」をひらがなにしたことに引きずられたものと考えた。つまり、小林伝言、瓢伝言はおなじときに一気に書かれたものであり、八月十七日の日付は両方の伝言につく。そう確信した。

疑問の二は解くのにむつかしかった。

「　八月十一日
多々良来るも
連絡とれず
残念ながら帰る」

多々良とは、田幸村《たこうそん》への疎開児童に帯同した多々良無双太《たたらむそうた》先生のことである。「十一日」とはっきり書いている。この日多々良先生はチョークが必要になることを予見して田幸村から所持してきたのか。いや、考えにくい。

どこかの教室からさがしてきたのか。それなら伝言を書いた残りのチョークは置いてかえるだろう。加藤先生はかならずしも二階の教室に探しに行かなくてもよかったのではないか。

これが長い間解けなかった。


疑問二は、じつはもう一つの疑問三と関連している。

多々良先生の伝言より先に「藤木訓導住所」とタイトルされた地図伝言が書かれている。これを書いた人もチョークをどこかで手にいれているのである。多々良伝言の右側に書かれていることから、十一日もしくはそれ以前に書いたものである。つまり、多々良先生より先に書いている。この人の残したチョークを、多々良先生も使ったと考えるのが順当であろう。

地図の記録者はだれか。

その人を発見すれば疑問二と三とはどうじに解決する。

地図を書いたのは加藤好男先生である。

これがある日突然わかった。

地図の記録者は袋町国民学校の先生いがいにはかんがえられない。加藤先生がもっとも有力である。そう考えていた。

しかし、加藤先生の三つの署名入り伝言の書体と、この地図伝言の書体とは、絶対に別人の書体にみえるのである。だれもが幻惑されたようで、中国新聞（2000年二月一日付）もこの地図伝言について、ネガ発見時の記事のなかでこう書いている。

『写真の右端にある「藤木訓導」は、袋町小の元教諭藤木喬さん（八九）＝福山市熊野町。当時の自宅住所地の地図も書かれており、「私の家をだれかが連絡先に選んだのだろうか」。本人に伝言の記憶はない。』

藤木先生本人をはじめ、新聞記事を書いた記者も地図を書いた人の特定はできていないことを示していた。

じっと伝言をにらみつづけていたとき、ふと、

「東練兵場」（地図伝言）

「瓢文子発見の伝言」（部分）

「地図のある伝言」

「壁に書かれた伝言」（全景）　　撮影者：菊池俊吉　撮影日：1945 年（昭和 20 年）10 月 7 日

と書いた「兵」の字と、

「兵隊サンニモ」（瓢伝言）

と書いた「兵」の字とがよく似ているのにきがついた。酷似しているといってもいい。

びっくりして、瓢伝言ほか三件の、加藤先生署名入りの伝言と地図伝言とのあいだに共通する文字を抜き出し、見較べてみた。

「兵」のほかに「藤木」「所」「九」「内」「文」「長」、「田」と「畠」、があった。「所」いがいはすべて特徴が酷似していた。専門家の鑑定をまつまでもなく、わたしにも同一人の筆跡と断定できた。

結論は、つぎのようになる。

加藤先生が十二日の木村伝言を一番最初の伝言であるとしているのは記憶違いである、十一日にかいた地図伝言が加藤先生の書いた最初の伝言なのである。

書いたチョークは玄関入り口の円柱の台座（地図伝言の壁を支える円柱の台座）に置いた。そのチョークをつかって多々良先生が「残念ながら帰る」と無念をかいた。

加藤先生の思い違いをわたしは理解できる。

先生は藤木先生の帰校を待ちこがれていた。いつか家へいってみよう、と考え、自分へのメモとして一度訪れたことのある記憶をもとに地図を書いた。他人への伝言のつもりではなかった。

書いたあとで、他の人にも参考になるかもしれないと考え、「藤木訓導住所」とタイトルを追加した。追加したと推理した理由はこの「藤木訓導住所」というタイトルが、壁の平面にではなく、地図の右側で、壁のはじまりにある、円柱の曲面部分に書かれていることからである。長い平面の壁があるのに、曲面から書きはじめる人はいないだろう。

加藤先生が特別授業をした年には地図伝言のネガはまだしられていなかった。発見は2000年一月である。

NHK広島の井上恭介ディレクターが、菊池俊吉氏の撮った伝言写真を調査していてみつけたもので、ほかに「西京伝言」のある壁のネガもみつけた。ニュース番組で報道すると同時に、伝言に名前のでている児童の関係者を捜した。（井上恭介「ヒロシマ―壁に残された伝言」参照）

このあとを追って中国新聞は『新たに写真2枚』と題して次のように報じた。（2000年二月一日付）

「被爆直後に広島市中区、市立袋町小学校の西校舎の壁に書かれた伝言を撮影した故菊池俊吉さんの遺族が、別の伝言の二カットの写真のネガを保管していることが三十一日、分かった。写真には、児童の安否を尋ねる伝言や連絡先の地図なども写っている。」

はやくに地図伝言を見ていれば加藤先生も記憶をよみがえらせ、特別授業でこれに触れたかも知れない。

地図伝言が西京伝言・上田伝言とともにネガの発見が遅れたのは、瓢伝言が大きな壁に書かれていて、写真を撮った菊池俊吉さんはローライフレックスを使った。いっぽう、地図、多々良、そして西京、上田伝言は壁ふたつともやや小さく、ライカで取った。

撮影後つくられたネガ台帳では、ネガのサイズで分類したため、べつべつのところにあり、瓢伝言のある写真が一挙に有名になっていらい他のネガはかえりみられなかった。加藤先生が地図伝言を初めて見たのは２００２年以降である。

19　伝言の書かれた順番

わたしには伝言の書かれた順番がほぼ特定できた。
伝言の書かれた順に再掲し、書かれたときの状況説明をくわえてみる。

①　地図伝言（八月十一日）

「　藤木訓導住所
市内尾長町二四〇
片河二十九組
（このあとに地図が描かれている）　」

加藤好男先生が自分のための心覚えにメモしたもの。
チョークを二階の教室から拾い集めて書いた。そのチョークはまとめて、入り口すぐ右の、壁の始まりの部分にある円柱の台座に置いた。円柱の台座とは、円柱の下部、床面から五十センチくらいの高さまでが、円柱よりもよほど太くなっている、そこをいう。バッグの二つや三つは置ける広さである。加藤先生がチョークを置くには格好の場所であったろう。しかも、「藤木訓導住所」と書いたのがこの円柱なのである。

十一日の午前中に書いたものと推測する。

② 多々良伝言（八月十一日）

「八月十一日
多々良来るも
連絡とれず
残念ながら帰る」

田幸村の疎開先から学校を心配してやってきた多々良無双太先生が残したもの。加藤先生が円柱の台座に残したチョークを使った。

十一日の夕方に書いたものと推測する。

③　原伝言（八月十二日）

「◎袋町校職員の方へ
（田幸村集団……
初六　原徹……
健在ス。家……
家族一同……
広島市舟……
保護者……
八月十二……」

〈原君の父が田幸村へ集団疎開中の徹君（六年生）にあてたもの。家族の健在を、袋町校の教師を通じて知らせようとした。〉

この伝言を当初、右のように解釈していた。後日、原徹氏へ手紙を出し、この伝言が袋町校の先生のだれかから原氏にとどけられたかどうかを問い合わせしたとき、びっくりす

る内容の回答をいただいた。その回答の要旨はつぎのようなものである、

（一）八月一日か二日、自分は体調をくずして、広島に帰った。

（二）一家は袋町学区にある新川場《しんせんば》町《ちょう》から舟入川口町《ふないりかわぐちちょう》へ引っ越しており、そこで被爆したが、家族全員ぶじだった。

（三）三菱重工に勤めていた父は、八月七日、出張先の山陰から帰ってきて、広島駅から市内の救護所をめぐって舟入川口町まで帰ってきた。そこで父は家族全員の無事を確認した。

（四）このような経緯なので、父が自分あての伝言を書くことはない。父の筆跡でもない。

「職員の方へ」という文言からして、これを書いたのは居合わせた保護者の方か地域の警護団のだれかではないかと思っている。原徹氏の父はいずれにしても息子と娘の無事を、（心配しているであろう）疎開地の先生に知らせようと学校に来たのはたしかである。

④　「本校事……」を含む伝言（判読不明伝言）

「本校事……
本校……
中デ……
松尾……
十日……
生……
出……
」

この伝言は完全に判読不明である。

ただ、③の原伝言と筆跡が同じなので、加藤先生のいないあいだ学校にいた誰かが、伝え聞いたことを伝言としてしたためたと想像される。「十日」という字は書いた日の日付ではなく、なにかの出来事の起きた日ではなかろうか。日付なら最後に書くだろうから。

⑤　木村伝言（八月十二日）

「八月十二日

木村先生来校
皆様によろしく
との傳言あり

加藤　」

神杉村の疎開先から学校を心配してやってきた木村武三先生との再会後、加藤先生が書いたもの。十二日夕方おそくに書いた。

⑥　土井伝言（八月十一日以降十六日までのあいだ）

「お願ひ
土井佑子
本校（五年女）
安藝飯室
川原軍一方
土井ヤヱに

お知らせ
下さい
大手町内会に
お問合せ下さい
　母　土井シヅ」（注・川原は河原のまちがい）

土井佑子さんの母、シヅさんが書いたもの。

シヅさんは被爆の日から欠かさず学校をおとずれ、娘（五年生）の安否を知ろうとしていた。チョークがみつかってからようやく、加藤先生の伝言にならってそのチョークで伝言を書いた。

土井シヅさんの一家は東京に住んでいた。夫の病死につづいて東京大空襲にあい、広島市郊外・安芸飯室《あきいむろ》の夫の実家を頼って広島に疎開してきた。新川場町に家を借りて住んでいたが、被爆した。娘佑子さんは集団疎開の該当者であるが、すでに遅すぎたか、あるいは母が疎開させるのをためらったか、広島に残っていた。

遠慮して加藤先生の伝言から離して書いたため、目立つように文章を大きく丸で囲った。この文章の右側、やや高いところに「土井」と書いてやめている。シヅさんは小柄なひとで手をのばせばその高さに書けるのだろうが、けがをしていて難しかったので、低い所へ書き直した。

⑦　荒木伝言（八月十二日の木村伝言以降十六日までの間）

「本校一年生
荒木絹枝
生死不明
市内南観音町三六〇
東罐寮内
母荒木キミヨアリ
オ知ラセヲ乞フ　」（傍点は伝言の記入者による）

荒木絹枝さん（一年生）の母、キミヨさんの伝言。

土井シヅさんにならって木村伝言と土井伝言のあいだのスペースに書いた。木村伝言にくっつきすぎたので線を引いた。十二日以降、十六日までには書かれたと推測する。左側の木村伝言をよけるように書かれているからである。
「東罐」は東洋罐詰《とうようかんづめ》の略称である。

⑧　三好伝言（八月十六日）

「　加藤先生
本校高二（八月十六日）
三好登喜子
奥海田国民学校デ
死亡致シマシタ」父　三好茂」

雑魚場町の建物疎開で被爆し、海田市の奥で亡くなった娘登喜子さん（高二）の死亡を担任の加藤先生に伝えようとしたもの。
登喜子さんは、瓢さん貝原さんとおなじく、加藤先生に引率されて雑魚場町の建物疎開の現場に行ったひとである。被爆し、逃げているうちに、トラックにひろわれて（あるいは、人の波とともに自力で）、奥海田国民学校の救護所までいったのだろう。奥海田国民学校はいまの東海田小学校（海田町浜角）である。

登喜子さんの亡くなったのは八月十四日だった。白木の箱を抱いて帰ってきた父の三好茂さんの姿を、登喜子さんの姉が見ている。そのあと十六日になって、父・茂さんは加藤先生への報告のため学校に来たが会えず、壁に伝言を書いた。

文のおわりが荒木伝言にくっつきそうになったので、波線をひいて区別し、右側に書かれた土井伝言の丸い囲みをよけるように書かれている。

⑨ 小林伝言（八月十七日）

「 小林校長　　八月十七日　加藤
　戦災死（八月九日）
　郷里ニ於テ　」

小林哲一校長の死亡を伝えるもの。加藤先生が書いた。十七日夕方、富国館から学校にもどってきたときこの情報が入っていた。

「郷里ニ於テ」の一行は、あとで付け加えたもののように見える。左へふくらんでいる。

⑩　瓢伝言（八月十七日）

瓢文子さんの発見を報告し、その後のことを藤木喬先生に託そうとして加藤先生が書いたもの。小林伝言に続けて書いた。

「　藤木先生へお願ひ

高一の瓢《ひさご》文子ガ　火傷シテ
精養軒内ノ治療所デ治療
ヲ受ケテヰマス　ミナシ児デ
広島ニ身ヨリハナク
蒲刈下島三之瀬　櫻田方
ヘ行ク予定デス
二、三日ハ治療所内ニ居ル様
兵隊サンニモ頼ンデ置キマシタ
カラ　何分ヨロシク願ヒマス

金ハ一文モ持参シテ居マセンカラ
ナルベク証明書ノキケル間中
ニ帰シタイト思ヒマス
姉ノ所　加藤　」（ルビと波線は加藤先生による）

この伝言が右隣の「小林伝言」に続いていっきに書かれたと判断したのは、タイトルにあたる「藤木先生へお願ひ」の一行が、「郷里ニ於テ」のはみだし部分に押されて左へ曲がっていることからである。

また、「姉ノ所」という字は、加藤という署名を書いたあとで付け加えられたものである。

⑪、⑫　日にちの特定できない伝言。

上田伝言

「　新川場町

上田熊夫ノ二女　上田安子
本校二年生
生死不明　御取調……
左記へ御通知乞フ
安佐郡長束村……
曽里健二方」

西京伝言

「西京節子
新川場町
西京一夫ノ長女
本校一年生
生死不明
左記に知セ下サイ
市内尾長町片河・十一組

掛川浅雄方

　　　↓母アリ　」

　この二つの伝言の上田安子さんと西京節子さんは、ともに袋町校の校庭にいた児童である。集団疎開の対象にならなかった一年生と二年生であり、ご両親としては無念のきもちをこめて学校へ探しにきたものと思われる。チョークがみつかってすぐ、十一日か十二日に書いたのではないかと推測している。

⑬　岡田伝言（八月十八日）

「　八月十八日
　元本校訓導岡田
　岡山より来る　哀悼　」

元袋町国民学校の先生、岡田一子《いちこ》さんが結婚退職後移り住んでいた岡山からはるばる訪れた。だれにも会えず、哀悼の意を表して書いたもの。

岡田さんの退職は昭和二十年の五月十二日である。みつきの違いで命の助かった自分と、残ったために亡くなった同僚と、運命の残酷さをかみしめながら廃墟の広島へわざわざやってきたのではなかろうか。そう思うと「哀悼」という言葉にひとしおの重みが感じられるのである。

2000年に、菊池俊吉氏のネガ二枚が発見されたとき、現像写真を見ながら壁を点検した人が辛うじて見つけたのが、「元本校訓導」のうちの「校訓」なのである。ということは、「校訓」の文字は、漆喰のはげた所から長い間にわたって顔をのぞかせていたことになる。

伝言の書かれた順番を一つひとつ推理していくと、壁の前で手をのばし、懸命に字を書いている人達の後ろ姿が目にみえるようである。

加藤好男先生も特別授業のおわり頃の、生徒からの質問「書いたときの気持ちはどうでしたか」に答えてこう話している。

『夢中で書いたと思います。とにかく、正確に伝わることを願っていました。』

20　カメラマン菊池俊吉

袋町小学校の平和資料館が、小さいながらも現在のようなかたち（表面を化粧しただけで骨格はもとのまま）で残されるには、菊池俊吉氏の撮影した伝言写真が決定的な役割をはたしている。

伝言の残る袋町小学校西校舎は昭和十二年（１９３７年）に建てられた。被爆しながらも六十年余を生きながらえ、広島市では建て替えを検討していた。しかし、被爆建物を保存する会の人たちや、被爆語り部など相当数の関係者は、菊池写真を根拠にして、

「もしや、伝言が残っているのではないか」

と考えていた。西校舎の全面保存をいい、市教委や市議会への陳情をくりかえした。広島市は全面建て替えをゆずらず、建て替えやむを得ずという空気が濃厚になってきたころ、ひょんなことがおきた。

あるひとが壁の強度を知るためにハンマーでたたいてみたのである。くずれ落ちた漆喰《しっくい》のしたに、黒い、字のようなものが見えた。おどろいて、しっくいを拭き落としてみた。

現れたのは「東罐寮内」のうちの「寮内」の部分。菊池写真にあるのとまったく同じ字。その壁に伝言が封印保存されていることを示していた。
この伝言を再録する。

「本校一年生
荒木絹枝
生死不明
市内南観音町三六〇
東罐寮内
母荒木キミヨアリ
オ知ラセヲ乞フ」

菊池写真を展示することは考えていた。そのために壁の強度をためしたのだ。しかし、この発見によって保存運動が加速した。西校舎の全面調査が行われた。そして新たに黒板の裏側になっていた壁に伝言を発見した。柱の「患者村上」という文字を発見した。
伝言ののこされたブロックを中心に、校舎の一部、長さ三十メートルほど（地下と一階、そして二階への階段）がそっくり保存されることになったのである。

菊地俊吉氏はどうして伝言を撮影したのだろうか、それを追ってみよう。

はじまりは日本映画社（日映）であった。

日映は戦争中から終戦までの間、日本でゆいいつのニュース専門の映画社だった。広島、長崎の被爆後、これは歴史的な大事件であり、これを撮るのは自分たちの義務であるという雰囲気が社内にみなぎっていた。

そんなおりのある日、根岸社長がプロデューサーの相原秀次をよんだ。

「原爆の記録映画をつくるからすぐに準備にはいるように」

ここから始まった。

三十三名の撮影スタッフが組まれた。このなかにスチールカメラマンも加えられた。記録を後世に残すためには、スチール写真も撮っておくべきだ、メインプロデューサーの加納竜一はこう考え、相原もそくざに賛成したのである。スチール写真専門の東方社にカメラマン二名の人選が依頼され、写真部の木村伊兵衛部長は菊池俊吉を選んだ。あとひとりを公募のかたちで募集した。林重男がなのりでた。助手に学徒動員生で来ていた田子恒男がつけられた。

放射能のことはふたりとも聞いていた。が、菊池は独り身のきがるさと、世紀のできごとを撮るという興奮が怖さを超えた。林はちょうどこどもが生まれたときだった。自分には跡継ぎがいるという安心感で、手をあげたのだった。出発に際しての木村部長の指示は、「道楽はするなよ」

だった。

日映の指揮下で注文通りの撮影をしろ、という意味である。

三十三名の撮影スタッフは「生物班」「土建班」「物理班」「医学班」の四つの班に分けられた。

菊池は医学班、林は物理班だった。

医学班の総勢は八名で四班のうちではもっとも人数がおおく、その班のチーフは山中真男であった。山中は演出とカメラと両方をかねた。

山中真男は医学映画のベテランであった。戦争写真を主に撮っていた菊池は、山中の撮影方法に興味をもっていた。最初の撮影にはいるときのことを、こう記している。

『山中演出はどんな撮り方をするであろうか、興味のあるところであった。』

菊池俊吉は医学班の一員として、山中真男の指示、演出のもとに常に行動をともにしながらスチール写真の撮影をしていた。映画用のラッシュでみる山中カメラのポジションは、菊池写真でみるポジションと常に同一である。

ここで菊池カメラマンの撮影機材を記しておく。

カメラは、ライカⅢB（二機）とローライフレックス（一機）、
レンズは、
五十ミリF2（ズミタール）、
七十三ミリ（ヘクトール）、
百三十五ミリ（エルマー）
の三本である。
また、フィルムは「さくらパンF」であった。
医学班の撮影は、十月二日広島第一陸軍病院の宇品分院からはじまり、大河《おおこう》国民学校救

護所、日本赤十字病院を撮った後、袋町国民学校へ来た。十月七日である。（菊池は手記に「十月六日、袋町国民学校撮影」と書いているが、これは勘違いである。）

袋町国民学校はそのころ、「袋町救護病院」の看板をかかげた仮設病院となっていた。到着した撮影班は、まず校庭にまわり、窓の外から治療風景を撮った。この絵は、自然ではあるが雑然としてしまりのないものだった。校舎内にはいって内部での撮影にかかる前に、山中真男による演出がおこなわれた。救護病院唯一の大田萩枝医師を画面の中心にすえ、治療を受ける患者も、頭をけがした二人の患者を選んでいかにも治療所らしく仕立てた。

この演出には、ある程度の時間がかかるだろうことを予期していた山中真男は、菊池にたいして、待機中に壁の伝言を撮るよう指示した。（または、菊池がそれを提案した。）こうして、伝言写真が後世にのこることとなった。

撮影ネガは、日映での編集がすむと、東方社の菊池と林のもとへかえされた。そのネガに対してアメリカ進駐軍から提出命令がきた。接収にきた兵隊の応接にあたったのは、写真部部長の木村伊兵衛だった。木村は提出命令をがんとして受け付けなかった。

「カメラマンからネガを奪うのは、兵隊から銃をとりあげるのといっしょだ」

と、木村はいった。

この理屈を米兵は受け入れた。

「わかった、ではどうするか」

米兵は逆にきいてきた。

「紙焼きならだそう」

木村は答えた。

「しかし、われわれは焼く紙も薬ももっていない。これらを提供してくれるならさっそく仕事にかかろう」

米兵は承知してかえっていった。そのすぐ翌日、焼き付け用の紙と薬品など現像に必要な物品、器具のいっさいを乗せた三台のトラックが東方社に到着した。

菊池俊吉と林重男の撮ったネガおよそ二千枚は守られた。


後年アメリカは、接収した原爆関係の写真（ネガ）のおおくを、返還してきた。そのなかに菊池、林のネガもふくまれてはいたが、それは東方社で現像した紙焼きをもとにしてつくったネガであり、デュープネガよりもまだ画質の悪いしろものであった。このためふたりは、広島、長崎を中心とした関係の施設に手紙をだし、返還ネガは使用しないよう依頼した。オリジナルのネガには著作権を設定して保護した。

伝言そのものはどうなったのか。

袋町国民学校は、広島市内の国民学校のなかでもとくに学校再開が遅れた。昭和二十一年の新学期にも再開がまにあわず、五月になってからようやく、三十六人の児童をあつめて授業がはじまった。

学校が壊滅的に破壊されたこともおおきな理由であるが、もうひとつ、広島県の医務課と薬務課が西校舎をつかっていて、三月まで救護病院が開設されていたこと、そのあとも引き続いて薬品統制組合という団体が占拠していたこと、こういったことがおおきく影響したのである。

その間、校舎は手入れをされることもなく放置されていた。学校が再開してからもしばらくは壁には伝言が残っていた。

昭和二十二年（１９４７年）のくれ、広島市民の激励に訪れた昭和天皇が袋町小学校を行程にくわえたときをきっかけにして、およそ二年をかけて大きな修復工事が行われた。

すすのついた漆喰のうえから新しい漆喰が塗られ、伝言は封印されたのである。そして、封印されてから五十二年後の発見。

「寮内」の文字が発見された壁は、その文字のある場所以外の漆喰ははがされていない。全面的にはがしてみれば、写真にとられたと同じ文字群が現れるのははっきりしているが、風化して消えていく可能性が大きく、菊池写真を実物大に引き伸ばして展示してある。

この展示パネルの文言にはずいぶんと悩まされた。「瓢伝言」の最後の行に、署名がなかったからである。

加藤先生は、ほかの伝言には全て日付、署名をいれている。なぜこの伝言だけは署名がないのか。

井上恭介氏の制作したNHKスペシャル「ヒロシマ―壁に残された伝言」のビデオをみていたとき、CGによる伝言の再現がしてあって、そこには「姉ノ所　加藤」という文字がはいっているのを発見した。井上氏に問いあわせてみたところ、

「ネガには『姉ノ所　加藤』があります」

と、メールをもらった。しかし、袋町小学校平和資料館の写真にはどうみてもそれがない。パネルを制作した施工業者のミスではないかとすら邪推した。

2003年の夏、おもいきって菊池徳子夫人に電話をいれ、訪問を受けていただいた。用意してあった密着をみせていただいて全てが、かんたんに、氷解した。

「瓢伝言」のある壁の全景写真は二枚あったのである。

菊池さんは伝言のある壁を撮影する際に、まず自然光で撮り、つぎにフラッシュで撮るというふうに、すべての伝言を二枚ずつ撮影している。(「西京伝言」のある壁は一枚のみ。理由は不明)。

瓢伝言をふくむ壁の全景も二枚撮っているのであるが、自然光で撮った一枚目の写真(RA54)には、

「姉ノ所　加藤」

がはいっているのに、二枚目のフラッシュをたいた写真(RA55)にはそれがない。

なぜなのか、見当もつかないが、フラッシュを準備するときに、三脚に乗せたカメラに袖があたった、というようなとっぴなことしか考えられない。

ともあれ、菊池俊吉さんのネガを管理する徳子夫人は、RA54とRA55のネガとは、(フラッシュの有無のほかは)同一の画角であるとおもっていて、注文を受けたさいにもさほどの注意も払わずに貸し出しをしたのである。あるときはRA54を、またある時はRA55を、というふうに。

「あら、ちっとも気づきませんでしたわ、ごめんなさい」

と、率直に詫び、

「これからはRA54のネガをだすようにいたします」

そういって、ノートに注意事項として記入された。

のどに刺さったちいさなとげがいとも簡単にとれたこと、そして菊池徳子さんの率直さが、わたしを浮きうきとさせた。

こうして伝言についてのほぼ全ての疑問が氷解した。あとは、瓢文子の足跡をたどるだけである。

21　瓢文子　山を越える

新しい下駄を履いた瓢文子は昼もおそくに広島を発った。まず岩国をめざした。叔父は自転車である。岩国までいきつかないうちに白秋の陽は暮れ、玖波町に宿泊。さらに歩いた。

岩国から山路にはいる。いま清流線のはしる渓谷をその対岸のみちを、錦町めざして歩いた。そこで下駄がだめになり、新しいのととりかえた。

出合《であい》というところに親戚があった。そこで一泊した。また歩いた。およそ十二キロを歩いて目的地、島根県六日市へ到着した。下駄をはいて歩いた距離約九十キロメートル、半分は山路である。

広島に住んでいた叔父には、その地に自分の家はない。妻も被爆死している。文子をひきとるには不都合がおおかったが、「可哀相だから置いとこう」といった。

叔父の一族（つまり文子の母方）はたくさんの山林、田畑をその地にもっていた。住居は、家ではなく屋敷と呼ばれるほどの立派なものであった。そこで文子は農作業を手伝った。

学校が残っていた。学校にいくと「原爆がきた」といって寄ってくる、歩くとうしろからついてくる。文子はまだ髪の毛が抜けていた。まる坊主の女の子、これほどの見世物はなかっただろう。そのまま学校へは行かなかった。叔父もムリにいかせようとはしなかった。

「親だったら」と文子はおもった。

「親姉妹《きょうだい》だったら、ムリにでもいかせるだろう」

肉親の情を思った。

叔父は器用なひとで、とうじまだ珍しい自動車の修理工場を六日市で始めた。トラックや発動機などメカにかかわるものならなんでも直した。工場は忙しかった。いそがしさに、よく叔父はぼやいた。

「おまえと芳江と、かわっといてくれたらよかったのに」

芳江ねえさんが生きていてくれたら、というつもりなのだろうが、換わってくれていたらというのは悲しい。

「おまえの姉は一を聞いたら十というくらい、ピリッときおったが、おまえはのさっとして、ほんとにねえちゃんとかわっといてくれたらよかったのに」

そういいながらも叔父は、文子を養子として自分の戸籍にいれていた。文子にはいわず入籍していた。血のいちばん近いのが文子だったからである。

工場へは、遠い親戚にあたる兄弟三人がよく遊びにきた。メカに眼を輝かせてやって来た。まんなかの惇夫はとくに興味が強いらしく、工場へ見習いにくるようになった。弟子入りをした。文子を好きになった。

叔父が再婚すると、惇夫はやめて門司の国鉄関係の工場にはいった。

文子と惇夫が結婚の意思をかためたとき、叔父は反対した。

理由はなにもない。

文子が〈戸籍上〉ひとり娘であるから、惇夫が婿養子にならねばならない、ふたりはそう思っていた。しかし叔父は、

「いや、うちは嫁にだす」

そう言った。

じゃあ、お嫁にいきます、と文子がいうと、

「いや、養子にもらう」

そんなふうに、らちもないことで妨害する。叔父の親戚筋からも、ブチこわしてやる、という声が聞こえてくるのだった。結婚の日取りまできめていた。

惇夫の母が二人の味方だった。

「ふみちゃん、ここにおったら五十になっても結婚できんよ」

そういった。

「黙って出る、家出せえ、家出しんさい」

文子は体調をくずしていて、そのころ広島の原爆病院に通っていた。病院から門司へ、身ひとつで向かった。

『私具合が悪くて原爆病院へ通っていたんです。二週間に一回。この時をのがしたらもうでられんと思うて。それでもう、出た。着のみ着のまま。（笑い）』

文子は、門司の勤め先、九鉄工業で惇夫と合流した。その事務所のひとすみに十畳くらいの畳の部屋があって、貸してもらえた。ふたりの生活はそこから始まった。すこし落ち着いたとき、小倉に家を借りた。

『（瓢）　原爆にあってからも、後からもずいぶん精神的には苦労しましたね。みんないっしょよね。

（貝原信子うなずく）。

親がいないからねえ。

（貝原）　親がねえ、いなくなったから。原爆もだけどその後が大変なのよねえ。

（瓢）　その後が大変だった。』

原爆の後遺症になやむ人はおおくいる。瓢さんも貝原さんも後遺症になやんでいる。ふたりともそれが原因であると思われる病でなんどか手術をしている。

しかし、

「親のいないその後のほうがたいへんだった」

という二人の言葉は衝撃だった。

両親をうしなった子供たちは被爆したことよりももっと大きななにかを心に宿している。それを直感した。


瓢さんの追跡が一段落をしたころ、わたしは袋町国民学校から集団疎開をした児童の調査にうつった。はじめから考えていたわけではない。伝言に名前のでてくる先生（木村先生、多々良先生）のことを調べているうちに、疎開した先生だけでなく児童のことにも思いがおよび、次第にのめりこんでいったのである。わたしも疎開児童と同じ世代で、同じ体験をしたせいだろう。

そして、わたしの環境がかわったことが調査を大きく前進させた。

袋町小学校の臨時職員に採用されたのである。２００３年四月から一年間、平和学習の担当となり、資料室に机をもらった。与えられた仕事が、袋町小学校児童のための副読本の作成である。それを聞いてすぐ、「袋町国民学校の被爆体験と疎開児童の体験を書こう」

と決めた。

袋町小学校に残された資料はそれほど多くはない。ほとんど焼失、散逸している。だから、およそ二百枚の聞き取りカードを発見したときには宝物を見つけた気がした。

この聞き取りに全校をあげて取り組む指揮をとったのが、中村清校長だった。中村先生はわたしの中学校時代（広大東雲分校附属中学校）の恩師であった。

がんばれよ、と後押しされたような気がした。

中村先生がこの袋町小学校の校長に赴任したのは、袋町小学校が創立百周年をなん年かあとにひかえた時期で、しかも被爆三十周年のまえでもあった。まだ被爆体験をもった学校関係者は相当数ご存命だった。被爆時の袋町校の様子を全員で手分けして聞き取り調査し、それがカードに記録されていた。中村先生の、あの粒のちいさい、それでいて読みやすい字で書かれた聞き取りカードもあった。

いっぽう、疎開児童についての調査は中川太芽雄《ためお》さんとの出会いで大きく前進した。

中川さんは六年生で集団疎開をした。ある理由から、積極的に同級の疎開児童に呼びかけをしていた。疎開児童、引率教師およそ百人の名簿ができていた。その名簿をいただき、電話でのインタビュー、対面でのインタビューによって、袋町校の疎開児童の出発から村での生き様を復元していった。

その結果、たとえば袋町校の児童の乗った列車（四月十四日午前八時広島駅発）が、わたしの乗った列車と同じであったことなど、自らの追体験もできた。

私の体験と一つ異なるのは、袋町国民学校の疎開児童のおおくが、爆心直下の学校であるがゆえに、両親、祖父母、兄弟姉妹を失っており、戦後を辛酸をなめて生きたことであった。

その人生は瓢さん、貝原さんのいう、

「親のいないその後のほうがたいへんだった」

という言葉に重なってみえてくるように思えた。

「親のいないその後」とは生活の苦しさはもちろんであろうが、むしろ心のことをいっている、そう気づいたのである。

第三部

22　集団疎開

昭和二十年四月、袋町国民学校の児童が集団疎開に出発した。十四日におよそ五十人、十五日におよそ二百人の、あわせて二百五十人である。

十四日出発のおよそ五十人は、広島駅集合だった。保護者につきそわれて駅前広場にきてみると、そこには広島県師附属国民学校など広島市内のたくさんの児童がいた。遠足気分のこどもたちも、これはたいへんなことなんだ、と緊張した。疎開学童の専用車両に腰をすえ、蒸気機関車が汽笛をならすと、車両が一回ごとんと揺れた、その振動がこどもたちの涙の腺を刺激した。車内のあちこちですすりなきが始まった。それはほとんど他の学校の児童で、袋町国民学校の児童はしっかりと口をむすんで、泣かなかった。

この日同じ列車で県北へむかったのは、観音、青崎、段原、県師附属の各国民学校だった。

備後十日市駅（現・三次駅）をすぎて下和知駅《しもわちえき》で降りた。そこから和田《わだ》国民学校（和田村）

へ歩いた。学校で地元のひとたちの歓迎のごちそうをいただいてから、袋町国民学校の児童五十人だけの入校式がおこなわれた。受け入れ側の村長や、校長などが歓迎の言葉をのべた。チャップリンのようなひげをはやしたユーモラスな雰囲気の西村福三《ふくぞう》先生も、すこしばかり緊張しているようだった。

十五日出発組は朝六時十分、学校の校庭に集合した。リュックを背負って水筒を肩にかけ、防空頭巾を手にしていた。リュックのなかにはお母さんのせいいっぱいのご馳走が二食分はいっており、三年生や四年生の児童はなにか嬉しそうであった。

六年生のおおくは、いまから行くところが双三郡《ふたみぐん》というところであり、お父さんもお母さんもいっしょには来ず、先生と自分たちだけの暮らしがはじまるということの説明を受けていて、それがなにやら異なことの始めのように思われて、気持ちがごちそうには付いていかなかった。見送りのお母さんたちの顔が冴えないこともおおきく影響したのだろう。

校長先生の励ましのことばがあった。きのうのうちにすでに和田村へいく組が出発していた。今日は神杉村《かみすぎそん》、田幸村《たこうそん》、川西村《かわにしむら》への出発であった。そんな話があって、その後みんなは列をつくり、校庭をでて広島駅まで歩いた。

駅前では、広島県のえらいひとや市のえらいひとが挨拶をし、出発に帯同するどこかの学校の先生が決意表明をした。その言葉の中に「送るもの、送られるもの、ともに戦いぬかんとして、恩愛《おんない》の情を断ち切って出発します」というのが聞こえてきた。

汽車に乗ると、すでに席についていた乗客がたちあがって、座りなさい、といってくれた。

白い煙をはいて汽笛がなった。汽車が動くと、三年生がわっと泣いた。六年生もひとり、ほろりと涙をこぼした。出発は八時二十分だった。

この日、おなじ汽車で出発した市内の国民学校は江波《えば》、済美《せいび》、本川《ほんかわ》、広瀬の各国民学校である。

そのほか、広島市内では四月を中心にして全三十六校の国民学校が集団疎開を実施し、児童総数は八千五百人にのぼった。そのなかには、盲、聾の学校も含まれていた。

汽車が備後十日市駅（現・三次駅）につくと、乗り換えの時間を利用して昼食をとるため桜の名所尾関山《おぜきやま》へいった。列車で泣いていた子もお母さんのご馳走にそのときだけは笑顔になった。ふたたび出発した。

神杉村へいく組は、神杉駅で下車をした。善徳寺《ぜんとくじ》四十五名（男子）、浄見寺《じょうけんじ》三十二名（女子）だった。村の人達が駅に出迎えてくれた。徒歩で約三キロの距離をいっしょに歩き、備後二の宮・知波夜比古《ちはやひこ》神社についた。そこで受入式が行われる。

まだ緑の萌えきっていない、早春の境内をとおって拝殿にあがった。ひくく長い机がコの字に並んでいて、そのうえにあずきご飯がのっていた。広島の子どもたちが久しくみたことのない光景だった。受入式がおわり、そのあずきご飯が疎開児童に振る舞われた。腹いっぱい食べられるのがうれしかった。

受入式がすむと、そこから二キロほどの善徳寺へむけて男子児童が出発した。吉川策郎《よしかわさくろう》先生と服部峯子《みねこ》先生が引率者だった。境内から一直線の、ながい参道を並んで遠ざかっていく男子児童の後ろ姿に、見送る女子児童のひとりは、今朝、広島駅での両親との別れについで、いままた友達の男子児童や弟とも別れ、寂寥《せきりょう》とでもいうような心細い感情にとらわれていた。

神社からすぐの、やや小高いところに女子の寮である浄見寺があり、神社からはほんの三百メートルほどのところだった。三十二名が寺のお堂に腰を下ろしたのは夕暮れに近いころだった。児童は疲労こんぱいであり、引率の木村武三《たけそう》先生も「相当に疲労」していた。

同じ列車で出発した川西村と田幸村へいく組は、ひと駅遠い塩町《しおまち》駅までいき、駅で村人の出迎えをうけた。

川西村へは駅から十キロもある。川西国民学校の高等科の生徒が馬車を用意してくれていた。馬車ににもつを積んで十キロの道を歩いた。身体のひよわなひとりの六年生の女子ともうひとりが、駅からずっと馬車ではこばれた。夕闇とともに村につき、善立寺《ぜんりゅうじ》にはいった。男女混合の七十四名で、引率は丸岡里美《さとみ》先生、内田常吉《つねきち》先生、橋本隆子先生、向井綾子先生だった。この組の疲労はそのきわみに達していた。

田幸村へいく組も村のひとたちの出迎えをうけたあと、田幸国民学校高等科生の用意した大八車に荷物をのせ、田幸村の寮めざして出発した。しばらく歩くと峠にかかる。登っておりてまた上るというおおきな峠で、みな無口にあるいた。そこを越えるともうすぐだ、そういう答えを期待して引率の三浦智子《ともこ》先生は、

「わたしらの行くところはどこ?」

と、地元の高等科生にたずねた。

「まだ見えません」

高等科生はそっけなく答えた。

それでも、寮への途中で立ち寄った田幸国民学校で、歓迎のために用意された大量のオハギをみたとき、袋町校の児童からは歓声があがった。塩味のオハギだったが元気をとり

もどし、また歩いた。

照善坊《しょうぜんぼう》へはいる五十名ほどの男子は小丸《こまる》九郎先生、三浦智子先生、蔵本恵美子先生につれられて三キロを歩いた。寺に着いたとき、春の陽はくれはじめていた。

男子児童とともに照善坊まで歩いた六十五、六人の女子は三つの寺に分散した。光澤寺《こうたくじ》、正願寺《しょうがんじ》、安楽寺《あんらくじ》の三つである。いずれも照善坊の下寺で、光澤寺には三上文子先生の引率する二十名、正願寺には荒木正子先生の引率で二十三名が生活拠点とした。

ふたつの寺は照善坊にくっついて建っている。この三つの寺から三百メートルほどはなれて少し小高い所に安楽寺がある。多々良無双太先生の引率する二十二名ほどがそこへ向かった。

安楽寺へのゆるやかな坂道を登るとき、燈火管制をしている農家のかすかな明かりが、こどもたちの胸をしめつけた。

前日、和田村へ到着していた今田房子《ふさこ》先生と田口好子先生の十林寺《じゅうりんじ》組はそのころ大騒ぎになっていた。

到着した日、一同はすぐ和田国民学校へ向かい、入校式に出席した。そこまではよかったのである。

寺について男子は西村福三先生の無量寺、女子が十林寺と別れた。身の回りの生活必需品はすでに十一日、貨車でおくってあり、和田国民学校の高等科の生徒がひきとって寺まで運搬してくれていた。

夜にはいって十林寺の女子児童がまったく動かなくなった。一夜あけたこの日もそうであり、顔色があおざめている。今田先生にははじめ理由がわからなかった。ひとりの六年生にきくと、「怖い」というのである。震えている。

男子の無量寺が自動車も通れるくらいの小広い道路に面しているのにたいして、十林寺は小道をさらに山へ登り、竹やぶにかこまれている。くらやみにぽつんとある。お手洗いにもいけない。昨日からがまんしている子もいる。そういうのである。二日目の晩にはいって泣くこともできないくらいの恐怖につつまれてしまっていた。

今田先生は田口先生にあとを託してすぐ無量寺の西村先生のところへ相談にいった。西村先生はユーモラスな雰囲気をただよわせているが、いざとなると決断がはやい。

「よし、こちらへ移そう」

そういった。

今田先生はすぐそれを十林寺の児童に伝えた。実際に移るにはしばらく時間がかかるだろう、しかし移るときまったことで、子供たちに安堵がうまれた。四、五人で固まって手洗いにいった。大声で歌をうたってはげましあった。それでも夜になるとしくしくとなんにんかが泣き始め、しだいにうつっていく。二週間はそんな状態だった。ひとつき後に移動は終了した。女子児童はそれぞれの荷物を自分で運んだ。

無量寺の本堂は五十人の男女児童でごったがえした。女子はかえってにぎやかで良いといった。どんなに暴れても、小競り合いがあっても西村先生はしからなかった。

「先はながいのだ、小さなことでがみがみいっては長続きしない」

と放任主義の姿勢をとった。

ただひとつ、条件をつけた。朝の勤行《ごんぎょう》に同席することであった。これで、男の子はほとんどがお経をおぼえてしまった。なぜか女の子はお経が嫌いだった。

23　むらに暮らす

広島市の、それも広島いちの繁華街に住むこどもたちである。あぜ道を二キロ、三キロとあるいて学校に通うのは、道のりも風景も父母のいないこともおなかの空くことも、かつての生活との落差はとてもおおきく、こどもたちに望郷の念はつのる。

レンゲの咲くたんぼのむこうに、通る列車のみえるのが浄見寺だった。左から右へたなびく白い煙は、広島へつながっていた。あの汽車にのればおかあさんのところへ行ける。そう思いながらも、女子の児童にはできないことだった。その屈託は身体に異変をもたらせた。病気の児童があいつぎ、木村武三先生はきりきり舞いをする。先生の日記から（広島県史・第四巻）。

『四月二十二日　渡部発熱す、可愛想なり。
四月二十三日　渡部、山村病欠、渡辺は腹痛のため苦吟、全く可愛そうだ。
四月二十四日　山村、渡部美子病欠。午後、大岡、戸田（妹）臥床《がしょう》。西村先生の来診を乞う。
四月二十五日　本日は渡辺、山村、大岡、戸田、池本病気欠席。その他にも相当に病人もあり。全く心痛の限りなり。
四月二十六日　渡部、山村、池本、桐山病欠す。夜山本又腹痛を訴えて泣く。』
（病気の部分のみの抜き書き）

こうして浄見寺の病人は二十八日ごろまで続き、五月二十四日には袋町校の校医である山縣医師が広島からかけつけ、四村の疎開児童の検診をおこなった。こうしたこともあってか、病気はようやく治まってきた。

しかしおおきなかなしみはもう少し後で襲ってくる。

ほかの寺でも児童の望郷の念はおなじであった。

坪田省三教頭のみた疎開児童のようすを紹介しよう。先生は広島の学校と疎開地の寮との連絡のために、月に数回はこの地にやってきていた。脚にはゲートル、肩には防空頭巾、非常食糧と救急薬を入れたカバンをかけて山道を歩いてくる。

『お寺の前で遊んでいた子供達は私を見つけると一斉に声をあげて走って来ました。「先生」「先生」「広島はどう」「学校は」「広島に帰ろうよ」とさけぶのです。しかし何人かはものも言わずに泣き出す子が必ずいました。着いた夜は暗い灯火管制の電灯の下で広島の事やいろいろな事を話してやってなぐさめたり、時には共に泣きながら声を大きくして叱ったり、はげましてやりましたが、何時も終りには早く戦争が終って広島へ親のもとへ帰れるようにと祈ったものでした。』

（「疎開地を想う」坪田省三）

広島の親たちとて子供の姿は毎夜ゆめにみるほどではあるが、個人の面会は厳重に禁止されていた。それは広島県がさだめた「広島県学童集団疎開実施細目」に、「父兄ノ面会ハ代表者以外ハ極力自制セシメ」と書いており、さらに広島市がさだめた「広島市学童疎開児への慰問規定」には、

＊　慰問の実施は市長がきめる、
＊　寺単位でおこなう、
＊　同一人が年二回とする、
＊　宿泊する場合は一泊とする、

など細かく定めて個人面会を禁止していた。

子供に会いにいくためには汽車に乗らなければならない。汽車に乗るには学校などの公的機関の発行する乗車証明書がいる。この乗車証明書を制限することで個人的な面会を制限したのである。

しかし実際にはあまり効かなかった。

神杉村にいた当時六年生の手記である。

『ああ帰りたい。お母さんに逢いたい……。

そんなある日、下校の途中、民家から出てきたおばさんが私を呼び止めた。

「本を忘れて行ったでしょう」

「いいえ」何の事かよく分からない。

「まああとについて来てよ」

ついて行くと薄暗い部屋の屏風の陰に母の姿を見つけた。余りのことにびっくりして声が出なかった。当時は面会を堅く禁じられていたのである。何か悪いことをしている様で、他人行儀な雰囲気となった。

「お母ちゃん、痩せたね」

「そう、広島は毎日空襲でね。皆な練兵場へ逃げているのよ」

その一言で雰囲気はやわらぎ話はとりとめもなく続いた。』

このひとの父親は病死していて、母の手ひとつで育てられた。こずにはいられなかったのであろう。

こういう個人面会はそうとうあったようである、親の気持ちを考えればいたしかたないことであるが、例外を認めていては、規則を守って面会を押さえている家庭の子供に不満が募る。集団疎開の破綻につながる。県や市が個人面会を極力おさえたのはこれゆえである。

小林哲一校長も保護者をあつめ、きつくいいましめた。

ある母親が六年生の長女に宛てた手紙の一節。

『二十日に、父兄會がありました。校長先生が父兄の中で勝手に面會に行った人があると言って、大変おこっていられました。皆さんと相談して、校長先生のおゆるしをいただいて、こうたいで、面會に行きます。楽しみにまっていてください。』

広島市が考えた年二回の面会日の第一回めは、当初、九月の予定であった。しかし、全市の保護者からの要望は押さえきれず、第一回目を七月におこなうことにした。(「広島市学童集団疎開父兄慰問面会計画」広島市教育部学務課による)。

広島市内の全三十六校とも日帰りで、出発時間、帰りの時間など旅行社なみの綿密なスケジュールが組んである。

その芸備線乗車分の一覧表から袋町国民学校のスケジュールをみてみよう。

七月五日が田幸村（保護者八十人）と和田村（保護者三十五人）、七月六日が神杉村（保護者六十二人）と川西村（保護者五十三人）である。

両日とも朝五時五十一分の列車で広島駅を出発し、面会ののち夕方四時前後にもよりの塩町駅、神杉駅から帰広する。駅から寺までは往復とも徒歩で、川西村だけは「自動車一台」との記載がある。

徒歩の時間を考えると、親と子が共にいられるのは長くても四時間ほどである。和田小学校の沿革誌によれば七月五日の項に、「集団疎開児父兄会」とあり、学校で父兄会が開かれている。親子水入らずの時間はもっと短かかったのであろう。

この日を待ちにまっていながら、町内の防衛訓練のスケジュールに邪魔されて訪問できなかった父親が、五年生の娘にあてた葉書がのこっている。母親が病死したため男手で二人の娘を育てていた父親である。

『乃武ちゃん　折角《せっかく》楽しみにして居た待ちに待った集団面会も防衛召集の為行く事ができず、父ちゃんの気持ちは何と云って良いやら、筆やら言葉《ことば》には云い表す事が出来ません。

残念でく、乃武ちゃん、とても楽しみにして居て呉れたであろうに、と乃武ちゃんの気持ちを察《さつ》してほんとに涙が出ました。』（ルビは手紙の筆者による。かなづかいは替えてある）

また別の、六年生の女子の母は抽選にもれたため面会が一回おくれとなった。

『六月より、面会《めんかい》が出来る様になりました。其の順番をきめるのに、私がくじをひきましたら、一番終りでした。九月の末になります。静ちゃんも楽《たの》しみにしていたでしょうが、ほんとにごめんなさい。

でも康子がいますから早くては行けません。楽しみに待っていて下さい』（ルビは手紙の筆者による。かなづかいは替えてある）

乳飲み子がいるから早い組でなくてよかった、と自分を納得させた母親ではあるが、どんなに会いたかったことだろう。この母と娘は再会がかなわなくなってしまったのである。

男子児童のいく人かは望郷の念を押さえなかった。行動は直裁だった。善立寺にいた六年生はこう書いている。

『丁度その日はよく晴れた夏の朝の出来事であった、皆、川西校へ登校していたがその日もサイレンと共に空襲警報が発令され、すばやく裏山へ避難した。さいわい周囲は疎開児童ばかり、

「今ジャ、逃ゲルゾ」

二、三人山坂を一気に走って行った。それを見、

「ワシモ」

と、すーと引き込まれてゆくように走り去り、五人の男子が脱走して行った。有原の峠を豆ツブの五人の姿が見え隠れ、かすかに手を振っているのがわかった。

私達も山から姿が消えるまでハンカチ、帽子を又振って別れを告げた。その後の様子は全く知らない。』

疎開児童の脱走は何件かおきたけれども、駅で通報されて先生がひきとりにきたり、みずからがあきらめて引き返してきたりと、ほとんど成功した例はなかった。この五人の子供たちは、芸備線沿いに歩いて広島までたどりついたのである。学校にあらわれたとき、小林哲一校長はしからなかった。意思のつよさを逆にほめてやり、しかし、といった。

「おまえ達、このまま広島にいれば皆死ぬんだぞ」

それを聞いて、四人はひきとりにきた疎開先の先生とともに川西村へ帰った。四年生の一人だけは広島に残った。被爆した。

広島への思慕が強かったからといって、村が嫌いだったわけではない。脚のケガの治療のため、広島へいちじ帰った六年生の男子は寮母の伊藤としこさんにこんなはがきを書いている。

『その後お変わりありませんか。川西村におる時は色々とお世話になりました。僕も元気で自宅へ帰りました。

その後は足の傷もだいぶ治った気持ちがする。毎日毎日注射をしています。僕の傷はもう二週間以上ぐらいしたら川西村へ帰れます。

こないだ敵機は広島の上空をとおりました。僕は町より村の方がよいのです。足の傷が一日も早くなおればよいと思っています。福庭久子先生も元気でおられますか。

昭和二十年五月二十三日　朝　　左様奈良　』

集団疎開というものを、「生き延びて大きくなったら国のために働かせる」目的でおこなったもの、とわたしは理解していた。

国（そして県、市）の考えはすこし異なっていた。

「集団疎開教育」と呼び、教育のひとつの変形と考えていた。表向きだけであったのかもしれない。が、それがゆえに聾唖学校、盲学校の児童も疎開させたのであろう。

集団疎開教育という考え方を真正面から受け止めた学校がある。

広島県立広島師範学校男子部付属国民学校の先生たちである。本土決戦をまえにして、おいつめられての応急措置であることはじゅうぶん承知のうえで、それでも教育上の実験ができるのではないかとはりきったのである。二人の先生の手記から引用する。

『師範学校卒業後八年と、七年になる青年教師二人であずかったこの子どもたちだ。松下村塾とまではいかぬが、ともかく寝食を共にして、存分の教育実践をしてやろうと意気込んだのも無理はなかった。遠い故郷に両親や、新婚の妻を残して単身乗り込んで来たからには、尚更のことである。』

（河野邦夫「疎開教育あれこれ」）

『附属学校の疎開教育の名声は徐々に人々の口から口へ伝えられ、遂には当時の文理科大学学長塚原政次博士が私の恩師長田新博士と事務官とをしたがえて、わざわざ視察に立ち寄られたことの意味は、今日にして思えば実に重大な意味を持つものだったといえる。』

（是常正美「広島師範学校男子部学童疎開の構想とその顛末」）

このときやってきた長田《おさだ》新《あらた》博士はそのとき行った講話で、

「集団疎開教育の意義は知育徳育体育に最も効果的なものであり、ここにおいてこそ身についた教育をすべきである。」

と、力説して帰っていった。

河野邦夫先生は大いに励まされた。

が、青年教師の意気込みはごくありふれた現実の前にあえなくつぶれてしまう。空腹という現実である。河野邦夫先生の手記から。

『苦しかった。何も教育できなかった。唯子どもたちを生きさせるために、共に最低の生活の中で、もがきながらどうにか生きて行ったに過ぎない。しかしよく考えれば、共に苦しんだ生活の中に大きな教育をしているとも考えられるふしがある。これは教育者としてのひがみでもあろうか。』

（「附属東雲小学校創立九十周年記念誌」より）

24　空腹

空腹はたんにおなかが空くというだけのものではない。理性をくるわせるようになる。伸び盛りの子供たちの一日の配給基準量（米、麦）は四百グラムだった。一食が茶碗にいっぱいていどである。麦が七割、米二割、あとは大根やいもをまぜる。箸をさすと倒れてしまう、という状態だった。これを補うために、袋町校のいる四つの村では村長の命令で、校区の国防婦人会がまいにち野菜をあつめて寺に届けた。

寺では中庭にさつまいもを植え、蒸して食べさせた。ご開山の日には餅をついてひとつずつ配った。学校にもイモ畑をつくった。

農家からときにオハギのさしいれがあった。「段区より慰問として餅一〇五ケ貰う」という木村先生の日記の記述もある。

それでも空腹であった。

和田国民学校の米田速夫《はやお》先生の家は照善坊にちかく、寺の風呂が手狭なことから一日おきに自宅の風呂に子供たちを入浴させていた。風呂にはいりにきた子供が麦の煎ったのを欲しいといったことがある、その時の思い出話である。

『私の家では自家用のミソをつくるんです。

その時はこんな大きな箱にですね、麦やら豆やらを煎って炊いてミソをつくるんですね。そこの炊いているところへ子供たちが入浴にきましてね、欲しいいうんですね。ミソでなく、豆とか麦とかを。

麦を大きなカマで煎りましてね、ゴロンゴロンと、キツネ色になったのをミソの材料にするんですが、ちょうどたべごろなんですね。それを一握りずつやったのをおぼえているんですね。これだったら腹をこわしはせんから大丈夫だろう、と与えたのを、可哀相でならんかったのを覚えているんですね。』

空腹から、食べられそうなものはなんでも喰った。こっそりたべるのだから、たいてい生のまま喰った。下痢をするものが続出し、善立寺では便所のまえに行列ができた。それがみつきも続いた。

空腹はおとなにもおよんでいた。和田村への引率者だった西村福三先生のカエルを喰ったはなしである。

『食べ物には苦労をしたが、ご当地の松井校長が、「西村はやせとるからタンパク質をくわさんといけん」と、部下の教師にいい、教師は和田国民学校の生徒に、カエルをとってこい、といいました。子供は勉強よりもこういうことが好きなんで、よろこんで殿様ガエルをタライいっぱいに取ってきた。それを逃げんようにふたをして持ってきた。

背中にパチンとはさみを入れて、足がぷらーっとなるのを皮をはぐとモモが食えるんです。七輪で焼いて塩をつけて食べました。子供にたべさすわけにいかんので、私がだいぶ食べました。』

空腹で子供たちの理性も狂ってくる。農家の食料に手を出す子もでてきた。照善坊の三浦智子先生は農家に謝りにいった記憶がある。

『わたしは割りに呑気ですから、苦労と思った事はあまりありませんが、子供がみんなお腹をすかしてね、はたけのものを盗むんですよね、謝りにいったことがあります。かえりに「そんなことするんじゃないよ」いうたんですが、そういうてもねえ。』

疎開児童は勉強だけをしていたわけではない。むしろ、授業は午前中でおわり、作業にかり出されるほうが多かった。

浄見寺では農家の人に借りた畑を耕してじゃがいもを植えた。かぼちゃやホーレン草を植えた。

善立寺の女子はたべられる野草を摘みにいった。食べられる野草の筆頭はヨモギである。大量に生えている。それを摘んで天日で乾燥し、供出をするのである。一人一貫目（三・七五kg）の干し草を作ることが子どもたちの仕事だった。干して一貫目になるには、その十倍のヨモギを摘まなければならない。たいへんな労働であった。自分たちが食べるぶんとしては、ノビルをつんだ、カンゾウや野生のソバの葉も摘んだ。

桑の葉もつみにいった。

これはたべるためではなく、神杉国民学校のカイコ飼育場（養蚕室）へもっていくためである。カイコの世話が子供たちの仕事だったのである。

学校に三階建ての養蚕室があり、たくさんのカイコがいた。カイコはばりばりとうるさいほどの音を出して、勢いよく桑を食べる。排泄量がものすごい。ほおっておくとすごい臭気となる。室の清掃と桑の葉の入れ替えが子供たちのしごとだった。重労働とはいえなかったが、毎日のしごとでたいへんだった。

和田国民学校の生徒は薪をとりに山へはいった。そのついでにお茶の葉にするための藤の葉摘みをした。むぎ刈りの手伝いをした。田植えをした。

体力の要求されたのが坑木の運搬であった。炭坑用の坑木をきりだし、山からおろし、駅まで運搬するのである。どの学校からも四年生以上の男児がこれに従事した。子供たちの役目は切り倒された木に綱をつけ、くだり坂を一本ずつひいて降りることであった。経験がない、体力がない、空腹である、手は真っ赤にはれあがる、それでも袋町校の子供たちはがんばった。村の子供たちといっしょにがんばった。

夏が本格化してきたころ、ノミの跋扈《ばっこ》が始まった。同時にシラミがとりついた。衣服の縫い目に白い行列、茶色い行列をつくっていた。

貰い湯を提供していた米田先生の家では、子供たちが風呂に入ったあとで熱湯をかけてまわり、子供たちの居たところ、通ったあとを消毒しなければならなかった。

体力のおとろえた子供たちに、惨事がおそった。木村武三先生の日記をみてみよう。

『七月二十八日　寮に余りノミが多いので畳を干し大掃除を行う。

七月二十九日　今日吉中孝子発熱、臥床、重態に陥る。小林校長来寮。

七月三十日　　吉中孝子午後四時死亡。
七月三十一日　吉中孝子の校葬を寮にて行う。』

吉中孝子さんは一日の患いのあと、死亡した。木村は吉中孝子がタニシをとって食べた、といったのを覚えている。疫痢《えきり》だったのではないかとおもった。

このとき看病にあたった佐々木節子先生は十八歳だった。悔恨《かいこん》の気持ちをこめてこう書いている。

『アッと言う間の出来事でした。何度もお手洗いに通う彼女、お腹を悪くしたらしいという事で保母さんがお茶を上げて、私達の部屋に連れてまいり休ませました。余り度々の事なので可哀相で、おむつを当てようとしたのでしょう、「寝たままして良いのよ」と申しましても、恥ずかしい思いが先に立ったのでしょう、飛び起きて、お手洗いに行く彼女の後ろ姿、お医者様が駆けつけて下さって「何してるんだ」と叱られた時に、初めて事の重大さを知りました。（略）

先生から手足をさするように言われて「元気になって」と心に祈りながらさすりましたが、その頃にはもうあの太いリンゲルの注射針も痛がらない様になってしまっていました。』

軍医だった父親が駆けつけた。すでに遅かった。父親は娘の死顔に白い布をかけながら、だれをも非難しなかった。

佐々木節子は、自分が子育ての経験があれば、看護の経験があれば、と五十数年を経ても悔やむのである。

25　いっぱつの爆弾

八月六日、三上文子先生は光澤寺のこども数人とともに、配給の米や麦をひきとりに大八車をひいていた。俵八俵ほどを農協からひきとり、おんなばかりの力でえんやこらと寮へかえるところだった。光がはしってしばらくし、どーんといった。またしばらく経つと赤い雲が西の方にかぶっていた。

夕方にはもう、広島に新型爆弾がおちたらしい、という噂が流れた。三次方面へは広島で被爆したけが人が列車で到着しはじめた。

里子（六年生）のいる浄見寺へ、ケガをした母がたどり着いた。おくれて父もきた。ふたりともそこで死んだ。

二美子（六年生）のところへは兄が来た。自宅にいた母と弟は即死だった、兄はそういった。

照善坊の前庭に、保護者ともおもえず、疎開児童とも思えぬとしごろの若者がひとりやってきた。どこもけがをしておらず、言葉もはきはきしていた。

福間《ふくま》住職がきいてみると、この寺にいる市田なにがしの兄です、といった。父も母も被爆死し自分も被爆した、肉親はここの弟だけです、といった。二、三日ゆっくりして帰りなさい、といって住職は庫裡《くり》を提供した。身体がたいぎそうなので、ところの医師に診てもらった。

「ケガはないから大丈夫、メシ食って寝とりゃあ、なおる」

そう、医者はいった。

三日くらいして、住職が朝いってみると、血を吐いて死んでいた。市田夏生《なつお》という広島の中学二年生だった。疎開児童の名は覚えていないが、その兄の名前を福間住職は、はっきりと覚えている。

ポツダム宣言受諾のラジオ放送がながれてしばらくして、疎開児童の引き取りについての通達がきた。九月十五日までに引き取りを完了しろ、というのである。

安楽寺にいた礼子には、母が迎えにきた。ねえちゃんも一緒にくるかと思っていたが、県女の生徒だった姉は店に泊まったために死んだ。母はそういった。六日の日、県女は土橋町への学徒動員にでることになっていた。それで己斐の自宅ではなく、（いまの）平和大橋の東詰にあるお店のほうに泊まった。そこで被爆死した。自宅に寝ていればたすかった、だってわたしが助かったんだもの、そういって母は泣いた。四年生だった礼子のおぼえていることはそう沢山はない、だがこのことは忘れない。

美枝子（六年生）の家族は十月にはいっても来なかった。のちにわかったことだが、両親の生きている人ははやくに来ないように、という通達があったとのこと故であった。しびれをきらした。五年生の西さんのところへ親戚の男の人が迎えにきた。いっしょに連れて帰ってもらう決心をした。田幸村の祭りの日だった。

村の人がおにぎりや、祭りのごちそうを詰めて手渡してくれた。「元気でかえりんさいよ」

といって見送ってくれた。男の人と、西さんと、自分と妹の俊枝（四年生）の四人で山越えをして歩いてかえった。出発をしたのが朝の六時、よるの八時に大洲町《おおずまち》の両親の家についた。両親は幽霊を見たように驚いた。

無量寺の弘子(六年生)も歩いて帰ったひとりである。

母は被爆死、父と兄弟は助かった。みんなむかえが来るのに父は来なかった。なぜなのか、そのときはわからない。

実は、戸坂《へさか》に住んでいた父は、九月十七日の大水害にあって動きがとれなかったのだ。寺には四、五人しか残っておらず、寮母の世良さんが歩いて帰るといったので、弘子も共に帰る決心をした。リュックを背負って夜出発をした。途中で野宿をし、戸坂へかえりついた。父はびっくりし、「申し訳なかった」と六年生の弘子に両手をついて謝った。がんこな父が謝ったのは初めてだった。

四年生だった哲郎《てつお》の覚えていることはあまりない。両親が死んだ。それだけが刻みつけられている。親戚が迎えにきてくれて、牛田にすむようになった。牛田小学校へ編入し、そこで卒業した。牛田小学校が自分の母校である、そう思っている。

光澤寺の寿美《ひさみ》(六年生)は両親を失い、親戚のひとに連れられて、蒲刈下島《かまがりしもじま》の大浦へいった。九月なかばになっていた。

というのも、チフスにかかったためである。三上文子先生に背負われて照善坊へ隔離され、なおるのに二週間ほどかかった。そのあいだに頭の髪の毛が、高い熱で抜けた。

蒲刈の学校に編入した。

「この子はピカにおうたんで」

そういって、同級生にうしろから髪の毛を引き抜かれた。

三上文子先生の離寮は十一月になった。寿美を背負ってほんの一分もしない照善坊へいっただけで、チフスがうつったのだ。

なおってみると全員帰ったあとだった。児童も先生もいなかった。母は楠木町《くすのきちょう》で被爆し、九月十日に死亡した。妹は学徒動員での作業中に死んだ。

県庁勤めだった父は島根県への出張中で、助かった。

文子の病気のあいだ、かかさず広島から日帰りで見舞いにきてくれた。日帰りにしたのは、広島で住むところを確保しなければならなかったからである。焼け跡からトタン板を集め、木を拾って堀建小屋をつくった。それは女手ではとうていできなかったことだろう。

先生は大粒の涙をながし「父の恩が痛い」とうめきながらわたしに話した。

乃武子《のぶこ》（五年生）は母が病死したあと、父の手で育てられた。疎開中に八通の手紙を父から受け取っており、彼女はそれを宝物として保存している。父は最後まで迎えにこなかった。これなかった。

こうして終戦の後、疎開児童はそれぞれに寺を離れていった。

それでもまだ寺に残るこどもたちがいた。残った児童たちの様子を、照善坊の福間住職はこころに涙しながら見ていた。

『二学期になると（子供らは）、この野道を歩いて帰ってきて、あとはなにもすることがない。戦争中は開墾にいったりしていたんですが、その時ではもうすることがない。それでみんな廊下の手すりにすがってですね、野道をみているんですよ。誰かくるだろうか、いうて。こうして、手すりへあごを乗せてね、ずーっと野道をみるんですよ。野道をあるいているちょっと変わった服装をした人、よそ行きの白い服とか、地元《とこ》の人はモンペですからね、かわった服装をした人を見ると、

「ボクを迎えにきたんじゃあなかろうか」

いうてね、ずーっとこう眼で追うとるんですよ。

で、よその家にその人が入る、すると泣くんです、ボクではなかった、と。二学期のあいだそういう状態で。いまでもわたしはあの情景を思い出したら涙が出る。』

寺に残る児童がかず少なくなると、児童は疎開本部である照善坊にあつめられた。先生もすくなくなり、女子の児童はうつろな眼で日々をすごしていた。

十八歳の蔵本恵美子先生は声の太い、詩吟のじょうずな人で頼りがいを感じさせ、生徒からしたわれていた。とりわけ女子の児童から慕われた。先生の出発が近づいたことを感じ取った女子のひとりがある日、先生の手に「さばりついて」泣くのだった。

「先生、先生のいうことはなんでもいうことをきくから、先生の子にしてちょうだい。わたしにはお父さんもお母さんもおらんのじゃけえ」

そういって、わあと泣くのだった。

若い先生は困ってしまった。

「引き取りたいけど、そういうわけにもいかんのんよ。」

そう、いいわけにならないことをいって、振り払って別れた。

いま、東京に離れてくらしていても、そのことは絶対に頭から離れないのである。

26　旅役者

戦争から解放され、疎開からもどって落ち着いた暮らしをとりもどした児童は、袋町国民学校にそれほどの数いない。かれらはおおく「戦後」に翻弄《ほんろう》されたのである。傷ついた身体で神杉駅までたどり着きながら、神杉国民学校近くの隔離病棟で息たえた夫妻は、里子の両親である。

両親を失った里子のその後を朝日新聞の記事で追ってみよう。

『「戦後」が、虚脱感の中から立ち直りかけたころだった。神杉村の秋祭りにも、久々に旅芝居の一座が招かれた。

お宮の境内の舞殿《まいどの》が舞台代わりになり、日暮れとともに呼び物の時代劇が幕をあけた。着物姿の子役が、花道から登場した。村人は一瞬、顔を見合わせた。「あの子は里子ちゃんじゃ」。着飾った衣装と厚い化粧の顔に、浄見寺にいた少女のおもかげがあった。拍手、また拍手。白い紙に包んだ花（祝儀）が、ひっきりなしに舞台へ飛んだ。』

『お宮の芝居は二晩続いた。疎開時代、里子さんの「一日里親」をしたことのある内藤フユノさん（七四）は、一晩を自宅に泊めた。里子さんは、親戚の家に居づらくて、旅回りの一座に身を寄せた、と声を詰まらせるのだった。』

（1976年八月五日付）

幕間で舞台に出た里子は、諸指《もろゆび》をついて挨拶をした。

「みなさま、両親を失ったわたしにはこの神杉村がふるさとです」

舞台のオフシーズンのおり、彼女は四つの村の九つの寺をすべて訪問し、疎開でお世話になったお礼をした。

秋祭りに「デビュー」してからずっと後のことである。

両親も親戚も、だれも迎えに来ない児童が疎開本部の照善坊にいくにんか残った。先生につれられて、三良坂町《みらさかちょう》へいった。出雲大社の三良坂分院である。原爆で孤児になった市内の児童を収容していた。袋町校いがいの子供たちもそこへ参集していた。

幾週かを過ごし、広島市の郊外、五日市へ送られた。広島戦災児育成所で、山下義信氏が創設したものである。

山下氏の願いは『これらの不幸な子供たちを、両親そろった良家の子女以上に、立派に育て上げたい』というものだった。しつけはきわめて厳格だった。

乃武子《のぶこ》（五年生）はそこへおくられた。ここでも空腹とたたかいながら、きめられた団体生活をこなした。よるになるとランドセルのなかから父のはがきを取り出し、読み返した。

「乃武ちゃんが集団疎開に行ったことは、兵隊さんを一人出した積りで居るのです。それは乃武ちゃんが行った後はほんとうに淋《さび》しくて、美弥子と二人で暮らしています」

父の第一便のここのところを読むと、ほんとうに眼のまわるような絶望が襲ってくるのだった。乃武子はかえってきたのに今度は父が絶対にかえってこないのだ。おそらく妹の美弥子《みやこ》も。

およそ二ヶ月がすぎたころ、ふいに親戚の人が迎えに来た。新聞で乃武子の名前が報じられたといった。おそらく尋ね人の欄にでたのではないかと乃武子は思っている。妹の美弥子もいっしょだった。これは奇跡に思えた。父も母もいないけれど、やさしい親戚と美弥子がいればやっていける、五年生の乃武子はけなげにもそう考えた。

おなじく育成所におくられた六年生の光治とその妹の登美（四年生）に迎えはこなかった。育成所は彼らの家となった。光治はそこから二中を受験し、合格した。

中学をでると自衛隊にはいった。技術を身につけられる、給料がでる、育成所の仲間で自衛隊に入る何人かのひとがいる。「生きる」ことに懸命な光治の選択であった。

登美は、中学校をでると育成所に残り、職員となった。ここにくる子供たちは自分を必要としている、それを痛切に感じたからだった。その道をごく自然に登美は選んだ。

二百五十名ぜんごの袋町国民学校疎開児童のうちで、八月中に広島に戻りながら、本人はもとより家族一同健在だった児童は、数少ない。学校・学区が爆心直下であったがゆえである。

中川太芽雄《ためお》さんはその数少ないひとりである。彼は贖罪《しょくざい》の気持ちをこめて、六年生だった児童の行方を追った。

その結果、二百二十二人の同期生のうち、集団疎開の児童を中心にした九十六名の名簿は作ることができた、九十一名の行く先がどうしてもつかめない（二十五名が物故者）。住所はわかったが、名簿にいれないで欲しいという人もいた。

ここにアンケートの集計結果がある。連絡のとれた九十六名に送付し、四十一名から回答をもらったものである。

質問のうちで、「原爆時家族の被害状況」の項目にたいして回答は次のようになっている。

父のいない人（被爆死、行方不明）　二十二名
母のいない人（同右）　二十一名
祖父母のいない人（同右）　十六名
兄弟（姉妹）のいない人（同右）　三十一名

単純に足し算をすれば、総計は九十人となる（回答は四十一名）。父も母も祖父母も兄弟姉妹もいないという人がそれぞれの項目で一人となるためである。どんなに低くみても半数の児童が父または母あるいは両親を失っているのである。

答えのない人、行方のつかめない人、それらの殆どの人もおそらく同じ運命にみまわれたのではないだろうか。

転校回数についての回答は流浪の人生を物語っている。

小学校転校一回　十人
二回　二十人
三回　四人
四回　二人

中学校転校一回　二十一人
　　　　二回　四人
　　　　三回　五人

小学校での転校というのは、六年生の二学期、三学期の間での転校回数である。母親、もしくは父親とともに居所をかわりつづけた。あるいは預けられた親戚がつぎつぎにかわった、というような事情がうかがえる数字である。

27　生き残ったひと

こうした、「戦後」にまでもてあそばれた多くの疎開児童の中にあって、広島にいながら家族全てが無事だったという経験をした疎開児童がいる。原徹さんである。「原徹」の名前は袋町小学校平和資料館の伝言パネルにその名を残している（第一部参照）。

資料館の地下に降りる階段右手に藤木訓導の住所を描いた地図があり、地図の下側を斜めに木の桟がはしっていて、桟の下に書かれた伝言である。

『袋町校職員の方へ
(田幸村集団……
初六原徹……
健在ス。　家……
家族一同……
廣島市舟……
保護者……
八月十二日……』

菊池俊吉氏の写真では伝言の下方が画角をはみだしていて読めないのだが、判読はできる。

「袋町国民学校の職員の方へお願いします。『家族一同は全員ぶじである』と田幸村へ疎開中の初等科六年生の原徹にお伝え下さい。廣島市舟入X町　保護者(たぶん父親の名)。」

わたしは当初こういうふうに解釈して安心していた。

疎開児童の調査のため、三次市田幸町(現)の照善坊を訪れたとき、福間住職から、

「ここに疎開していた原徹君はどうしてますかな。壁の伝言にもなまえがあるんですが」

と、さりげなく聞かれた。さあ、と答える以外なかった。伝言を勝手解釈してしまい、その後のことを調査していなかった。

広島へ帰ってさっそく電話をいれてみた。三日続けて電話したが呼び出し音が鳴り続けるだけだった。思い切って早朝に掛けてみた。奥様が電話口にでられた。

もうしわけありません、早朝に、と謝ると、

「いえ、こちらこそ、留守にしまして」

と、逆にお詫びをされた。

主人はほぼ一年まえから病院への入退院を繰り返し、いまも入院をしている。それでわたしも日中は病院へ詰めていて留守をしていたのだ、という説明であった。電話でお話をと言うのはとうてい無理だが、手紙なら気分のいいときに見せるということもできるし。そういうアドバイスをもらった。

手紙を書いた。その後どうしていらっしゃいますか、とも書けないので「お父さんの書かれた伝言は先生の誰かから確かにお聞きになりましたでしょうか」と書いた。

平成十五年六月二十八日付で届いた原徹さんの返事は、わたしの勝手解釈をみごとにとがめるものだった。要旨はこうである。

「＊病気のため八月一日か二日に広島へかえった。
＊母は、私のやせた姿を見て、同じ田幸村に疎開している妹も引き取ってきた。
＊家はもともと新川場町（中心部）にあったが、そのころは舟入川口町に引っ越していた。
＊八月五日、市内中心部の、いきつけの医者に診て貰いにいったが、日曜日で、明日来なさいといわれ、帰った。
＊翌六日、病院へ行くつもりでいたが、朝食をとっているところへ爆弾が落ちた。家に多少の損害はあったが、家族は全員無事で、父も県外に出張していて無事だった。
＊七日に父は出張先から帰って来、広島駅から被爆者の集まっているところを探しながら自宅まで来た。家族全員の無事を確認した。
＊ということからもお分かりのように、父があのような伝言を書くはずはないし、書いたという話しも聞いていない。父の筆跡でもない。」

文章はB５版の便せんを横にして横書きで書かれていた。追伸も含めて七枚。達筆ともいえる、いささかも乱れのない文字で、非常に論理のとおった内容だった。追伸には「今後は電話、ＦＡＸなどでもご連絡ください」

とあって、わたしは、

〈快方にむかわれる〉

と、安心した。照善坊の福間住職にもこのことを報告した。勢いのある達筆の礼状をいただいた。

「先生の執念に敬意を表します」

と書いてあって、すこし面映《おもはゆ》かった。

それからのある日、袋町小学校の教頭先生が、この手紙をみたことありますか、といって厚みのある封書を示された。古い資料を整理していて見つけた、という。照善坊の福間住職から来た、学校あての手紙で２０００年の三月に届いている。中に新聞報道のコピーが同封されていた。新聞は、菊池俊吉氏の遺族のもとから袋町校の伝言ネガが新たに二枚みつかったことを報じたものであった。

その中に原徹さんの名前があることから、徹さんのその後を問い合わせた福間住職からの手紙である。そのときは、おそらく満足のいく返事がいかなかったのだろうと思われた。だから三年後のわたしの訪問のときに、また尋ねられたのだ。

疎開と被爆からすでに五十年以上が過ぎている。福間住職が執念のように疎開児童のことを心に残していることに、わたしは胸が痛くなった。インタビューのとき、親の迎えを待つ児童のことを話された。「いま思い出しても涙が出る」といわれた。あのときは本当に泣いておられたのではなかろうか。

２００４年の年賀状は、取材をした方々へのお礼をかねたものにした。原さんから返信がきた、通常のはがきだった。

差し出し人が原真代となっていた。

「主人は十一月十日に他界いたしました」

声がでなかった。年賀状を出した失礼と、原徹さんの死去が悔しくてならないことを、便せんに押さえつけるように書きなぐり、投函した。

日ならずして、わたしの留守中に学校へ電話がかかった。夕方自宅に電話が欲しいとのことであった。帰宅後電話を入れた。電話に出た原真代夫人は、わたしの声を聞いた時から涙声だった。それを懸命に押さえているようだった。

「手紙をもらったあのころ、すでに一年以上にわたる病闘生活で衰弱しきっていたんです」

病気の経過を、専門用語を交えて説明された。

「チューブを何本も身体に付けていました。でも、松永さんのお手紙を読むと、がっと身体を起こし、紙をよこせ、ペンをよこせ、とわたしを急かせました。サイドテーブルを引き寄せ、机がわりにし、書き始めました。その様は鬼が手紙を書いているような迫力でした。どこにあんなエネルギーが残っていたのだろうと」

原夫人の声はときおり途切れた。

「原は若い頃からいくつかの文章をかいていて、『原爆の子』にも採用されています、でも、最後に書いたのはあの手紙です。あの手紙が絶筆になりました」

できればコピーをおくってもらえないだろうか。そういう申し出であった。コピーをとり、原文の方をお返しした。

いったいなにが原をそこまでさせたのだろう、手紙にはなにが書いてあるのだろう。原夫人はそう思っていたのだろう。

わたしにも、原徹氏を鬼にしたものがなになのかわからない。しかし、最初の手紙を書くとき、「疎開」という言葉には必ず反応してもらえる、というような一種の確信のようなものは、あった。集団疎開をした人間に共通する魔法の言葉、それが原徹氏を動かしたのかもしれない。

中川太芽雄さんも原徹さん同様、家族が全員健在だった。

母はまだ乳飲み子の末っ子をつれて神杉村へ疎開してきていた。神杉村に家を借り、移り住んだのである。妹も学童疎開で神杉村の浄見寺にいた。父は戦地にいた。

終戦の翌日、置いてきた荷物をとりにだろう、母につれられて広島を訪れた。惨たる広島を見た。そこへ帰っていった同級生、そこでのたうちまわった（であろう）同級生のことを考えると、家族が無傷であることが罪のように思えた。

その後一家は広島へかえり、父も復員して帰ってきた。そうした、平常時なら当たり前ともいえる家族揃っての暮らしを、中川太芽雄は罪のように感じたのである。

苦しみの深い人ほど心を閉ざす。しかし、同じ環境を生きた人同士では話あえる。

そう考えて学童疎開をした仲間を中心にして同級生に呼びかけた。幼い日に疎開という同じ体験をした者同士で集まり、話そうじゃないか。そういう手紙を添えて。

ねばり強い調査ののち、九十六人に連絡がついた。

集まる場所は当然、母校の袋町校であろう。

ところが、

「われわれはだれひとり袋町の学校を卒業していない。母校は本当に袋町国民学校なのか。」

そういう声があがった。

これにはみんなたじろいだ。そういわれればその理屈である。卒業のときまでに袋町校は学校再開ができていなかった。六年生は全員別の学校を卒業した。

「しかし」とまた別の声があがった。

「母校とはこころのなかにあるものだ。卒業のある、なしではない。」

それで決着がついた。

こうして、「心のなかにあるもの」を結晶にしたのが、五年生の終了証書の授与であった。

『右の者昭和二十年三月三十一日
袋町国民学校初等科
第五学年の過程を終了した
ことを証する
広島市立袋町小学校長
中山龍興』

広島市公認の修了証書が、昭和二十年生まれの中山龍興《たつおき》校長から、十年年上の「五年生」六十四人に手渡されたのである。平成十二年（２０００年）八月十六日のことであった。

28 ある疎開児童の手記

この章は、善徳寺に集団疎開をしていたひとりの児童（六年生）が、二十世紀最後のとしに書いた手記で埋める。この人は長く行方がつかめなかった、あるいは自らかくれていた人である。両親をうしなった児童が辿ったひとつの典型として手記の全文を引用させていただく。

『私にとってこの五十五年間はとにかく生きる為の闘いでした。

親戚とは名ばかり、私にとって全くの他人でした。ただ一人の肉親である兄も満州からの着のみ着のままの引揚者。叔父に自分の働き手として養子にされて、私の頼りにする事は出来ませんでした。

しかし、私は生きる為に頑張りました。学校に行けない口惜しさをかくして、表面は真面目な明るい青年として、とにかく二十歳の成人式を迎えました。そして青年団の団長になり、青年学級を作り学級長としてＮＨＫの「青年学級の友」へラジオ出演した事もありました。

しかしそんな私を世間は認めてくれませんでした。好きな娘ができて結婚の申し込みに行った所、

「どこの馬の骨かわからない者に娘はやれない」

と頭から言われてすっかり自信を無くしてしまいました。真面目に頑張って来た結果が「どこの馬の骨」……すっかり働く気が無くなってしまいました。

あとはとにかく遊びました。パチンコ・競馬・競輪。でも金がつづく訳がありません。そうすると悪友はいくらでも出来ます。今考えるとよく捕まらなかったものだとつくづく思います。

三十歳になった時、本当に自分が嫌になり自殺を考えました。疎開先でフトンむしになった時の事を思い出しました。あの時最初は苦しかったけれど、その後すごく楽だった事、何だか簡単に死ねそうな気がしたのです。誰も知らない土地で死にたいと思い、ポケットを探すと六百五十円ありました。

行ける所と思い広島駅に来ると、岡山まで四百五十……四百八十円でした。岡山まで切符を買って、岡山駅に着いたのが午後四時頃でした。ブラブラ歩いて行くと電柱に住込み店員募集の張り紙があり、それを見た時そうだと思いました。死ぬ事は何時でも出来る、

此のままでは余りに自分がみじめすぎる、もう一度誰も知らないこの土地でやり直してみようと考えたのです。

そこで使って貰えるとは思いませんでしたが、兎に角その店を探して行きました。「力餅」と言ううどん屋でした。主人は私の話を聞いて「自分達も広島の人間で去年岡山に出て来たばかり、とにかく働いてみては」

との事で新しい門出となりました。と言っても包丁など使った事のない、私にとって自信なんて全然ありません。早朝からの立ち仕事は辛いものでした。でもとにかく必死でした。

そして三年たった頃、天満屋の社員食堂から来てくれないかと誘われ、本格的板前修業となり、それから二十年目に中川君から「何をしているんだ。皆心配しているぞ」と電話があり、

「アッ俺の事皆から忘れられていなかったんだ」と非常に嬉しく、帰広の念が強くなりました。

六十歳の定年となり晴れて広島に帰る事が出来、今日この修了証書を貰う事ができ本当に夢見る心地です。』

終章

わたしが瓢文子さんを捜して足立山山麓を歩いた日のことで、瓢さんは、

「なんじころでしたか、私のうちに着いたのは」ときいた。九時前後でしょうか、とこたえると瓢さんはすこし考えた。

「私、まいあさ足立山を散歩するんですよ。九時ごろは」

そういった。

「いいですねえ、足立山すてきですもんね」

わたしは雨でしっとりと濡れた足立山を想いかえした。こんど瓢さんと会うときは、足立山を散策しながら雑談をしようか、などとのんきなことを考えていた。

瓢さんはそれ以上話を継がなかった。

佐伯弘子さんと電話で話していたとき、

「瓢さんは足立山を歩きながら、原爆のときのことを考えるんですって」

と、はなしてくれた。そこではっと気づいた。山がすてきで散歩をするのではない。瓢さんはいまでも、

『私も原爆といっしょに死ねばよかった』

という言葉を心のうちにかかえたままで生きている。そう直感した。もう一度会わなくてはいけない、と思った。

「私もいっしょに死ねばよかった」

この一言を書いた瓢さん、母を諌めてそれを削った娘・恭子さん。ふたりと会ってずばりと聞いてみよう。

恭子さんには、母を諌めたときのその言葉。

母・文子さんには、

「なぜいまもなお、死ねばよかった、と考え続けるのですか」。


三月十三日（２００４年）。

松本清張記念館でお会いした。地下に喫茶「石の館」がある。そこを指定した。小倉城に隣接し、天井から床までの大きなガラスの向こうに城壁の石積みがみえる。

小倉城を含むこの一帯は、いま、大きな公園となっている。昭和二十年八月九日、この

一帯は造兵廠だった。チャールズ・スウィニーがいったんは標的としたのがこの造兵廠である。八幡で燃え上がる煙が小倉を原爆から救った。長崎が身代わりとなった。小倉の人びとは公園の一画に長崎との連帯の碑をもうけた。長崎からは平和の鐘が贈られ、八月九日にはその鐘が鳴る。「石の館」にすわっていても、耳をすませば聞こえる。

恭子さんへの質問からはじめた。


（松永） お母さんの手記の走り書きを見たとき、どう思いましたか。

（恭子さん） ヒドイというか。（かあさんは）そういう気持ちなんでしょうけど、「今まで生きてきて、良いことなんか一つもなかった、あの時死んでしまえばよかった」で終わってたんですよ。

そうなんでしょうけど、かあさん死んでたら、私もいないでしょうし。

（文子さん） ぐさっと言われましたよ。

（恭子さん） あれを清書したとき、私はもう結婚してたんですけど、呼び戻されて、期日があるから早くってせかされて、文章の前後をいれかえたりしてですね。

読んで清書をしているときは、さすがに可哀想ですよね。指が「カランカラン」と鳴ったという所は、あれは「ちょっとキツイな」と思いました。あの話しを友達にもしたんですよね、やっぱりみんな泣くんです。そんなの知らないですしね。

（松永）　文子さん。ぐさっと言われた言葉ってなんですか。

（文子さん）お母さん、そんなに言うけど、死んだ方がよかったって言うけどね、生きていて笑って暮らせた時もあるでしょって。私もいるし、お父さんも倫子《のりこ》もいるじゃないって、ぐさっと言われたんです。

この娘《こ》に言われてから、ああ、こういうことを言っちゃあいけないねって。今はもう、やっぱり生きていてよかったかなあ、と思いますね。

（松永）　足立山へ散歩にいくのは？

（文子さん）あれはほんとうはね、ネコがいるんですよ。捨てられたネコ。食べ物をもっていってあげるんです。だから、毎日いかないとですね、待ってるから。もう、雨が降っても、雪でも行きます。空気もいいですしね。そのお陰で元気なのかも知れません。

天気がよくて暖かいと、ちょっと奥にはいってね、堤防があってそこに座るんです。上から人が通るのが全部見えるんですよ。そこに座ると、やっぱり憶いだすんですよね、いろいろ。

広島の平和記念公園に、新しく国立の平和祈念館がつくられた。地下一階の情報展示コーナーに、瓢文子さんの手記が収録されている。恭子さんの浄書した丸文字の文章を、文子さんがもう一度、自筆で書き直した、それがそのまま読める。

『今は幸福に暮らしていますが、昔の事を考えると、私の人生は何だったんだろうと思います。

戦争や原爆は人の一生を一瞬にして変えてしまう恐ろしいものです。世界中で今、戦争や原爆実験が行われていますが、もう二度とあってはならないものなのです。』

こういう言葉で締めくくられている。

（2004年）

スウィニー始末記

1　スウィニーのしたこと

1

チャールズ・スウィニーは１９４５年八月六日（月）広島上空を飛び、同九日（木）長崎上空を飛んだ。それで、回想録のタイトルが『私はヒロシマ、ナガサキに原爆を投下した』となった。

きわめてあざとい。

が、これは日本語版へのタイトルであってスウィニーのせいではない。英語版は［WAR'S END］である。（副題は［An Eyewitness Account of America's Last Atomic Mission］）

広島上空を飛んだときのスウィニーの任務は、観測機の機長。

観測用の計器の入った、直径三十センチ、長さ一メートルのキャニスター三個を原爆と同時に投下する、パラシュートが開き、原爆爆発後およそ三時間空を漂い、熱量・放射能・

衝撃波に関するデータをスウィニー機に送る。広島上空で開いたパラシートは十一時過ぎ、三個のうち二個が可部町の山林に、一個はおなじ可部町報恩寺うらの水田に落下した。（このうち一個を広島平和記念資料館が保管している）。

長崎上空を飛んだときのスウィニーの任務は原爆投下機の機長である。第一目標の小倉が目標目視できず、長崎へ向かい、目標地点を二キロ北にはずし浦上上空で炸裂させた。

八月十五日（水）、天皇はポツダム宣言を受諾し、戦争を終結させる旨をラジオを通じて国民へ放送した。

九月二日（日）、東京湾に浮かぶ戦艦ミズーリ号の艦上で降伏の調印が行われた。艦上にかかげられた星条旗は、かつて浦賀に来た黒船にペリーが掲げていた国旗で、ボストン博物館からわざわざもってきたものであった。

調印式が進行するちょうどその時刻に、ティニアン（Tinian）島でポール・ティベッツがスウィニーに話しかけた。

「明日、日本へ飛ぶというのはどうかな？」

スウィニーは一秒で答えた。
「いいですね。行きましょう」

2

ティベッツの指示に従ってスウィニーは次のような準備をした。

＊ C－54輸送機一機
＊ ジープとトレイラー各二台
＊ 十日分の食料（二十人分）

そして日本への同行者を募った。総勢二十人ほどになった。このうち回想録に記されている同行者の名前は、

ポール・ティベッツ中佐　（機長、エノラ・ゲイ）、
チャールズ・スウィニー少佐　（機長、ボックスカー）、

のほか次の五人である。

トム・フェアビー少佐　（爆撃手、エノラ・ゲイ）
セオドア・ヴァンカーク大尉　（航法士、エノラ・ゲイ）

ドン・オルバリー中尉　　　　　　　（副操縦士、ボックスカー）
カーミット・ビーハン大尉　　　　　（爆撃手、エ・ボ両機に搭乗）
ジム・ヴァンペルト大尉　　　　　　（航法士、ボックスカー）

ティベッツが操縦し、スウィニーが副操縦席に座った。およそ七時間後、輸送機は厚木空港に着いた。そこは喧噪だった。

昨日（九月二日）偵察師団の先遣隊によって確保されたばかりの空港に、迷彩をほどこした輸送機が分刻みで到着していた。その中に降り立ったスウィニーたちの銀色の輸送機はひどく眼についた。空港オフィスから大佐がやってきた。機を移動しろ、と命じた。

「ここには二、三日滞在するだけです、それからなら、飛行機を……」

スウィニーが言い終わらないうちに大佐は、

「では三十分だけやろう、それ以上たったらブルドーザーでどかしてやる」

スウィニーは頭脳をフル回転させた。そして考えついたのが、近くの調布飛行場へ輸送機をもっていく案だった。ティベッツ以下はジープとトレイラーを降ろして宿泊予定の第一ホテルへ行く。スウィニーは整備班長をつれてそこから十分の調布飛行場へ機を移動させ、あとから宿舎で合流する。

その夜は連合軍接収の第一ホテルで彼らはしこたま日本酒を飲んだ。そして焼けた東京を見物してから長崎へ飛んだ。

3

日本海軍の大村飛行場は、長崎市内からおよそ二十四キロのところである。現在も長崎空港として使われている。スウィニーたちが到着したころ、この空港はまだ米軍に接収されていなかった。スウィニーは「回想録」（前出）のなかに、大村飛行場に着いたときの様子を次のように記している。

「我々は広島へ行きたかったのだが、C－54が着陸できるような施設がなかった。だが長崎の郊外約二十四キロのところには大村と呼ばれる地域の海軍基地の中に、着陸できる場所があったのだ。

我々は、大村海軍基地とその飛行場が、まだ日本軍の管轄下に置かれていたことを知らなかった。C－54が着陸した時点で、我々は長崎地方に上陸した最初のアメリカ人になった。地上で我々を迎えたのは、日本人の兵士や将校たちだった。」

スウィニーたちは東京でジープとトレイラーを絹の和服と交換してしまっていた。以後のアシが必要だった。

「兵士たちは誰も英語が話せなかったので、我々は身振り手振りで話をした。手を動かして、ハンドルを回してドライブしているような格好をしてみせた。〈ニード・トラッキ・トゥ・ドライビ・ナガサキ〉「日本兵たちはようやく我々の要求を理解したらしく、トラックを三台運んできた。」

三台のトラックはどれもオンボロで、飛行場から出るまでに壊れてしまうのではないかと思うほどだった。スウィニーは先頭のトラックに乗り、仲間の一人とともに運転席の屋根に座った。運転は日本人の兵士がした。

山を越え、谷間を走り、幾度か停まってエンジンの調子を整え、古木に囲まれた小さな旅館に着いた。その旅館の、スウィニーによる描写。

「二階建てで、赤い瓦屋根が仏塔のように二重になっており、下の一階を取り囲む屋根の上に二階の屋根が張り出している、魅力的な場所だった。」

そしてチェックインである。

「中の受付に宿泊台帳が置いてあった。日本人が彼らの町に爆弾を落とした乗務員の名前を知っているかどうか、私には分からなかった。署名しない方が身のためではないか、という考えがよぎった。」

「見ているとポールはデスクの方へ行き、宿泊台帳を自分の方に回して、はっきりとした筆跡で〈合衆国陸軍航空隊ポール・W・ティベッツ中佐〉と書いた。私は彼のすぐ後に続いて〈合衆国陸軍航空隊チャールズ・W・スウィニー少佐〉と書き、我々は全員順番に受付をすませた。」

翌日、一行は長崎市内に入った。スウィニーは仲間と離れ、ひとりグランドゼロに立った。自分の落とした爆弾の、訓練爆弾ではない本当の威力を知った。

そのあと彼は、仲良しのドン・オルバリー、カーミット・ビーハンと三人で、比較的被害の少なかった繁華街を歩いた。

「そこでは長崎の生活がいつも通り営まれていた。――道行く人々は親切だった。」

2　皇居そして三発目の核

4

原爆投下を担う５０９群団は、実戦までにおよそ二千回の訓練飛行を行っている。その最終段階（Special Bombing Mission ＝ＳＢＭ）の訓練はティニアン島で行われ、原爆と同じ大きさ、同じかたちの爆弾にＴＮＴ火薬を詰め、原爆と同じ重量、同じ弾道特性にしたものを、一機に一発だけ積み、広島までに四回、広島後も長崎までに一回、（長崎後も一回）、日本の中都市に投下している。日本への到着時刻（つまり爆弾の投下時刻）はいずれも午前八時前後である。

「訓練」と書いたが、実際と訓練との違いは爆弾の中に入っているものが、火薬かプルトニウムかの違いだけである。ＴＮＴ火薬二万トン強が入れてあり、普通タイプの爆弾以上の破壊力があった。爆弾を黄色く塗っていたことから、パンプキンと呼んだ。

ＳＢＭでの目標都市名はミッションの順に次のように行われた。この一連のミッションのなかに広島、小倉―長崎も含まれるのである。

郡山、福島、長岡、富山　（7・20、参加機数十機、爆弾十個）
新居浜、神戸、四日市　（7・24、十機、爆弾十個）
長岡、富山　（7・26、十機、爆弾十個）
宇部、郡山、和歌山　（7・29、八機、爆弾八個）
〔広島〕　（8・6、一機、核爆弾一個、随伴機二機）
徳島、四日市　（8・8、六機、爆弾六個）
〔小倉―長崎〕　（8・9、一機、核爆弾一個、随伴機二機）
名古屋、挙母《ころも》　（8・14、七機、爆弾七個）

SBMは実戦と同様に、目視投下が絶対条件だった。目標地点が目視できないときは機長の判断によって他都市に投下した。その年七月の前半は梅雨の名残で雲が多く、多くの機が目標以外の大津、大垣、日立、春日井、浜松、焼津、舞鶴などの中小都市に投下した。舞鶴ではこの爆弾一個で四百人もの負傷者と死者をだしている。

この作戦をつうじて一回だけ中小都市でないところへ投下している。東京である。東京への投下は、クロード・イーザリーの機によるものである。

イーザリーは少佐であったが、精神状態に不安があり、戦後、自殺未遂、偽小切手行使、窃盗、武器密輸などの遍歴を重ねる。すでにこの頃も変調だったのかもしれない、彼の機は東京、それも「皇居」をねらったのである。皇居には当たらず、パンプキンは八重洲口近くの川に落ちた。帰還後そのクルーは上官から「叱られた」。

クルーのひとり、ジャック・ビバンズは、

「宮城を爆撃しようとして叱られたのか、それとも失敗して叱られたのか分らない」

と、後のインタビューでぼやいた。勿論、宮城を狙ったせいである。

5

皇居の爆撃を禁止していたのは、509群団に対してだけではなく、通常爆弾による航空攻撃隊に対してもそうであった。

1945年三月十日、東京への夜間大空襲のとき、目標を下町に限定して無差別爆撃をした。江東区を中心にした一帯で、目標地帯には関東大震災後応急に建てられた住宅が密集する。が、軍需施設はなにもない。

あるのは小さな町工場のみで、無差別攻撃にたいする米軍の苦しい言い訳は、「ここの町工場で軍需品の部品を作っている」というもの。

夜間攻撃は低空を飛べる。照明弾のように長く燃え続ける爆弾を一個、基準点に投下する。この点を中心にして川の字に第二次目標照明弾を落とす。川の字にそって後続の飛行機が焼夷弾を落とす。誤差（誤爆）がでることは見込んであり、結果、川の字を囲む楕円の地域全域にまんべんなく爆弾が投下される。だが楕円をはみ出すことは許されない。皇居（天皇）を護るためである。

その夜は雪混じりの強い北風が吹いていた。空襲は十日午前零時から始まり、渦をまいて燃え上がる火に、一般市民八万人が亡くなった。（米軍発表による。日本側は十万人としている）

四月、五月と米軍の東京空襲は断続的に八月まで続く。この間、東京の中心地を狙ったのは、五月二十四日の、B－29、５２５機による山の手への攻撃だけである。この時被害にあった区をすべて、旧区名で表示してみる。

麹町、芝、渋谷、京橋、赤坂、目黒、麻生、品川、小石川、豊島、牛込、下谷、世田谷、浅草、荏原、城東、向島、深川、板橋、本郷、足立、杉並、荒川、大森、淀橋、中野、四谷、神田、日本橋、滝野川、王子。

千代田区一番（皇居）に爆弾は投下されていない。千代田区自体を攻撃目標にしていない。

6

これを裏付ける一人のアメリカ人兵士に登場してもらおう。1942年、ドゥリットル将軍の指揮によりおこなわれた艦上機による東京爆撃に参加し、1946年三月十八日、上海で行われた戦犯裁判で検事側証人として出廷したチェーズ・ニールセン航法士である。米空軍がはじめて東京爆撃に出撃する前の状況をニールセンは次のように証言している。

（検事）　皇居を爆撃することに関し、クルーの間、またはドゥリットル将軍との間に、如何なる会話が行われたか。

（ニールセン）　いよいよ東京を爆撃しに行くことになったとき、皇居を爆撃するのは誰だろうとトランプカードで占った。我々は全員それを願っていた。

（検事）　どうしてみんな皇居を爆撃するのを希望したのか。

（ニールセン）　我々の仲間で日本を愛するものは一人もいなかった。その上天皇こそ今回の戦争を招いた責任者であると考えていた。だからその責任者を攻撃したいと思ったのである。
（検事）　ドゥリットル将軍は、君たちが交わした会話を聞いたであろうか。
（ニールセン）　聞いたと思う。そして彼は少なくとも皇居だけは残しておくようにと厳重に申しつけた。

もし日本の早期降伏を切望するなら、アメリカは東京大空襲で皇居の周辺から威嚇爆撃を始め、場合によっては一、二発の爆弾を宮城の森に落とす、というようなゆさぶりをかけることはできたはずである。それを四度、五度と繰り返せば、そしてアメリカは天皇を狙っているのだと思わせれば、日本は五月には降伏しただろう。それをしなかった。意図的にしなかった。

日本の敗戦を既定のものとし、戦後をにらみ、天皇をなんらかのかたちで利用できる、という考え方がアメリカの首脳部のなかで支配的だったからである。

つまりアメリカは、すでに第二次大戦後の世界戦略をにらんでいたのである。

幻となった三発目の原爆も、戦後の世界戦略とかかわっているのだが、このことはあまり知られていない。その意味を探ろうという人もあまりいない。

7

小倉への投下に失敗したスウィニーが、長崎に落としてつじつまを合わせ、へとへとになって沖縄経由ティニアンへ着陸したその二時間後、509群団の二名の機長が二機のB－29でティニアンを飛び立った。出撃命令書No.41には目的地をクワジャレーン（日付変更線近くの太平洋上の島）としているが、そこを経由してアメリカ本土へ向かい、ファットマンとその周辺機器を積んだ。

二機が核とともにサンフランシスコへ到着したとき、中立国スイスとスウェーデン経由で、日本のポツダム宣言受諾の報が入った（八月十日）。二発目のファットマン（つまり三発目の原爆）はサン・フランシスコで留め置かれた。クラッセン機長とウィルソン機長はもうティニアンに帰らなかった。

この時の出撃命令書がマイクロフィルムに写しかえられた後で、何者かが、紙に書かれた原資料の出撃命令書No.41の余白に、

「飛行機は、二発目のプルトニウム核を取りに、本国へ戻ったのか?」

（ACFT returning to ZI for 2nd plutonium core?）

と、手書きしている。鋭い指摘で、これは当のクラッセン、ウィルソン両機長がのちに事実であると証言した。

また、ポール・ティベッツも1966年のインタビューでその事実を認め、「二日のうちにそれを使うことができた」と述べている。

二発目のファットマンを慌てたように準備した理由は、長崎の日（八月九日午前零時）、対日参戦したソビエト軍が、異常に早い速度で南進したことであろう。ドイツ戦線で疲弊したはずのソビエト軍がそこまで早く日本へ近づくとは。ぐずぐずしていると北海道まで来てしまう。ソ連軍が一歩でも北海道に足をかければ、かれらは日本の分割占領を要求するだろう。ここでは日本のすぐさまの降伏がアメリカにとって絶対に必要な場面であった。

それに、米空軍首脳部の広島と長崎への攻撃に対する判定は、ティベッツのそれが「優秀」であるのに対して、スウィニーのは「良好から可」。成功とはみなしていなかったのである。

実際にソ連は、戦後の占領区域について1945年八月十六日、「ソ連にたいして降伏すべき日本の地域」として、満州、北朝鮮、樺太、千島列島全て、そして「北海道の北半分（釧路と留萌を結ぶ線の北側）」をアメリカに対して要求している。北海道の北半分についてアメリカは断固拒否し、ねばったスターリンもしぶしぶ北海道以外の地域で納得した。ソ連軍が北海道に一歩でも上陸していれば、アメリカも北海道の北半分をソ連に認めざるを得なかったであろう。

ソ連が日本に手を掛けることはぜったいにゆるさない、というのも、アメリカの、戦後をにらんだ世界戦略のひとつだったのである。三発目の原爆がアメリカにとって重要な意味をもっていた所以である。

3　スウィニーの憂鬱

8

小倉－長崎への攻撃は八月十一日の予定だった。これを二日早めるよう主張したのはポール・ティベッツである。思いがけず、思いもよらない大成功を収めたティベッツのひとことには現地の上官も反対できなかった。地上整備員は大慌てで準備にはいり、八月九日に小倉へ発進できるよう、やっとのことで間に合わせた。

早めた理由は、十一日には西日本の天候が悪化の見通し、というのが通説となっている。しかし作戦前日（八月八日）のミーティングの時点ですでに硫黄島の付近に台風が発生しつつあったのは作戦本部でも把握しており、それ故三機の攻撃機の合流地点を、前回の硫黄島から屋久島上空に変更したのであり、日本の本土へも低気圧が接近中というのも知っていた。それを知りつつティベッツが九日への前倒しを主張したのは、本国の意向〈ソ連が日本へ上陸する前に日本を降伏させる〉を忖度したからであろう。あるいはティベッツ自身本国の意向とは関係なく独自にそう考えていたのかも知れない、ポール・ティベッツはこちこちの反共主義者だったから。

1966年、ポール・ティベッツが空軍を退役したあとで行われたティベッツへのインタビューの記録がある。米空軍の戦史を編纂するために66年九月、アラバマ州のマクスウェル空軍基地で行われたもので、聞き手は戦史部のアーサー・マーマーである。ロングインタビューの最後でマーマーは微妙な質問をしている。

質問 「あなたが広島の爆撃に関与されたことは、その後のあなたの生涯にどのような影響を及ぼしましたか?」

これにたいしてティベッツは次のように答えた。ティベッツの答えがぼんやりしたものなのか、翻訳がわるいのか、非常に読みずらいので、独断によって読みやすく変え、ほぼ全文を引用してみる。

ティベッツの答え
「それは私の生涯にある種の不利な影響を与えたと思う。私が何回となく批判に、主として共産主義者が為す批判にさらされた事実からしてそれがいえる。私は自分で自分を護らなければならなかった。合衆国空軍や合衆国政府が護ってくれたことは一度もなかった。（略）空軍での私の最後の任務は、インドのニューデリーだった。私は屈辱の七週間を過ごした。ある共産主義者が操作する新聞によって、ひどい言葉をなげつけられた。この時にも私は全く守られなかった。私は誰にも支持されなかったので、いまになってこんな風に考えるようになった。つまり、合衆国政府はなにか罪の意識をもって（原爆投下を）見るようになってきたのかもしれない、と。その感じは、合衆国政府がそれについてあまり発言しないことでよくわかる。かれらは、第二次世界大戦中に原爆投下を監督し、使用した男つまり私を守るだけの余裕がないのだ。おことわりするが、これは推測だ。

私の生涯は、あのとき以来、私自身のしたことによって影響されてきたのだ。」

（「空軍談話記録」六十九号「ポール・W・ティベッツ准将の歴史的記録」）

9

ティニアンにいた時のティベッツは、もとより自分のその後の運命を見抜けていない。むしろ絶好調であった。しかし落とし穴はすでに掘られていた。それにはまったのはティベッツ本人ではなく、部下のチャールズ・スウィニーだった。

広島攻撃の大成功を祝う祝勝会が峠を越し、スウィニーが宿舎に戻りかけたところへティベッツが現れ、こういった。

「今度の攻撃は、九日に決まった。目標は小倉。君が投下機の機長だ」

これが落とし穴の第一。

スウィニー、原爆投下機機長。ボック、観測機機長。ここまではいい。

ホプキンス、写真撮影機機長。

これを聞いてスウィニーには嫌な予感が走った。スウィニーは少佐で、ホプキンスは中佐である。階級はホプキンスが上であるが、操縦技術はスウィニーがはるかに上だ、だからティベッツは早くからスウィニーに投下機機長としての訓練をしていた。だが、ホプキンスは階級を嵩《かさ》に、自分が投下機にのるものと考えていた。

八月八日夜、小倉への最終打ち合わせの後、スウィニーはホプキンスを呼び止め、三機の会合方法について再度の念押しをしておこうとした。ホプキンスは、

「いいかい少佐、そんなことは全部分かっている。合流の仕方くらい知っている。君に教えられるすじあいはないね」

ティニアン基地を二分間隔で飛び立つ三機は、前回広島では硫黄島上空で会合した。高度は二千四百米。今回は硫黄島付近に台風が発生したことで、屋久島上空九千米と変更になった。これをスウィニーは再度確認したかったのである。が、このホプキンスの返事にスウィニーはそれ以上言わなかった。

この落とし穴は、屋久島上空でぽっかりと穴を開けて待っていた。観測機のボックとは指示通りに屋久島上空九千米で合流できた。ホプキンスが現れない。屋久島以後は三機共に行動せよ、との指令に従って四十五分待った。これで一千リットル以上の燃料を浪費した。これは、この時のスウィニー機にとっては重大なロスであった。

というのは、ティニアンのノースフィールドを発進する直前になって、予備燃料二千リットルが使えないことが判明したのだ。ポンプが壊れているという。そんなルーティンチェックはとうに済んでいてしかるべきであろうが、これが二日出撃を早めたことの余波なのであろう。

広島の時のように全て順調にいけば問題ない。しかし、すでにホプキンス機との会合ができないという問題が起きた。

「これまでだ」

スウィニーは副操縦士のオルバリーに怒鳴った。

「勝手にしろ。これ以上待てない」

このときの小倉上空の雲量は2／10、一般の人は「晴れ」という。

4　異質な５０９群団

10

次の落とし穴はスウィニーのしらないところで起きていた。

スウィニーと合流できなかったホプキンスは、じつは屋久島の上空にいたのだが、高度一万二千米のところで旋回していたのである。三千米の高低差があってはみつけられるはずがない。台風も発生している。ホプキンスは禁じられていた無線の封印を破って、ティニアンに連絡を入れた。

「スウィニーは止《や》めたのか？」

これが、雑音のため、

「スウィニーは止《や》めた」

と指令部に受け取られた。

ティニアンはパニックに陥ちた。

ファットマンは海に捨てるのか、持って帰るのか。飛行機に何か事故が起きたのか。乗員はどうなった？

作戦中止なら、日本付近の海上に配置された救助部隊は必要ない。すべて撤収されてしまった。

それとは知らず、スウィニーは小倉の上空に近づいていた。午前九時四十五分。やや靄《もや》っていたが、攻撃できる。爆撃航程に入ったところで、爆撃手のビーハンが突然声をあげた。

「見えません！　見えません！　煙で目標が隠れています」

前日八月八日午前十時、二百二十一機のB－29と百六十機のP－47が八幡に襲いかかり、およそ四十分かけて猛烈な爆撃をしたのである。小倉と八幡は隣り合わせである。二十四時間たっていたが、くすぶる煙は風向きの変化と共に小倉上空にかかってきたのだ。爆撃手ビーハンは三度爆撃航程に入ったが、三度とも目標を目視できなかった。

前日八幡を爆撃をしたのは、ティニアンのウエストフィールドから発進した第五十八、第七十三、第三百十三の三箇航空団の通常爆弾を積んだ飛行機だった。当初の計画（フラグプラン）によれば、右の二百二十一機のB－29にさらに九十六機が加わり、八幡に三か所、戸畑と若松に各一か所、計五か所を炎上させる予定だった。滑走路での衝突事故で九十六機が不参加となり、目標が八幡のみとなったのだが、それでもなおこの煙である。

次の日、特殊爆弾を投下するというのに、なぜ邪魔をするような攻撃を仕掛けたのか。原爆投下部隊（５０９群団）の、陸軍内部における、異質で不純な性格がみえてくる。

これも落とし穴のひとつであろう。

11

日本軍の戦闘機に追われつつ第二の目標に向かったスウィニー機とボック機は、ここで偶然ホプキンス機を発見、合流した。

長崎は厚い雲の下で、海上投棄をするよりもレーダー投下のほうがよい、とスウィニーが覚悟を決めたとき、初めてスウィニーに幸運がきた。わずかに見つけた雲のすき間からビーハンがファットマンを目視投下した。衝撃波は五度襲って来、その衝撃波は広島のそれを上回った。

この時も、三つのキャニスターが空を漂い、長崎の東方十一キロに落下した。回収した日本軍の兵隊が中をあけると、東京帝国大学の嵯峨根教授にあてた英文の手紙がでてきた。嵯峨根教授はアメリカの大学に留学した経験があり、そのときの米人学友からのものだった。

「早く戦争が終わるようあなたの影響力を使って政府に働きかけて下さい」という主旨のものだった。

この手紙は原爆調査団として長崎へきたとき、嵯峨根教授自身に手渡された。

ついでに記すと、広島へのキャニスターにも落書きがあった。一個のキャニスターの横腹に、

「It's all over, HIRO」

と、書かれていたのである。

「広島はもう終わりだぞ」

とも解釈できるが、HIROは「裕仁」とした方がすっきりする。

ともあれ、スウィニーにとっては緊急、最大の難問が目の前にあった。燃料の欠乏である。

機関士の計算によれば、もっとも近い米軍基地つまり沖縄までもたどり着けない。海上

に不時着して救援隊に救援してもらうことも考えたが（実際には彼らはもう引き揚げていた）、ティベッツに教わった階段飛行のことを思い出し、これをやってみることにした。

正確な原理はわからないのだが、一気に一万二千米まで上昇したあと、エンジン出力を最小にしつつ水平飛行をし、機が降下を始めるとエンジンを軽くふかしてまた水平飛行をする。階段を降りるような格好に飛ぶものらしい。これが成功した。沖縄基地に緊急着陸したとき、燃料は二十六リットルだった。

その苦い思いでの長崎に、スウィニーは来たのである。

5　回想録の穴

12

チャールズ・スウィニーの回想録「私はヒロシマ・ナガサキに原爆を投下した」では、彼らの長崎行きについて三つの穴があった。

1、長崎に入ったのは九月何日か？
2、長崎へ同行した「二十人ほど」の正確な人数と氏名は？
3、仏塔のような二重屋根の旅館とはどこか？

これが抜けている。
こういうことが気になるというのは、スウィニーの回想録自身のせいでもある。
タイトルのおぞましさに較べて、この回想録は内容が非常に正確・精密なのである。1

997年に米国で発刊されていることから、おそらく、ゴーストライターのアントヌーチ夫妻は、スウィニーのしゃべりを、直近に公開された軍の機密資料（とくに509群団の資料）で確認、修正しつつ書いたのではないかと思われる。

それならこちらも、腰を据えてこの穴を埋めてみてやろうではないか、ちょっとした敵《てき》愾心《がいしん》をそそられた。

仏塔のように二重になった屋根の旅館。これをみつける。宿泊台帳が残ってないか調べる。あればしめたもの、スウィニー一行の長崎入りの日がわかり、同時に同行者の姓名が全てわかる。「全員がサインした」とスウィニーが書いているからである。

長崎の旅行案内をみてすぐ気がついたのは、風頭町の「矢太楼」という旅館であった。地理的に、長崎一の繁華街から直線距離にして十キロもないくらいのとこ、小高い、比治山くらいの山の上にある。部屋数も多く、これに違いないと思った。難点は写真であった。仏塔というようなものが写っていない。温泉地にある大きな旅館とかわらぬ佇まいである。

電話をいれてみた。仏塔のようなものはありません、との答えであった。すぐに手詰まりとなった。

13

西宮に住む友人は原爆手帳を持っていて、被爆者の会にも加入している。劣化ウランについての資料を送ってくれたりしたこともあった。２００５年、お正月の会話のなかに、今こんなことを調べている、とスウィニーの長崎入りのことを混ぜてみた。会に、長崎で被爆してこちらで暮らしているＫさんという人がいる、きいてみてあげよう、とのってきた。

折り返し電話があった。Ｋさんはさらに長崎側の中継者を介して浜岡さん（仮名）を紹介してくれた。浜岡さんは長崎アンジェラスの鐘市民の会に属し、被爆者のあいだでは有名な人で、知識も豊富だから、なにかわかるかもしれない。新聞にのったことがあるので調べてみてあげる、と言ってた、ということであった。ここまでは中に入る人が多くてちょっとややこしいが、要するに浜岡さんと話が通じれば相当の収穫が期待できそうだということである。

一月八日午前十時、浜岡宅に電話を入れた。呼び出し音が長く続くのみ。

翌日は午後に電話を入れた。同前。

さらに次の日、夕方電話。同前。

次は、(仕方なく)夕食時間をねらった。カチリと鳴った。澄んだ女性の声で「主人は未だ帰りません、さあ何時になるでしょうね」

奥さんに要件を告げ、また翌日電話をすると告げた。

午後七時、未だ帰りません、さあ何時になりますか。

午後八時、同前。一日づつ時間を遅くし、七日目、十一時に電話をした時やっと浜岡さんと話せた。

その答え。

＊　ビーチホテルでしょう。茂木《もぎ》にあります。

＊　その件はＮＨＫが放送しましたね。三、四年前です。

＊　そのときなにかＮＨＫと共同通信社との間でトラブルがあったようなことを聞きました。

茂木という町のことを調べた。長崎市内から小高い丘を越えたむこうである。郵便局がある。

茂木郵便局へ電話した。女性の声で、

「ビーチホテルは昔ありましたけど、今はもうありません。そういうことは局長が詳しいと思いますので、電話のあったことを伝えておきます」

と、言った。狙いはずばり。経験から、特定局の局長には地元の郷土史研究会などに入っている人が多い、それを知っていた。

14

翌日、茂木郵便局に電話。局長は、ビーチホテルはもう廃業してますが、その子孫が東京にいるようなことを聞きました、あれこれ含め調査してみましょう、といってくれた。
次は、ＮＨＫ長崎に電話をした。スウィニーという、長崎に原爆を投下した人たちのことを取り上げた番組があるように聞いた、タイトルと放送日を知りたい旨告げた。すぐにはわからないので調べてみます。柔らかい女性の声が答えた。この柔らかいしゃべりはくせ者だ。すぐには返事は来ないと覚悟した。（事実、その後の連絡はなかった）
共同通信社長崎支局へ電話を入れた。男性の声で、それは面白そうですね、平和担当に話しておきましょう、今不在ですので、明日電話させます。

ここである種の手応えを感じた。

翌日、十時出社だろう、それまでに何をしようか、と考えていたとき、リンと鳴った。共同通信の平和担当・桜丘記者（仮名）だった。

面白そうですね、こちらでもキャップと相談しました、調査に入ります。

その翌日すでに、共同通信桜丘記者のＦＡＸが届き、ＮＨＫが放送した番組のタイトルを知らせてきた。


「そして男たちはナガサキを見た」

―２００１年八月九日ＯＡ―

（ＮＨＫスペシャル・四十五分）


日ならずして、茂木郵便局からビーチホテルの写真と、郷土史研究会が調べまとめた、「茂木港の史跡・文学」についての略地図が送られてきた。ビーチホテルの付近だけは拡大地図もついていた。三人の長老からの聞き取りと、茂木神社宮司の話をもとにまとめたものだった。

6　そして男たちは長崎を見た

15

サブタイトルは　～原爆投下兵士・五十六年目の告白～。

ＮＨＫ広島の平和アーカイブスで長崎の項をチェックし、そのなかにこの番組があった。番組の構成は、およそ次のようになっている。

ウイルバー・ライオンという５０９群団の兵士（ナビゲイター＝航法士）が、スウィニーたち一行に同行し、大村空港からビーチホテルまで、そして翌日の長崎市内の被爆地、あわせて十六枚の写真を撮影した。この写真を骨格にし、ライオンやティベッツ、セオドア・ヴァンカークなどへのインタビューを散りばめ、番組を構成している。

ライオンの写真の中に、興味を引く一枚があった。ビーチホテルまでの道中で、トラックが何度もエンコしたらしく、その修理の間に彼は、トラックのそばに佇む兵士たちの写真二枚を撮っていた。そのうちの一枚には、立ち姿のティベッツや、運転席の屋根にヴァンペルトとともに座っているスウィニーの姿があった。そのほかにも幾人かの米兵が写っており、これらを、別の、名前のわかっている集合写真と照合すれば、参加人物が特定できるのではないか。

大変な手がかりといえた。

というのは、NHKの番組では509群団からこの長崎行きに参加したのは「六人」としているのだが、スウィニーが回想録であげている名前だけでも「七人」であり、もしライオンを加えれば八人となる。番組を見ながら、かすかな疑念と、何かが違うという不審とが少しずつ芽生えてきていたからだ。

もっと驚いたのは、番組ではスウィニーら一行の大村到着を九月十九日と断定していることであった。ぼくは「九月八日」と推定していた。九月八日は、ファーレル調査団先遣隊と、それに同行したジュノー医師の医薬品を積んだ輸送機が岩国についている、そのために岩国空港の使用ができず、長崎へ飛んだ。そう考えていたのである。「広島へ行きたかったが、使える空港がなかった」とスウィニーは書いている。

しかし番組は十九日大村到着に、ちゃんと理由づけを用意していた。

NHKがアメリカで行った、航法士セオドア・ヴァンカークへのインタビューのなかで、ヴァンカークが「私的なフライト記録」と称する文書を戸袋から取り出してきてカメラに見せ、次のように説明した。

九月十五日　六時間五十分のフライト　（C—54　一機）
九月十九日　三時間十五分のフライト　（C—54　一機）
九月二十日　二時間五十五分のフライト　（C—54　一機）
九月二十一日　七時間〇五分のフライト　（C—54　二機）

この表のうちの、九月十九日と二十日の所を指さして、この飛行時間は東京—大村の飛行時間に相当する。だから十九日に大村に着き、二十日に東京へ帰ったことがわかる。ヴァンカークはそう説明した。

これには全く反論の余地はみいだせなかった。みいだせなかったが、ザラザラとした思いは心に残った。

「十九日に大村へ発ったとすれば、東京へ着いてから大村までに二週間ほどの空白時間がある。彼らはその間を何処でどうしていたのか？」

スウィニーはこの空白について回想録の中ではなにも説明していない。

7 海浜旅館

16

桜丘記者から広島へ行きますとの連絡があった。中国新聞社内の支社で打ち合わせがあり、おわれば多少の時間がとれます。夕食をともにし、情報交換をした。桜丘さんは二十五歳から三十歳くらい、落ち着いて寡黙、取材対象の言うことを黙ったまますべて聞く、特ダネを打ってもにこりともしない、そんな印象を受けた。

考えている企画は、ビーチホテルの変遷を時代の中でとらえること。囲みでやりたい。そういった。ぼくのほうは東京―大村の二週間ほどの空白の不自然を話した。十九日説は承伏しがたいと力説した。

ビーチホテルの当時の宿泊台帳がみつかれば全て解決する。宿泊日と全員の名が記入されている。ビーチホテルの後継者を捜すのが第一、ということで一致した。

ＮＨＫの番組では、砂田三樹夫というひとがネクタイ姿で、ビーチホテルのあった海辺を歩きながら思い出を語っていた。長崎被爆の年、砂田さんは国民学校五年生だった。ホテルの前の海で泳いでいて長崎にあがる原子雲を見たそうだ。

ふと、茂木の郵便局長と話したときのことを、言葉を思い出した。局長は「子孫が東京にいるようなことを聞きました」と言った。子孫というのがこの砂田三樹夫さんなのか。

古い日本観光総攬によれば、昭和三十七年時点でのビーチホテルの仕様は、洋室二十で和室なし。木造二階建て、暖房あり。敷地面積五千三十六平米。支配人兼社長は砂田ツイ。その変遷をみると、操業開始は明治三十八年。創業者は道永栄、又の名を稲佐のおえいといい、その名はシベリアまで聞こえていたとか。おえいが経営から手を引き、荒れた建物に手を加えて再建したのが砂田三次郎とツイの夫妻だった（昭和三年）。三樹夫は母ツイの四十歳のときに生まれ、父は三樹夫三歳のときに亡くなった。ウスケ（ウィスキー）の飲み過ぎだ、と母が言った。いご母が経営者となる。

幼い、五歳くらいのころから三樹夫は母を手伝い、大きな炭火に網をのせ、長い箸で客のためのトーストを焼いた。

昭和三十六年、ホテルは経営不振となり、地元の大長崎建設が経営を引き継ぐ。これでも経営は立ち直らず、のちは大長崎建設の社員寮となる。さらに大長崎建設自体が倒産したのをきっかけに、ホテル（寮）はすべて解体され、売却され、いまはそこにスーパーマーケットが建っている。

ホテル自体が、ひとりの人間の人生のように波乱に満ちている、それが桜丘記者の目をつけたところだろう。

ぼくがあっとおどろいたのは、大長崎建設の名がでたからである。フランスを放逐され、通訳として初めてアルジェリアの地を踏んだときの初職場が大長崎建設だった。すでに倒産が決まっており、それゆえに逃げ出した前通訳の後任としてのこのことケラッタへ入った。設計部門の担当だったから、暇な時、設計室にはいりこみ、二級建築士の浜ちゃんとしゃべった。浜ちゃんはぼくより十歳年下で、会社の倒産のこと、家で待つ妻のこと、設計がうまくできないこと、人生のこと、よく話した。

長崎市郊外で仁工房という建築事務所をやっている浜ちゃんに電話した。寮のことを聞いてみた。寮にははいっていなかったが、会議で一度だけ行ったことがある。宿泊の建物と食堂棟とが別々になっていた。それくらいの印象しか無い、と答えた。

明治ごろのビーチホテル

三つの疑問、つまり、スウィニーたちが大村へ到着した日にち、一行の人数と氏名、泊まった旅館の名、このうち、旅館がビーチホテルであることがわかり、残る疑問は二つである。

ただ、ちょっと気になったのは「スウィニーはなぜホテルを旅館としたのか」という、なにも気にしなくてもいいけどなんとなくひっかかる疑問だった。翻訳者が間違えたのか。翻訳者・黒田剛氏は広島攻撃のときのティベッツ機とスウィニー機との位置関係を、ティベッツ左、スウィニー右、と逆に訳している。たぶん右翼、左翼の航空関係の用語をとり違えたのではないかと思われた。そういうこともあるので、旅館、ホテルのことは単純ミスですませていた。

しかしこれはぼくの鈍りのせいであった。スウィニーは本当に「旅館」としていたのである。終戦時、国民学校の四年生だった世代ならすぐ気づくべきだった。

戦時下、すべての英語が使用を禁止され、ビーチホテルも「海浜旅館」と名を変えていたのだ。１９４５年九月の時点では、だから旅館の看板がでていたのである。スウィニーの観察力に驚く。

8　同行者はだれ

17

つぎに調査にかかったのは、人数と氏名の特定である。

NHKの番組を見たときすぐに直感したのは、長崎平和推進協会のF氏がウイルバー・ライオンの撮った写真をもっているのではないか、ということであった。

F氏は平和推進協会の写真部に働く人で、番組のなかではライオン撮影の写真を点検して、そのシャッターポイントを割り出し、ライオンがどういうふうに破壊された街々を移動、撮影していったかを特定することで番組に協力していた。写真を見てどういう感じをもちますか、との質問に、被爆死した姉のことを胸において、「どれだけの被害がでるかを知っていて原爆を投下する、その心境は理解できない」と答えていた。誠実そうな人だった。

この協力にたいしてNHKは必ずライオン写真のコピーをF氏に贈っている、と思った。

電話をした。自分のしている調査のことを話し、写真を持ってないか聞いた。やはりもらっていた。こちらの持つ集合写真と照合して名前の特定をしてみたいのだが、見せてもらえないだろうか、と聞いた。

公開しないことを条件にもらったもので、平和資料館でも公開していないのだが、調査のためなら私的にみせてあげましょう、といってもらった。

18

特定は失敗だった。フェアビーのように立派な口ひげをはやしているようなら簡単だが、ライオン写真では殆どがサングラスを掛けており、かけていなくとも、一方の写真が正面向きで他方が横向きだったりすると、もうお手上げである。集合写真の小さな顔ではむりだった。

一時間後、持参のルーペを仕舞い、Fさんと雑談をした。

九月十九日の長崎入りについてぼくの疑義を述べると、Fさんも「確かにそうですね」と、相づちをうった。そして、長崎純心大学教授のS先生がその番組の監修をされたのにどうしてでしょうね、といった。

長崎からバスで茂木へ行った。地図では山越えをするようになっていたので、遠い地に思えていたのだが、峠を越えるとあっけなく茂木の港は眼のしたに広がってきた。大型船も入港でき、客船と漁船とが港を半分づつ使用している。

その左側、漁港に近い方がかつてのビーチホテルである。茂木郵便局からもらった再現古地図と写真とで、頭にホテルを描き、１９４５年九月の茂木の街にはいってみた。

そのあと公民館にいくと、今時珍しく青い鼻汁をたらした六年生くらいの少年が居合わせて、懸命に茂木の歴史を教えてくれた。

19

広島にかえるとすぐ長崎純心大学に電話した。

S教授にはすぐに通じた。

スウィニーたちの大村入りの日を九月十九日にした理由を問うと、当時の諸般の情勢を考えてこの日とした、との答え。こう突っ込まれることを予期していなかった人の咄嗟の答えに思えた。諸般の事情というとたとえば？と追求すると、S教授は、

１、マッカーサー司令部の意向によること。

2、大村空港は爆撃を受けていたので、整備されるのを待った。
この二点をあげた。

ぼくはもうひとつ、どうしてもザラツキの払拭できないでいる質問をした。

「十九日とすると、彼らは東京着後の三日以降なにをしていたんでしょうか」

「それはなんとでもなるでしょう」

たしかに、なんとでもなる。


砂田三樹夫さんが福岡市にいます、アポをとりました、との連絡が桜丘記者から入った。福岡市天神の、ビルの八階に砂田さんの仕事場があった。インターナショナル・エア・アカデミーの受付には二人のスチュワデス姿の女性がいた。「お待ちしていました」と言って、すぐに、砂田さんの特別顧問室に通された。


壁一面に、サッチャー首相と握手する砂田さん、シラク大統領と笑顔で話す砂田さん、レーガン大統領夫人と、ヒラリー・クリントンと、キッシンジャーと、そんな写真がたくさんかざってあった。

インタビューは現役の桜丘記者にまかせ、最後にぼくがあのときの宿泊台帳の有無をきく、そういう段取りであった。

「もうありません」

と、砂田さんは言った。

「どこかに保管してあるとか……」

「いえ、もう無いんです」

ふつうは、移転のとき焼却しまして、とかなにか無い理由を付け加えるだろう。砂田さんの「ありません」は逆に「あるけれどもいえません」と、ぼくには聞こえるのだった。


帰りに一冊ずつ砂田さんの自著を頂いた。

「ゲストサティスファクションとホスピタリティ」

～ホテル屋はお客様に育てられる～

ホテルオークラに入社した砂田三樹夫さんの、その後の、力道山・田中敬子の結婚式の仕切から始まり、皇族ふた組の結婚披露宴の仕切、第一回、第二回東京サミットの接遇と続く、まぶしいような経歴が著されていた。このひとがもし、ティベッツ、スウィニーらの宿泊台帳を公表したらいったいどんなことになるだろう。あっても絶対に公表はできない、とぼくは確信した。

9　宝の倉・原医研

20

福岡で会ったとき、桜丘記者は長崎純心大学のＳ教授から預かったといって冊子を手渡してくれた。Ｓ教授が佐世保市の通史編のために書いた「戦後佐世保の形成と発展」という一パートの抜刷であった。冊子の間に、インタビューのテープをおこした原稿二枚がはさまれていた。

そういえば桜丘記者がＳ教授を取材に行く、と言っていたのを思い出した。「九月十九日大村到着」はどうしても納得できないんです、もし時間に余裕ができたら、その点も聞いてみてもらえませんか。そう頼んでおいた。その答えであった。桜丘さんの構想に基づいた長いインタビューのおわりで、桜丘さんは十九日疑問説をきいてくれていた。

Ｓ教授の答えは、

「大村空港に到着した飛行機の順番で仕分けし、消去法で消していくと、九月十九日になった」

というものであった。予期したものだった。

ぼくを驚かせたのは、インタビューの終わりごろである。S教授はこう言っていた。

「なんかあの本はうさんくさくてね。スウィニーが長崎にきて自分の落とした爆弾の威力を見るというような書き方。あと東京で見物してとか、そのあたりから本当かしらと思った。こっちの被爆者からすると、わびてほしい。彼は確信犯で、あくまでも正当化している。私もぎりぎり戦後生まれですが、違和感はある。ぼくには理解しがたい」

これは被爆させられた側の感情である。ぼくのまわりにも疎開から帰広して入市被爆者となった人は多い。

その人たちにスウィニーの長崎見物の話をすると、ほとんど一様に「まあ」といい「えっ」といい、黙る。その後には「ひどい」がつくのだろう、それを呑み込んでだまる。

その感情は理解できる。だが学問にとっては、

「彼らはなぜ被爆させたのか」

を沈着に分析することが大事なのではなかろうか。そのアメリカの意図を見抜けば、コ

バンザメのように日本が、べったりとアメリカの腹にくっついていることの愚かさをみな知るであろうに。

それこそが学者の存在理由だろうに。

21

S教授へのインタビューのなか、そして抜き刷りのなかで、教授はヘヴン号という病院船の動きや、都築教授の来崎のことや、米軍の長崎進駐がいつか、など長崎を定点にして考察していた。ぼくのほうはスウィニーの動きに連れ添って考察してきた。ここは大村、長崎に定点を置いて考えてみることも必要かもしれない、S教授の話からそういう示唆を受けた。

広大原医研の原爆被災学術資料センターに電話してみた。それほど完備した資料室ではありませんが、ご希望なら見てもらってかまいません、と承諾をもらった。

係りの女性をたずねた。

「ほとんど整理もしないままですから」

といいつつ資料室に案内してくれた。

それは、宝庫だった。

マンハッタンプロジェクトの報告書原文から各調査団の報告書、とりわけ素晴らしかったのは、調査団の到着、出発などの新聞報道の切り抜きが、月毎に分類されていることであった。広島だけでなく長崎もある。驚嘆の声をあげた。

大ざっぱなチェックに一日かかり、翌日も訪問を許可してもらった。チェックの後、必要な新聞記事をコピーしたいので、その間ややの時間貸し出してもらえないだろうか、と係りの女性に頼むと、女性は上司に相談し、上司がやってきて事務所のコピー機で、自らコピーさえしてくれたのである。

22

そこにでっかい収穫があった。

大村空港、九月十九日の動きに関して二つの記事があったのだ。長いが二つを引用する。

〈長崎新聞・昭和二十年九月二十三日付〉

「大村地区に進駐の連合軍先遣隊スミス大佐以下約百名は、十九日輸送機二十機によって空から整然と進駐した。大村地区の進駐地区は、大村線（大村・竹松駅間）以西から海岸に至る二十一空廠と、大村海軍航空隊の地区で、進駐軍の出入門は一ヶ所とし、現二十一航空廠の正門があてられ、地区の境界にはさくを設けるが、取りあえず標柱を立て、区域内は米憲兵隊、区域外は警察が警備にあたる。一般人の通行は許されているが不慮の事故を未然に防止するため、日没後はなるべく通行しないようにした。」

〈長崎新聞・昭和二十年九月二十一日付〉

「十九日来崎した連合国原子爆弾調査団の一行は、東京および沖縄の現地からいずれも空路大村へ飛来、同地で合流のうえ来崎したものであり、ウオーレン（海軍）大佐を主班としているが、東京から付き添って来た東大医学部都築教授の案内で、二十日原子爆弾による被害現場を視察、詳細な専門的調査を遂げた。」（以下ウオーレン大佐の談話は省略）

このふたつの新聞記事をすこし深めてみよう。

まず、長崎新聞九月二十三日付。

大村空港には九月十九日、迷彩をほどこした輸送機二十機がやってきた。何時に来たか、特定はできないが、先遣隊であれば相当早い時間に乗り込んでくるだろう。午前九時には大村空港にいたとしてもいいのではないか。

その人数の「百人」とは治安部隊の兵士だろう、他に、五十人位は兵站部隊と輸送機のクルーがいただろう、それに食料品、衣料品、武器（弾薬）、通信器具などなど。運搬用のトラックあるいはジープ、トレイラーも積載されていたはず。トラックやジープは荷降しのため空港内を走り回っていた。先遣隊員には張りつめた空気がみなぎっていた。

そんな中に、スウィニーたちが降りてきて、「ニード・トラッキ」などという悠長な会話ができるだろうか。

ここでぼくは、九月十九日スウィニー一行の大村入りが間違っている、ときっぱり断定した。

23

長崎新聞九月二十一日付。

この記事がなかなか示唆に富んでいることに気づいた。

大村にあった海軍病院は、長崎から二十四キロと離れていたため、原爆による損害はなく、多くの被爆者を受け入れ、治療をした。その先頭にたって指揮をとっていたのが、泰山弘道・海軍軍医少将であった。のちに「長崎原爆の記録」という本を出版している。その本に、長崎新聞九月二十一日の記事と関連する文章がある。

1945年の九月二十五日午前十一時頃、病院の玄関に三台のジープが着き、米軍の医官で原子研究班のバーネット大尉以下の一行が降りてきた。通訳によると、一行は長崎市内をまわって被爆患者を診、研究をしているのだが、この病院には沢山の患者を収容しているので調査にきた、ということであった。各病棟を案内して休憩に入ったとき、バーネット大尉が次のような相談を泰山院長にもちかけた。

『この病院は患者が多いだけでなく、治療や研究の設備もよく整っている。茂木のビーチホテルから毎日通うよりも、ここに研究本部を置きたい。そうすれば時間を浪費することなく能率的である。この病院で我々数名が宿泊することを引受けてくれまいか。食料は持参するから迷惑はかけない』（「長崎原爆の記録」）

泰山院長は承諾した。

翌二十六日午前九時、バーネット大尉以下、ウイップル大尉、ホーランド中尉、ブランデッジ中尉、オリック中尉の五人が大村海軍病院に居を定めた。夕刻、バーネット大尉と食事をしているところへ、「原子研究部長のワーレン陸軍軍医大佐が来院され、バーネット大尉が率いる原子班のことをよろしく頼むといわれた。」

ここに登場する人たちが、九月十九日に大村に到着した調査班の一行であることはもう賢明なる諸氏はお気づきだろう。彼らは大村到着後、ビーチホテルに逗留して、調査を続けていたのである。大佐がいれば必ず秘書（タイピスト）がいる、補佐がいる。大尉がいれば補佐または助手がいる。この一行の総勢は、二十名はこえるだろう。もしスウィニーたちが、十九日にビーチホテルに宿泊したのなら、その人数は、ホテルの収容能力を超えてしまう。

スウィニーたちは十九日にはビーチホテルに宿泊していない。

それが確信でき、頭のざらざらが消えた。

（笹本征男氏のまとめた「日米原爆調査関係者名簿」によると、ウオーレン大佐の班員として、

ヘンリー・バネット大尉、

ハリー・ホイップル大尉、

ジョウ・ホーランド大尉、

Ｂ・Ｍ・ブランデイジ大尉
の名が記載されていて、泰山院長の手記にでてくる名前と一致している）

10　霧は晴れていく

24

ＮＨＫ広島には何度かよったことだろう。七度、八度。ここの視聴用の機械は古く、早送り、ストップモーション、巻き戻しなどの操作が非常にむつかしい。メモをとりながらの視聴はほとんど不可能だったし、問題点がどこにあるのか、掴みきれないままにメモをとるのだから、うちに帰ってから、しまった、ということになる。

何回めかの視聴のとき、頭を空《から》にしてビデオを視ていてハッと気がついた。スウィニー一行に着いて長崎に行き、写真を撮ったウイルバー・ライオンとはいったい何者か。素朴な疑問にぶっつかった。番組では、５０９群団のナビゲイター（航法士）と紹介している。変だ、と気づいた。ナビゲイターはセオドア・ヴァンカークがいる。二人も必要ない。

ライオンがナビゲイターではないとしたら、彼は何者でなんのために長崎に同行したのか。

スウィニーの回想録を読み返して、気がついた。

これだ、と思った。

九月三日、喧噪の厚木飛行場へ着いたとき、輸送機をどけろ、と怒鳴られ、調布飛行場へ機を移動したときのことをスウィニーは次のように書いている。

「私は整備班長を連れてゆき、調布飛行場に約十分後に着陸した。」

この整備班長こそがウイルバー・ライオンである、そう確信した。飛行機の離陸まえ、着陸後には飛行機を点検する地上整備員が不可欠である。九月三日、降伏調印直後の厚木では整備員の現地調達は絶対に無理、それでティニアンから同行させた。確認できる資料はなにもないが、合理的な推理といえよう。ライオンはある意味、原爆投下にたいしては無責任である。写真を撮る気にもなったことだろう。もしかすると、写真撮影の役も命じられていたのかもしれない。写真の構図からすると、ど素人でもない。

そして、ある示唆をあたえてくれるのが、ウイルバー・ライオン撮影の写真十六枚のうち二枚が、スウィニーの回想録「私はヒロシマ、ナガサキに原爆を投下した」に掲載されていることである。

国防服を着た日本人男性が浦上の焼け跡の荒涼を歩いている後ろ姿の写真。もう一枚は、手前に神社の鳥居を入れ、遠景にぽつんと建つ大学病院の寂しげな写真。

回想録が１９９７年にアメリカで出版され、２０００年七月に日本で翻訳出版されたことを考えると、ウイルバー・ライオンの写真は、早い時期、たとえば長崎からティニアンに帰ってすぐ、あるいは以後恒例となる５０９群団の「同窓会」で、長崎行きの一行全員に配られていたのではないかとも推察できる。

25

番組をチェックして、もうひとつ重大な発見をした。

ナビゲイターのセオドア・ヴァンカークは、自宅の戸袋から「私的な飛行記録」と称するフライト記録表をカメラにみせながら説明するのだが、「九月十九日と二十日の飛行時間が、東京―大村の飛行時間と一致する、だから十九日、二十日で長崎へ行ったことがわかる」と説明した。

その東京―大村の前と後ろに、それぞれ七時間前後のフライト時間があるのだが、これにはなにも触れていない。この表をもう一度書いてみる。

九月十五日　六時間五十分
九月十九日　三時間十五分
九月二十日　二時間五十五分
九月二十一日　七時間五分

九月十九日のところを指さして説明する直前に、ビデオでは、日本語の訳がかぶっていないとこがあり、ヴァンカークのしゃべるその英語が、

"After arriving at Tokyo"

と聞こえた。これが天啓となった。本当にそういったのかどうか自信はない。が、この言葉が眼を九月十五日と、九月二十一日のフライト時間に向けさせた。

六時間五十分、七時間十五分。ティニアンと東京のフライト時間と合致する。ヴァンカークはティニアンから東京に来て長崎（大村）へ往復し、東京からティニアンへ帰っていっ

た。

ティニアンから東京までを空《から》で飛ぶはずはない。ティニアンから誰を乗せてきたのか。ウオーレン調査団長崎班（本隊）の一行である。

十五日に東京に着いて、十九日まで間があるのは、九月十七日西日本を襲った大型台風（枕崎台風）を避けたためと考えられる。

セオドア・ヴァンカークは、スウィニーたちと共に一度、そしてウオーレン調査団を乗せてもう一度、九月にあわせて二度長崎へいったのだ。その二度のことを彼は混同しているのだ。

26

それではヴァンカークがチャールズ・スウィニーらと長崎へ飛んだのは九月の何日か。

NHKのビデオを見ていてはっとしたのは、ライオン撮影の写真すべてに影があることだった。人の影、車の影。

二日続けて快晴、または晴れの日。

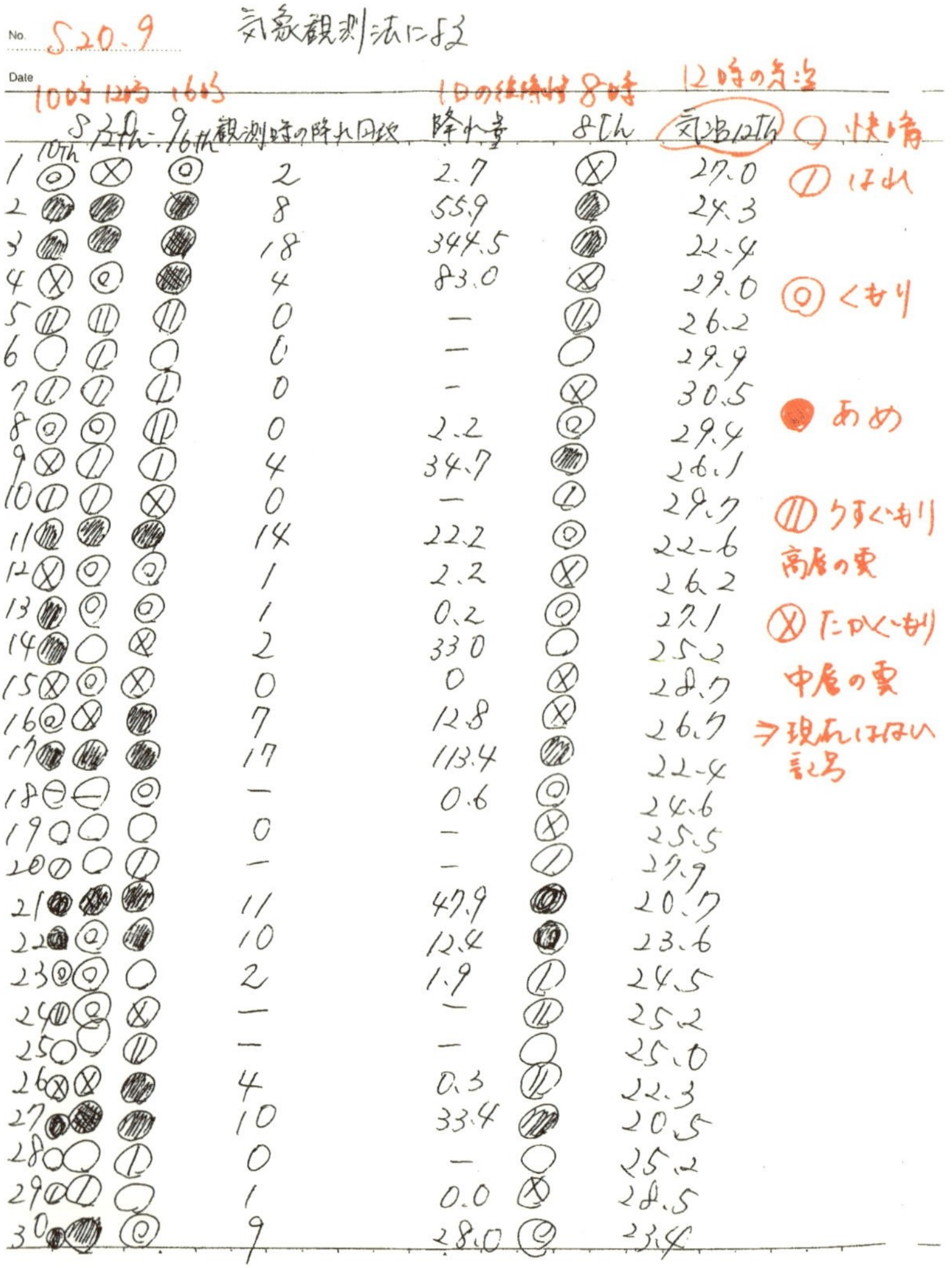
No. S20.9　気象観測法による

Date 10時 12時 16時　10の位置は8時　12時の気温

	観測時の降れ回数	降水量	気温12時
1	2	2.7	27.0
2	8	55.9	24.3
3	18	344.5	22.4
4	4	83.0	29.0
5	0	—	26.2
6	0	—	29.9
7	0	—	30.5
8	0	2.2	29.4
9	4	34.7	26.1
10	0	—	29.7
11	14	22.2	22.6
12	1	2.2	26.2
13	1	0.2	27.1
14	2	33.0	25.2
15	0	0	28.7
16	7	12.8	26.7
17	17	113.4	22.4
18	—	0.6	24.6
19	0	—	25.5
20	—	—	27.9
21	11	47.9	20.7
22	10	12.4	23.6
23	2	1.9	24.5
24	—	—	25.2
25	—	—	25.0
26	4	0.3	22.3
27	10	33.4	20.5
28	0	—	25.2
29	1	0.0	28.5
30	9	28.0	23.4

快晴
はれ
くもり
あめ
うすぐもり 高層の雲
たかくもり 中層の雲
⇒現在はない記号

共同通信の桜丘記者に電話した。あの年の九月の天気をひと月分調べてもらえませんか。わかりました、長崎海洋気象台へ電話して残っているようなら写してきましょう。桜丘さんはやっかいな仕事を気持ちよく引き受けてくれた。

三日もたたないうちに、手書きで写し取った天気表がおくられてきた。（別紙・天気表）十九日と二十日はふつかとも快晴で、秘かな予想を裏切られてぎくりとした。だが、六日と七日も快晴と晴れであるのをみつけ、これだと確信した。

スウィニー一行の長崎入りが六日と七日なら全てのことが合理的に説明できる。ざらざら感もない。

九月三日　東京へ着いてその夜は酒盛り
九月四日　東京見物（新聞社で通訳を雇っている）
　　五日　東京見物
九月六日　大村へ（ビーチホテル泊）
九月七日　長崎入り
九月八日　長崎発、厚木経由ティニアンへ

これが彼らの行程である。

なぜ、広島へ降りられなかったのかについては、つぎのような推測ができる。

八月十四日、米空軍は打ち上げ爆撃と称して、岩国駅を中心とした一帯に大空爆をした。目標には日本海軍の岩国基地（飛行場）もふくまれており、このため空港は荒れていた。九月六日の時点では、八日広島入り予定のファーレル調査団先遣隊受け入れのため、修復の途中であった。

これが説得力のある説明に思える。

11 心はナガサキに

27

おしまいは、参加したメンバーの特定である。

彼らがまったく隠密、単独で行動したようにみうけられることから、投下機二機（エノラゲイとボックスカー）のクルーのみの参加。そのうち少尉以上の士官のほぼ全員が参加したのではないかと考える。小さな根拠は、スウィニーが自著（回想録）であげている名前全てが少尉以上の士官だから。

投下機別に姓と階級を羅列してみる。

〈エノラゲイ〉

ティベッツ中佐。ルイス大尉。フェアビー少佐。

ヴァンカーク大尉。ビーザー中尉。（五名）

〈ボックスカー〉

スウィニー少佐。オルベリー中尉。オリヴィ中尉。

ビーハン大尉。ヴァンペルト大尉。（五名）

これに、機上でリトルボーイを組み立てた、パーソンズ海軍大佐とジェプソン中尉。ファットマンを制御したアシュワース海軍中佐とバーンズ中尉。（計四名）

この原爆担当の四人は、階級はあるけれども戦闘はしない、科学者である。ティベッツが1966年九月のインタビューで証言している「少人数の科学者たちの集団と共に、（長崎に行った）」というのは、この科学者のことかとも思われる。

さらに地上整備士のライオンと何人かの助手。ただし助手がいたとしても厚木まで。

また、ファーレル調査団先遣隊の何人かが乗った可能性はある。これも東京まで。

以上で「総勢二十人ほど」とスウィニーが書いた数字にちかくなる。ただ上記の推測はいつでも撤回の用意がある、固執する正確な根拠はない。

こうして自分なりの結論を得て、どこにも隙のない合理的なものであると確信してみると、「なぜＮＨＫは、素人でも発見できるような、大小とり混ぜいくつもの過ちをおかしたのだろう」と不思議に思えてくる。

寡黙な桜丘記者はＮＨＫと共同通信社との確執についてては、なにもはなさなかったが、ひとつだけぽつんと言ったことがある。

「ＮＨＫは２００１年の原爆企画をすでに進行中だったけど、ライオンの写真がみつかったので、急遽その年五月に、企画変更をした」

番組を点検すると、桜丘記者のいったことはうそではない気がしてくる。自分の経験からしても、ラジオ番組ですら三月にはもう取材をスタートしていた。テレビで、アメリカへの取材もするとなると、五月の始発は無謀の一語である。だから、ヴァンカークの記憶の混乱を、検討することもなく信じ込み、大学教授のお墨付きで補強して、形だけ「反原爆」風に整えた。

そんな邪推が頭をよぎってしようがない。

28

ともあれ、ぼくなりの結論を得たので、天気表のお礼もかねて、桜丘記者に文書で報告した。

返事は電話で、自分のほうの取材は進まない、それに、あるいは東京に転勤になるかもしれない、と桜丘さんは言った。よかったじゃないですか、栄転ですね、といったが記者の声ははずんではいなかった。

２００８年、桜丘さんの東京からの年賀状には、手書きで書き込みがあった。

「思いがけず政治部に異動して、原爆とは少し離れてしまいましたが、心はナガサキにいます。」

四十歳の年の差を越え、性差をこえて突き進んだ共同作業が、桜丘さんにも心に残るものであったことを、嬉しく思った。

（２００８年）

ポプラが語る日

1　あやの恋

どうやら幸田文《こうだあや》さんはポプラに恋をしていたらしい。一生を和服でとおした大正育ちである。梅檀《せんだん》とか楠木ならわからないでもない。すらりと背の高い、ロンバルディアの風をめいっぱい受けて育ったという風情のポプラとなると、それは、どんな感情が彼女の心に漂《たゆと》うたのだろう。

「木」と題する随筆集がある。その最終をポプラの章でしめくくっている。ポプラは不運な木だというのである。

マッチが発明され、その軸木にポプラが最適ということで、世界的な大乱伐にあった。清水なにがしという人が、フランス留学のおみやげにマッチの製造を日本に持ち込み、またたくうちに日本は世界の三大輸出国になった。

ところがいくばくもしないうちに家庭内からマッチが消え、最後のとりででであった煙草にも百円ライターがでまわって、日本ではポプラに注目する人などだれもいなくなった。

『燃えることもなく終ったポプラの不運をどうしたらよかろう。』

文さんは嘆く。

同情の心が恋にかわった。ねばっこい恋だった。

ある日、東京大学小石川樹木園のポプラがすべて伐採されたと聞き、伐ってひきとっていった業者を長野県まで追《い》いかけた。そこの製材所に懇願しマッチを作ってもらったのである。せめて最期はしかと見とってあげたい。

機械からリズミカルに吐き出される軸木の動きを見て、文さんはポプラが阿波踊りをおどって、楽しい別れの仕方を教えてくれていると感じた。

『ポプラは名残を惜しみにきた私へ、なんと愉快な踊りを贈ってくれたことか。』

パリにいたころ、偶然マッチをつくるフランスの短編映画を見たことがある。「七人の侍」が上映されるまえにかかったので否応なくみせられたのであるが、実におもしろかった。

実音のみで、音楽、ナレイションはなし。巨大な樹が切り倒され、運ばれ、切断され、裁断され、また運ばれ、十本ほどづつが鷲掴《わしづか》みにされ、先端を、赤いどろどろの液体に浸けられ、そこで初めてマッチを作っているのだ、とわかった。文さんが描写するマッチの踊りを、わたしはようくわかる。

『機械はガシャガシャと一定のリズムで揺れ動き、送り出される軸木もともにリズムに乗って揺れるのが、いかにも軽快だ。そうか、阿波踊りの楽しさに似ているのだ、と思い当てた。まさにその通り、軸木は正四角、同寸、白い肌で、起きたりかがんだり踊りつつ、ざっくざくざくときげんよく行進を続けていた。』

2　親友宣言

広島市基町河岸の一本のポプラは、運不運どちらを背負っているのだろう。近づいてなんどか問うてみた。かれは、どちらでもない、と都度言った。

「ボクはただ黙って立って、見つめているだけ」

場所を替えて対岸にゆき、寺町の、ふっくらとした水制工《すいせいこう》に座って眺めた。このポジションがかれをもっとも美しくみせる。

まず、満潮の川面に映る影がいい。水の際《きわ》すれすれに立つので、頂上から幹まで、そっくり影となる。

つぎに、人工の、揺れもしないクレドタワーを遊び相手にしているのがいい。その遠近の戯れがポプラを勇者のようにみせる。あるいは甲子園球場のマウンドにたつ、三人のランナーを背負った高校球児のようにみせる。いさましげでもあり、頼りなげでもある。

かれポプラ太郎は、昭和五十五年くらいまで、次郎と二本で並び立っていた。河岸の設計を依頼された中村良夫先生は、二本とも残したかった。残すためにデザインをなんどもやりかえた。けれども河岸に課せられた法の規制によってやむなく次郎を切った。

クレドタワーができてみると、あんがい一本のほうがよかったのではないか、と思える。中村先生は景観学の先駆者で、景観学というのは都市や自然のうつりゆきを三十年、五十年さきまで見据えてデザインをするのだそうであるが、タワーの、ぴったりの所への出現はさすがに予見できない。

「これでよかったんだよな」

太郎に問いかけてみる。葉を震わせるだけで答えない。

ポプラの葉の震わせ方は、遠くから見てもそれとすぐわかるほどに特徴がある。そよぎつつ葉の裏を見せ、なびきつつ葉っぱが回転するのである。枝の動きも、ヤナギ科特有の身のよじりかたをする。

葉柄《ようへい》が扁平《へんぺい》で、葉と直角についている。葉に向かって風が吹いても、葉柄に風が当たってもそよぐようになっている。重なり合った葉っぱがお互いによけあって、すこしでも多くの葉に陽光があたるようにしているのだ。

この、日本人のあいだでは絶滅してしまった謙譲《けんじょう》という行為にひどく感激し、私はポプラ太郎へおつきあいを申し込んだ。返事はなかったがかってに親友宣言をし、それから以降、広島市内の太郎の仲間を捜し求めることになった。

3　老醜《ろうしゅう》も消えた

広島観音高校の校章はポプラの葉である。当然ポプラが校庭にあった。旧二中時代、自慢の五十米プールを前景に、校庭をとりまく何十本ものポプラの写真が残っている。創立三年後の大正十三年に植えたものである。しかし、この写真のポプラはいま観音高校に残っている四本のポプラとは場所が違う。

二中がのちに、広島観音高校と名をかえたとき、観音小学校におしだされるかたちで校舎を移転をした。移転に際して、若くて移植のきくポプラは掘り起こして植え替えた。原爆の火を耐え、巨木になっていて移植不可能なものは、その枝を挿し木にした。

移転当初はポプラが並木をつくって高校の校庭にすっくと立っていたが、やがてなんらかの理由で並木は消滅した。それを惜しんだ同窓生が、創立四十周年（1962年）の記念に、もういちど復活の植樹をした。

それもいまでは四本のみ。多くが台風で倒れた。害虫にやられたのもいる。残った四本も、地上六米ほどのところで切られている。

巨木から降りしきる黄葉の落ち葉は、観光にはいいのだろうが、生活にはとてもわずらわしい。同じ町内に飛行場があったのも観音ポプラの不運だった。発着に支障をきたすやもしれず、と管制塔から申しこまれ、ふたつの理由が重なって、上部を切られた。天を突くように伸びるのがポプラの生き甲斐ならば、生き甲斐を絶たれた彼らはひどく落ち込み、衰弱し、アブラムシの、かっこうの慰みものと化している。

創立四十周年の記念誌に、二回生の森川寛さんは手記を寄せ、観音小学校に残る、二中時代の老ポプラを訪ねた時のことを書いている（1960年ごろの執筆と思われる）。

『そのポプラが運動場の東に数本今なお健在である。ひと抱えもあろうか、ごつごつの古木の足もとに、幾つも幾つも孫枝《ひこばえ》を連れている。鉄棒のあったところのポプラには、幹に大きな空洞ができて、腹腸《はらわた》をえぐられた老醜に見えて、顔を背けた。』

私も観音小学校を訪れてみた。

老醜はもちろん、ひこばえもなく、原爆の業火をあびてなお生き残ったポプラも、人の、別のなんらかの意思によって消滅した。ポプラのみならず樹木というものは「人のなんらかの意思」にはとても弱いのである。

4　ある朝、ポプラを探して

朝の六時、家をでた。車のラジオは昨日セットしたままの民放で、血液型占いをいっていた。「A型は、朝早く行動すると大きな収穫があるでしょう」

私はA型である。

〈ホテルとポプラ（元安川《もとやす》河畔）〉

道順で近いのが元安橋である。その下流三百米ほどの左岸に、四本のポプラがある、前夜、その話を聞いていた。たしかに、四本のポプラが河畔の歩道にそって立っていた。

一番大きい木が、上流から二番目のポプラで、直径三十センチほど、幹を濃い緑の苔でおおわれている。環境の悪いのが一目でわかる。一番小さいのは、ひとに例えるならば、栄養失調である。背はひくく、枝振りがわるく、葉もすくない。これが、毛髪碑の横、最下流にある。

ほかの二本はみためには普通に思えるが、夏七月、ポプラのもっとも得意の季節にありながら、葉が黄化し、季節はずれの落葉をはじめている。

いけないのは、根を歩行者に踏みつけられることであろう。そこは川の堰堤であり、ほんらいならば散歩ていどの人数くらいが通るものなのだろうが、繁華街の交通におされて、人はみなポプラの根の上をとおる。そして排気ガス、路上パーキングの車が放出するエンジン熱。もしかしたら騒音も。

イタリア・ロンバルディア地方の静閑を遺伝子にすりこまれている彼らであれば、この騒音は耐えがたいものだろう。

ここにポプラが植えられたのは、昭和四十二年（１９６７年）ころである。

ポプラのいる岸の川向こうは平和記念公園であり、その一角の新広島ホテルが市長官舎であった。山田市長は早起きで、散歩ずき、早朝公園をみまわっては、気のついたところに改善命令をだす。芝生内のクローバーを抜くこと、石垣の雑草を刈ること、ベンチの汚れをおとすこと。

ある日、どえらい指示がきた。

「平和記念公園は聖域だ。元安川のホテルのネオンを樹木でかくせ」

この指示は秘書課経由で公園緑地課長へ来、そして栗栖典三さんが担当に指名された。

栗栖さんの述懐を紹介しよう。

『ネオンの位置が高いため、或る程度隠すためには高さ二十米の樹木が必要でした。当時、そのような樹木はありません。またすぐ実行しないと不機嫌になる市長の性格から、宇品苗圃で育成中の高さ六米のポプラ十本位、ホテルの前面に植えましたが、ネオンは隠れません。

課長がポプラを植えたことを報告すると、あんのじょう、市長は機嫌が悪く、しぶしぶ納得されたそうです。』

（「水と緑」十号、２０００年）

四本のポプラはこのときの生き残りである。栗栖さんがこの文章を書いたときには、まだ五本のポプラがのこっていた。いまは四本である。

「ポプラの木全体がおおきく傾《かし》いでね、台風じゃあなくて、自然にね。あぶない、あぶないいってたけど、なかなか伐ってもらえなくて」

宮本さんは、四本になるその時のことを知っていた。いちどかしいだポプラがややあって、かしいだままで安定期にはいった。それを待っていてクレーン車がきて伐採したという。

落葉《おちば》の掃除はたいへんでしょう、と聞いた。

「ええ、大変なんですよ、ポプラだけでなく、ここは供木運動のとき植えられた木ですから、いろいろな木があって、落葉は年中なんです。

ポプラもね、綿毛のとぶのは見たことありませんけど、黒い粒がいっぱい落ちてきますね、四月ごろ。袋に詰めて捨てるほどあるんです」

そう話した。早朝の会話はよく弾む。

宮本さんは、ポプラのある河岸から、車道をへだてた宮本ビルに住んでいる。二十年来、この通りの落葉を掃いているといった。

ポプラを植えたのは、ホテルのネオンを隠すためだったそうですよ、と告げ口をすると、「そうでしょう、アルプスでしょ、モナコでしょ、ナポリでしょ」と、十くらいのホテルの名をあげて、いっぱいありましたからね、と笑いながら言った。

〈フェニックスとポプラ（吉島《よしじま》公園）〉

羽衣《はごろも》町の吉島公園には、多くの樹木にまじってポプラが一本だけ立っている。そうとう大きい。千田《せんだ》町の方向から来た車が、吉島方面へ九十度にまがるかどのところにある。幹がまったくみえない、脇芽がびっしりまとわりついている。そして、根のちかく、二か所にルートサッカーによるひこばえが五十センチほどに伸びている。

ルートサッカーとは、ヤナギ科ヤマナラシ節、とくにアメリカヤマナラシとギンドロによくみられる、一種の繁殖様式である。たとえば山火事で幹がやられた場合、五センチ内外の深さをはしる地表根から芽をだして、二世を復活させる現象である。ポプラにもっともよくみられる特技なのであるが、眼のまえに見ると、なにか危機を訴えているようにも感じてしまう。

この公園はさほど広くはないが、まるで植物見本市みたいにいろいろな樹木がある。おどろくのは、ポプラのすぐそばに巨大なフェニックスが二本あることだ。ポプラは北緯四十度より北で元気な木、そしてフェニックスは南のシンボル樹木。おそらく供木運動のとき、各県、各国から贈られてきた樹木が、いったんここ吉島公園に集められ、平和大通や平和記念公園、河岸などに配分された、その残りが大きくなったのではなかろうか。

樹齢を、ベンチにすわって朝涼みをしている老人に問うてみたら、

「フェニックスの樹齢《とし》は五十年」

きっぱりと答えた。七十歳くらいのひとだから、ずっとみてきたのかも知れない。ポプラもそれくらいの年齢に見えた。


〈綿毛あり（旧広大構内）〉

旧広島大学の千田町キャンパスは、二年間かよった学校であるにもかかわらず、レンガづくりの理学部を残してすべての建物がなくなってしまうと、思い出すことがなんにもなくて驚いてしまう。

校門はさすがに覚えていた。なんとか研とかなんとか集会の看板が群がり、乱れ立っていたものだ。

正門をはいってやや歩くと、左手は建物がとり払われてなにもなく、三本のポプラが見通せた。三十米はありそうな巨木である。私の頃からあったものだろうか。覚えがない。

三本の樹は、根元を丸いコンクリートでかこまれ、盛り土で補強してある。台風対策であろう。ポプラは根が浅い。

かれらを見たとき、違和感にうたれた。とっさにポプラとは判別できなかった。葉の、特有のそよぎかたで確信をしたが、なぜすぐにそれと判別できなかったのか、しばらく考えた。

樹型が、元安川、吉島公園のかれらとはことなっているのである。すっくと上を目指していない、やや枝を張りぎみに立っているのだ。雌株《めす》ではないかと直感した。

犬の散歩のひとたちが行き交う、そのうちのひとりの女性にきいてみた。

「綿毛の飛ぶのは見たことありませんね」

との返事。

「えーっと」

すこし考えて、聞いてみてあげましょう、といい、携帯電話をとりだした。日頃は軽蔑しているケータイが、けさは嬉しかった。

相手は出ないようであった。ヤマシロさんは私の家の番号を聞き、のちほど電話をしてあげます、といった。

「わたしが聞く人は広大理学部の卒業で、植物を研究しているんです」

これほどの幸運はない。

私の電話番号を入力しながらヤマシロさんは、

「あちらの理学部側の入り口にプレハブの建物があって、そこに、構内を清掃されるおじいさんがいますよ」

と、いった。理学部側の門へまわり、清掃するひとを校道に探した。落葉を掻いている小柄で、日に焼けた、がんじょうそうな人がいた。声をかけると、話しかけられたのがさも嬉しい、とでもいうように、はいはいと大きな返事があった。

もしかして、ポプラの木のあたりで綿毛の飛ぶのをみたことはありませんか。

「ええ、ええ。あれはポプラが出すんですか。掃きよってね、なんじゃろうか思いおったんですよ。黒いもんが入っての。イガイガするもんか思うたら、そうでもない。なんじゃろうか、思うての」

大収穫である。広島には雄の株しかない、と聞いていたからである。

話し好きであるらしく、スガナミさんは、自分も小さいときポプラの葉っぱをとりに二中まで行っていた、といい、さらに、

「いまでも高校生が、ポプラの葉っぱでケンカごっこをしおりますよ。親が教えたんでしょ

うかの」

と、教えてくれた。

5　ポプラ舞う

広島市内には、このほかＲＣＣ（民放）の北詰緑地に若いポプラが二本ある。先《せん》まではあった、というのは広大東雲《しののめ》分校の講堂わき、かなりの大木、三本だった。広島にすごい塩害をもたらした平成三年の十九号台風で一本は倒れ、二本を伐った。

戦後すぐのころには、似島《にのしま》の曙寮にいっぽん。これも台風であっけなく倒れた。

呉市をみると、広・豊栄《ほうえい》新開の県立ろう学校の校庭に六、七本。

黒瀬川沿いの広島国際大学呉分校に二本。

この二本には注釈がいる。

近畿大学が広島国際大学に呉キャンパスをゆずったとき、なんらかの意思で、大学と隣の呉商業高校との境界にあったポプラ並木を切ってしまった。アスファルトで固めたので並木は消滅したが、ポプラはその特技を発揮して、隣接する呉商業高校のグランドに伸びた根からひこばえを生み出した。ひこばえは一群が二十本くらいあり、それがふたむれある。これを二本と数えていっている。これにもいずれはなんらかの意思がはたらくだろう。「不法侵入」とかの。

とりあえず目に付くこれら現存の、広島と呉のポプラはみな戦後育ちである。そして、呉市のポプラは、広・弁天橋の、つい何年か前までここにあったというのを含め、国立呉病院の、昭和三十一年の写真に写るそれも含め、いずれも旧海軍の所有地だったところにある。

庄原市七塚原《ななつかはら》にある、広島県立畜産技術センターのポプラ並木は、人の手で植えられたものとしてはおそらく日本で一番ふるいポプラ並木ではなかろうか。センターの前身は国立の種牛牧場だった。明治三十三年（1900年）の創立である。六年後にできる北海道の月寒《つきさむ》種牛牧場とならんで、日本で二つだけの国立種牛牧場だった。地元にある和牛育成への強い熱意と創意工夫とを背景に、和田彦次郎はここへ種牛牧場を誘致した。和田は農商務省の農務局長で広島県北（現三次市向江田）の出身だった。

創立の記念に櫻とポプラとを植樹した。北大のポプラ並木よりも十二年はやく植えられている。その後三回にわたって更新をかさね、並木を維持してきたが、いまあるのは、平成二年に創立九十周年を記念して植えなおされたものである。

と、これが牧場や技術センターのOBの人たちが語りつぐ、七塚原のポプラである。

このポプラには柳絮《りゅうじょ》がみられる。

柳絮とは、種子を綿毛でつつんでふうわふわと風に乗り、四キロも五キロもの遠方へとんでいく現象で、雌の木だけにおこる。

札幌市では柳絮があたりまえに見られるそうだ。大阪・池田市の石橋南小学校でも校庭の四本のポプラからこの現象がみられた。ところが、台風で一本が倒れると柳絮がなくなった。近所のひとから苦情もでていたし、よかった、とほっとしている。思えば倒れた一本が雌の木だったのだろう。

ベルリンは地下鉄の駅にも綿が舞う。シルクロードのオアシスでもふんだんに飛ぶ。北京のそれは圧巻である。まるで西日本にふる初冬のボタン雪のような、でかいのが、真横から吹きつける。傘がいる。

柳絮はポプラにとって次世代維持のだいじな営みであるが、人間にはやっかいものである。なんの役にもたたない。服にくっつく、網戸を目詰まりさせる。札幌市の白石区ではかつてポプラを区の木に指定して植樹をすすめた、ところが綿毛が網戸をつまらせるなど、評判はさんざんで、区の木の変更を検討せざるをえなくなった。

ポプラ夫人にとって不運なのは、種子が無くても挿し木で増やせることで、品種改良をするため以外には雌は必要なくなっている。人間の世界とは反対である。

がいして外国のひとたち、なかんずく中国のひとたちは日本人ほどには柳絮を毛嫌いせず、寛容であるように思える。

柳絮という言葉は中国からわたってきたのであるが、「絮」の字は綿を意味する。辞書の三つ目の意味は「しつこい」。中国のひとたちは綿のあたたかさを想い、日本人はそのしつこさを嫌う、のだろうか。

6　ポプラのブーム

ポプラは育ちがはやい。一日で最長六センチも伸びる優秀な品種もある。ふつう、三十年もすると壮年期にはいり、五十年くらいが寿命とされている。外見《そとみ》にはなんでもないものが、ある日ばざざっと音を立てて枝が折れ落ちる。折れ口をみると、無惨に朽ちている。

台風が来れば老若をとわずなぎ倒される。根が浅いのである。都会の並木には使いにくい。

ところが、日本でポプラがブームになったときが三度ある。

はじめは北海道にきた。明治政府ができてまもないころ、北アメリカから種子が輸入された、文明とともにやってきた。文明先進国アメリカへのあこがれとともに、気候のにた北海道で植樹がすすめられた。

明治の中頃になって、一人の日本青年（田代安定）がロシアのペテルスブルグへ渡った。かれは農商務省の職員で、ペテルスブルグで開かれる万国園芸博覧会の事務方として派遣されたのである。

おりもおり、陸軍大臣の大山巖がその地を訪れた。そのとき青年は、ポプラの種子を大山に手渡し、

「ポプラは火薬の材料として有用であるとの説があります。小石川砲兵工廠とか各地の陸軍用地に蒔いてためしてみてください」

と、いった。

大山はそれを実行した。軍の施設にポプラがあるのはこのゆえだ、という。

田代自身も帰国後、農商務省を通じて各地にポプラの種子を配布した。七塚原のポプラ

は、この種子のながれではないか、と私は考えている。

次は大正デモクラシーのころである。

呉日々新聞にこんな記事がでた（昭和三年五月十五日付）。

『呉市大通の街路樹を整理する』と題してつぎのように書いている。

『街路樹《がいろじゅ》の植込《うえこ》みは従来其付近《じゅうらいそのふきん》の町民《ちょうみん》から寄付《きふ》されたもの多《おお》く幅員《ふくいん》のせまい道路《どうろ》にも無《む》断《だん》で植《う》へられたものもある』

そういった街路樹を整理するかたわら、

『以前《いぜん》植《う》はってゐた柳松《やなぎまつ》などは非文化的《ひぶんかてき》なのでこれ等《ら》は一切《いっさい》抜《ぬ》きすてプラタナス、アカシア等時代《とうじだい》にふさはしい緑樹《りょくじゅ》を植込《うえこ》む方針《ほうしん》である。』

と、呉市の方針を伝えている。

時代にふさわしい樹木のうちには、ポプラも含まれていたらしく、その四年後に発行された呉市観光パンフレットには、

「呉市が古い柳とポプラ、アカシヤ、等の街路樹に恵まれてゐることは一つの誇りでせう。」と、予定通り街路樹の文明開化が実行されたことをおしえている。

県立呉高等女学校、大正十一年撮影の写真には、学校と道路との境界に、かぞえて十六

本のポプラが植えられている。冬の撮影らしく、葉が落ちて裸の木ではあるが、ポプラ、ポプラと血眼になっていた私にはすぐに判別できた。調べてみると、この学校は現在呉三《み》津田《つだ》高校となっているのだが、戦後の一年間を「白楊高校」と名乗っていた。白楊とは中国でポプラのことをいう。

第三回目は、被爆のあとの広島市にきた。うちひしがれていたように見える広島で、はやくも昭和二十一年には復興のための都市計画が決定されている。計画のおおきな特徴が緑地帯であった。広島城を中心とする広大な陸軍跡地、百米道路（平和大通）、平和記念公園。この三つをかしらに数多くの緑地、公園を計画に見積もっていた。すさんだ市民のこころを、緑で支えようという意図である。「街に緑を」という合言葉をつくり、緑化の具体的な樹種として、二、三年で育つヤナギ、ポプラ、センダン、フサアカシア（ミモザ）を緑化第一期生にえらんだ。

ポプラ用の苗圃《びょうほ》は市内に三か所あった。

基町の現在バレーボールコートがある所からRCCのあるところまで（広島県管理）。広島市の苗圃では、いまの東雲《しののめ》公園と、旧東練兵場の東照宮ちかくにポプラが植えてあった。三つのうち二つはポプラ専用というわけではなく、ほかの苗木とともにそだてられたのであるが、東練兵場の苗圃だけはポプラ専用になっていて、三十本くらいが出番をまっていた。これが、じつは「隠し苗圃」とでもいう類《たぐい》の私的な苗圃であって、ポプラはのちに宇品の苗圃に移されてしまった。

一年たつとポプラをはじめとする緑化第一期生は植樹可能となる。苗はおもに公共施設に無料で配られた。希望する町内会にも無料で配布された。植え付けは失業対策事業に従事する人たちがおこなった。

大段徳市さんは、そのころの広島を精力的にカメラにおさめた人である。時間をおいて一年後、二年後と、のちのちも同ポジションでおいかけた。

その写真をみると、基町市営住宅地にはたくさんの木が植えられたのがわかる。のちに中央公園に予定されている一帯には、ことのほか多くの樹木が植えられている。「街に緑を」の成功例だろう。

市営住宅のある広島城周辺は、陸軍の軍用地であり、戦争と、戦争によりひきおこされた原爆投下と、そういう忌まわしい記憶をいっこくもはやく消し去りたい、そういう思いがあったのだろう、軒下ほどのセンダンやフサアカシアが各家の庭を埋めつくしている。

その中央公園予定地に、ふいにポプラが顔を出す。一本のこともあり、一年後には同じ位置に二本のこともある。ここにあるかと思えば二年後の写真ではなくなる。本数の変化、自在な出没のしかた、これにはすっかり惑わされる。

記録をみると、昭和二十八年には市全体で二百四十四本のポプラが植えられている。昭和四十五年には四百二十九本に増える。五十年になるといっきに減って二百本。ポプラブームの終焉《しゅうえん》である。

この二百本のなかに、太郎と次郎が混じっていた、というのは私の確信である。

苗にするための、もとになる挿し木をどこからもってきたのか、これがはっきりすれば太郎の系譜がつくれる。

私は観音小学校の、被爆に耐え、芽吹いた枝が活用されたのでは、という想像を頭の中でころがして楽しんでいる。これは私の当てずっぽうではない、こんな話を人づてに聞いたからだ。

「街に緑を、の頃のこと。ある植木業者が市からポプラの苗を発注された。どこをどうすればポプラが手にはいるのかさっぱりわからず、手がかりを求めて業者は山のなかの町を歩いた。するとポプラが一本見つかった。しめたと枝を切ってきて必要本数を納入した。大もうけした。もう時効だからはなすけど。」

こういう話である。

山のなかの町を歩いた、のところを私は「観音小学校のあたりを」と置き換えてみたのである。

あたっていれば、基町の私の親友は被爆二世ということになる。

7　原爆スラム

被爆二世のことはおいておくとしても、かれポプラ太郎、ポプラ次郎が「原爆スラム」の伸張、拡大とともに青春時代をすごしたのは確かである。

昭和二十五年ごろより、相生橋《あいおいばし》から三篠橋《みささばし》へかけての堤塘敷《ていとうじき》、約一・五キロには家を失った人の小屋が建ち並びはじめ、昭和四十五年くらいまでのあいだに、およそ千五百世帯、三千人ほどがここで暮らすようになった。

堤塘敷は国有地である。税金がかからない。だが、不法な占拠である。

夜のうちに柱を四本立て、様子をうかがう。だれからも、どこからも文句がこなければ、二、三日後にいっきに屋根を乗せる。住みながら内部を造っていく。占拠の完了である。

もうひとつの方法は、どこか別の場所で小屋を組んでおいて、目ざす場所には縄張りをしておく、どこからも文句のでないのを見極めると、ある夜、馬車にのせた小屋を運びこみ、縄を張った所に置く。占拠の完了である。

スラム街形成の初期の頃はこうやって住処《すみか》を建てた。おもに、被爆して家と仕事を失った人、朝鮮半島の人たち、郊外から仕事を求めてやって来た人たち、そういった人を核にして街組みが形成されていった。

土手の道筋から次第に河川敷へと家並みが拡がっていった。平和大通の建設工事が進むにつれてそこから追われた人がここにもぐりこんだ。平和記念公園の造成工事が進むにつれ、そこに住んでいた人が追われてここに入り込んだ。

そのころになると、各人が自分のおもわくで建てるため、迷路のような道行きとなった。小屋を建て、それを一年分の収入に相当するほどの権利金を取って売る、そういう人が現れた、やや大きめの家を建て、部屋貸しをするひともでてきた。スラム成金とよばれるひとにぎりの成功者である。

住まいの条件はもちろん劣悪である。

下水道がないから、雑排水や便所が垂れ流し状態だった。およそ六年をここで過ごした永野和子さんはこういう。

「トイレはぽっとん便所といって、もう、(大便が)くっついてくるようなんですよ。雨が降ってきたらもうでけへん。大きい方は絶対できない。あふれてくる。」

ブタを飼うのを生業《なりわい》にする人もいくにんかいたから、街全体には一種異様な臭気が漂っていた。

上水道もない。それで五、六人がお金をだしあって井戸を掘った。だが、川の塩分が薄くまじっていた。しかたなく(なんらかの話しをつけて)隣接する木造市営住宅の共同水道から分水させてもらった。糸のような水でも、でるのはせいぜい夜中にかぎられる状態だった。だから、洗濯はまず井戸の塩混じりの水で大洗いをし、そのあと、共同水道からひいた共同水道で夜中にすすぎ洗いをするのだった。冬のあいだはどうしたのだろう、私には想像もつかない。

電気はすぐにつけてもらえた。電力会社も商売である。

いちど作ったものを何日にも分けて食べるためには、冷蔵庫は絶対の必需品だったから、ひとびとはまず青い冷蔵庫の購入を夢見た。つぎにテレビ。

スラムにいることで差別され、テレビのないことで友達の輪からはじきだされる、そんな子どもの姿をみるのがつらかったから、親たちはなんとしてでもテレビを買ってやりたかった。

盗電をする人もいて、しばしば停電が起きた。電力会社は二本の電柱を並立して送電をした。一本が主、もう一本は予備である。

郵便は、たとえば「基町相生区馬碑《ばひ》下三軒目」とか「二本電柱横五軒目」とでも書いていれば、迷路をくぐり抜けて郵便配達人は確実にとどけてくれた。

貧しい暮らしの中で、疲れはてた親たちを慰めたのは、遊びをせんとや生まれきた、子どもたちの歓声だっただろう。ある夏の日の三日間、午後二時から二時半までのあいだ子どもたちはどんな遊びをしていたか、それを調べた記録がある。上流の三篠橋から下流の相生橋までをその順に列挙してみる。

ふたりで川遊び
三人でたむろ

ふたりでポップコンを食べている
堤防の上の道で水遊び（二人）
五人ですもうをとっている
七人でハンドボールごっこ
四人でキャッチボール
四人でドッジボール
堤防の上の道にたむろ（二人）
桶の水で水遊び（一人）
堤防の上の道でたむろ（三人）
堤防の下でたむろ（二人）
三人でままごと
その向こうにたむろする三人
五人でシャボン玉をとばしている
古い材木の上にたむろする（五人）
川魚を釣ってかえりのふたり
川でみみずを掘っているふたり

五人でボール遊び
三輪車に乗るふたり
畳みを敷いて柔道をしている（六人）
8の字遊びの七人
川のへりで花火遊びの三人
おばあさんと一緒に子守り
お好焼屋の前にいる六人
アイスクリームをたべてる（三人）
ジュースを飲んでる（ふたり）
しゃぼん玉遊び（ふたり）
三人でたむろ
紙ヒコーキで遊ぶ（三人）
廃品の山にたむろしている（四人）
ふたりでバレーボール
堤防の道でたむろ（四人）
卓球をしている（ふたり）

空鞘《そらざや》橋の上で釣りをしている（二組十五人）
水辺で遊んでいる（五人）
三人でままごとをしている
まんがを読んでいる（四人）
自転車を持つ児を中心にたむろ（五人）
アイスキャンデーをたべている（五人）
ままごとをしている（四人）
ベンチに座って絵を描いている（三人）
シャボン玉遊び（三人）

太郎と次郎は、こうしたスラムの暮らしをちくいち見ていたのである。

8 相生の女

永野和子さんを水にたとえるならば、関西訛のスポーツドリンクである。うすい甘みがあって、飲み口さわやか、飲むとおなかから力が湧いてくる。

高校生のころ識字《しきじ》活動にとびこみ、相生地区のこどもたちに字を教えた。通い半分、住み込みで半分、およそ六年間を仲間とともに、こどもたちと過ごした。

ここのこどもたちは、学校にいかない、行けない。三分の一くらいのこどもが慢性的に長期欠席者であり、相生地区のこどもの通う白島小学校には、夜間小学校が設置してあるほどであった。欠席の理由はというと、十人のこどもがいれば十のいいわけがある。

弟や妹の子守をしなければならない。

川へいっておかずの魚を釣ってこい、と親にいわれた。

鉄くずを拾いにいく。売りにいく。

学校へいってもおもしろくない。

病気。家の留守番。学費が払えない。

北のやつとケンカした。

お母さんがお経をあげてばかりでご飯をつくってくれない。

親の内職を手伝わなくてはならない。

学力の低下していくこどもたちを集めて、勉強を教える。これが識字活動の目的であった。

彼女は若かったし、トンチがきくし、義侠心もあったし、こどもたちは「少年団のオネエチャン」と呼んで慕っていた。

「焼き肉屋でこのへんのオッチャンたちがみな、刺青はだけたままで飲んでいて、風呂帰りの私にからんできて。

そばにいた子どもたちが、

あっ、少年団のオネエチャンだ、ってわたしにいったら、

あ、どうもいつもお世話になっておりますう。とかいって、ものすごう怖そうなおっちゃんが。こどもに勉強教えてたからね」

そういう関係を築いていた。

相生地区には、人情と凄惨と悲惨とがとなりあわせに渦巻いていた。永野和子も、ポプラどうよう、それを見ていた。点鬼簿《てんきぼ》と題する彼女の詩集から紹介しよう。

『　美智子

博多人形を想わせる横顔の美しい
美智子

名前が高貴なお方と似ているけど
生まれとかが違ってさ
自分の名も書けない
この街の女。

買い喰いが好きで好きで
腹が減って腹が減って
息子のパンまで取り上げて喰っちまって

土方の親父《おやじ》に杭でも打ち込む様に
石で殴り殺されちまった……

この街の女　　』

美智子の葬式を地区のひとたちが出すことにした。遺体がみつからない。どうしたのだ、と親父《おやじ》にきく、病院へ検体用に三千円で売った、これでふた月食える、とこたえた。

地区のひとたちが凝然としていると、

「ＡＢＣＣにとられるよりまし」

と、広島のひとたちが抱くＡＢＣＣへの不信感を、ずばりといってのけた。

9　大　火

基町の原爆スラムが、山谷《さんや》とか釜ケ崎などと決定的に違うのは、人が定住していることである。市内や県内などに親戚のあることである。その人たちが仕事を持っていることである（たとえ一日ごとの失業対策のしごとでも）。妥当な家賃の住宅が提供されれば、いつでも引っ越すつもりが多くの人にあったことである。

だから、この人たちには住民意識があった。基町自治会から独立して相生自治会をつくったのはそのひとつのあらわれだ。

自治会費でおおきめの部屋を借り、相生集会所とした。疫病の防止のため、保健所から薬品をもらって定期的に散布をした。初期消火のために小さいながらも手押しの消防車を買った。ボヤていどの火事なら消すことができた。万一の火災にそなえて、そこここに空き地をつくった。市の消防車が入れるよう配慮したのである。そこには絶対に小屋をつくらせなかった。

スラムの住民がもっとも畏《おそ》れたのは火事であった。マッチ一本で、灯油をかけたとんどに火を着けるように、たやすく燃える。

一番の大火は昭和四十二年七月におきた。二十七日午後二時四十分出火。広島市内の三つの消防署から二十八台の消防車がかけつけたが、狭い迷路に阻まれて火元に近づけず、やっとホースをのばしても水圧がなかった。二時間かけて六十一棟を焼き、百七十一世帯五百三十二人が焼け出された。

「目の前に川の水があるのに、ホースが足りなくて水が来ない。来て、消火にあたっているると、輻射熱で後ろの家が突然燃えだし、火に囲まれてしまった。眉がじいと焦げるのがわかった。」

消防署員の思い出ばなしである。

焼け出された人たちはほとんどの人が仕事で家にいなかった。やっと買った冷蔵庫は火の中で、テレビも水浸し。現場には「アイゴー」の叫びが飛び、老女が焼死した。

火災の原因は田中アパートの住人が、そうめんの汁をプロパンガスのコンロにかけたまま、昼寝をしてしまったことであった。


この時、偶然八ミリカメラでこのあたりを取材しているアマチュアカメラマンがいた。松原博臣さんは対岸の寺町にいて、この火事を水制工の丸い石組の上から撮影した。火と煙は右から左へたなびき、小型の原子爆弾炸裂とでもいえよう、巨大な黒煙がたちのぼる。河べりの窓から干潟に家財道具を投げ出すひとたち。目算およそ二百人の野次馬が空撮の写真に写っている。いや、野次馬ではない。多くが土手向こうの市営住宅のひとたちで、飛び火をすればわが家もひとたまりもない、それを懼《おそ》れて監視しているのだ。火勢のもたらす上昇気流、それにつれてゆらりゆらと揺れる一本のポプラ。八ミリフィルムに映っている。

これが太郎であるかどうかは、わからない。しかし、この大火の鎮火したところは、いま、太郎の立っているあたりである。太郎ならとなりに次郎もいるはずなのに、ひとりだけで揺れている。

永野和子さんは、二本仲良く立つポプラを見ていた。それは川のすぐ際《きわ》(太郎の今いる位置）ではなく、堤防の、どどどっと下ったつけ根のところだった、二本とも火災にあった、という。ポプラのまわりに小屋はなく、空き地にしてあり、子どもたちの遊び場だった。この緩衝帯がポプラを救った。

火災の直後に見たポプラを彼女はこういうふうに描写する。

「ものすごうポプラが風にはためいたん、覚えてるね。ものすごう青々として、ものすごうキラキラ光ってたんや。下の方は焼けてるんですよ、だけど上はもう青々として、ハタハタとしてて」

ポプラの緑青にいのちを感じたのだろう。ものすごう、の連発である。これが太郎、次郎なのかどうかわからない、ではないとしても、ここ相生地区のどこかにいて、その暮らしと哀しみとを見ていたであろう。火災のあとの、白島や基町町内会からの炊き出しオニギリにぱくつく失意の大人たち、久しぶりの満腹に笑顔の子どもたち、そんなことを見ていたであろう。

それは間違いない。

10　人間、恥ずかしいないか

この火災の火元となったのは、田中アパートである、田中秉九《へいきゅう》さんの経営だった。大火だったということもあるし、相生地区の火災としては、はじめて焼死者を出したということもあって、「田中アパート」の文字は中国新聞の、四日間八回の関連記事のうちに、九回登場する。読むうちに田中アパートには負のイメージが強くまとわりつくようになる。焼死した佐藤マスイさんの死にざまが報じられると、ますますその思いは強くなる。

『午後五時、心配されていた焼死者が出た。田中アパートの一階から、うつ伏せになった老女。右腕がなくなっている。「佐藤のおばあちゃんだ」。誰かが叫ぶ。出火直後、近くの無職大久保よしえさん（53）はからだの不自由な佐藤マスイさん（56）と一緒に逃げようとしたが、佐藤さんは、「道具が……」と大声で家に戻ったという。』

（中国新聞昭和四十二年七月二十八日付）

道具とはなんだったのだ。右半身が不自由だった佐藤さんのリハビリの道具か、家財道具か。なぜ右腕が失われることになったのか。悲惨である。

新聞はこの大火の背景をつぎのように指摘している。

『原爆スラムの大火は今回が四度目。今度焼けた地域は（昭和）三十七年六月、三十八年一月に次ぎ三回目。なぜ、再三同じ地域が焼けるのか。』（同七月二十九日付）

と問い、その答えをこう書く。

『不法建築街でありながら、焼け跡管理を怠り、家屋を再建させたことも、その原因である。ただ、それ以上に根本的な住宅対策を立てなかったことが家屋再建につながったと見られ、広島県や広島市の怠慢が改めて指摘される。』

ひとつ前の昭和三十八年一月の火災は、三十一日午後二時四十五分出火、五十五世帯百七十五人が焼け出された。アパート住人の暖房器具の不始末が原因だった。出火元のアパートは、田中秉九《へいきゅう》さんの経営であった。

河岸を管理する広島県と広島市は、この焼け跡に家を再建させない方針を、いったんはうちだしたが、代替の住宅を、仮設のものですら供給することができず（その方策をもたず）、住民に押し切られるかたちで焼け跡への再建をみとめたのであった。

新聞はここのところを衝いたのである。

三十八年一月の火災にあったおおくの人が、ふたたび今回、四十二年の大火の被害者となった。しかも田中秉九《へいきゅう》さんはふたつの火災の、出火元の経営者である。

記事を書く記者の頭のなかには、行政の無策にたいするいきどおりがいっぱいあり、少しではあるが、火元のアパート経営者への、貧者のなかのひとにぎりの成金へのやるせない怒りがあって、それが滲《にじ》みでてきたのではないだろうか。

田中秉九《たなかへいきゅう》。

創氏を宋秉九《ソンピョング》という。

朝鮮・慶尚北道金川の生まれである。

金川は朝鮮でもきわめて貧困な地域で、韓日併合いらい、日本へ移住する人がおおかった。

宋秉九《ソンピョング》も田んぼのすべてを売りはらい、家財を売って広島へきた。昭和八年十月六日であった。十年苦労して金川へ帰り、家も田畑も買い戻そうというのが、彼の計画であった。広島へ到着したこの日を秉九《ピョング》は忘れない。

広島へきたのはいとこがここにいたからで、いとこが仕事を探してくれた。百姓であり、腕に技術のない秉九《ピョング》にできる仕事といえば、体力勝負のドカチンくらいであった。モッコを二日かついだら肩の皮が肉から離れてしまった。足も立たず、腰も立たない。三日目には「ケツをまくった」。

知人が路面電車の修理部門の仕事をくれた。鍛造《たんぞう》の仕事で、これは彼との相性がよかった。しかし、十年間働いた彼の給料は、一日七十五銭が一円二十銭にあがっただけだった。自分で人を使うのだ、と決意した。

太平洋戦争の激化は彼にとって幸運だった。陸軍からの仕事がつぎつぎと受注できたのだ。人に使われているときには、ひと月三十日やすみなしに働いたとしても、三十六円。それが陸軍からの仕事は、厩舎《きゅうしゃ》ひと棟建てただけで、十円になった。海の埋め立て、飛行場の建設、堤防工事、軍関係の仕事はいくらでも舞い込み、八十人もの人夫を指揮した。兄弟や父母を呼び寄せ、二十六人の大家族となった。

親族は福島町へ住まわせて、自分は妻と子で牛田に住んだ。そこにそのころ彼の飯場があったからだ。

仕事は、二葉山の牛田側に地下壕を掘ることであった。兵器廠からの仕事で、壕が完成すればそこに武器をかくすのである。発破《はっぱ》もかける、きわめて大きな仕事であり、牛田の山腹には秉九《へいきゅう》の飯場だけでなく、たくさんの朝鮮人の飯場が、家が並びたっていた。

昭和二十年春、戦局は日本にとって絶望的なものであった。が、軍はなお悪あがきをして、一億玉砕といい、本土決戦といい、日本を城にみたてるならば、九州が外堀、広島が内堀、そして東京が本丸であるとして、東京に第一総軍を、広島に第二総軍をおいた。第二総軍の司令部は広島駅裏の東練兵場の一角にあった。

第二総軍と秉九《へいきゅう》の飯場とは、二葉山の東側と西側、表と裏の位置関係にある。東側の山裾には第二総軍築城隊が、巨大でながい地下壕を掘っていた。秉九《へいきゅう》たちは西側牛田から掘りすすみ、これに連絡させるのである。

山の中腹にハッパをかけて爆発させる、穴があくと土をかき出し、柱を立て、補強する。穴はおおむね高さが五米、横も五米くらいのおおきなもので、武器などをそっくりかくすとともに、工作作業もできるように電気がひかれていた。

ときおり土砂がくずれる。眼の血走った憲兵は「キサマの監督が悪い」と秉九《へいきゅう》をぶんなぐる、それではと、ていねいな仕事をすれば、進捗が遅い、とぶんなぐる。

「いいように殴りおったよ」

秉九《へいきゅう》は述懐する。

八月六日のでき具合は、およそ七割がたといったところであった。朝鮮人人夫を壕内に配置し、仕事の段取りをおえて壕から出たところでそれはきた。ふき飛んだ。助けてくれの声。見ると飯場はつぶれ、家もつぶれ、陸軍の工兵隊員がたくさん死んでいた。妻は三《み》月《つき》のあかちゃんをお腹にもっていたが、投げ出され流産した。

牛田の家は焼けた。福島町の家も焼けた。行き場もなく市内をさまよい、その末に基町の河岸にきた。昭和二十一年であった。

まだ小屋はわずかしかなかった。

二十年たって田中秉九《へいきゅう》は十三軒の貸家を持つ。相生通りでゆいいつ「店らしい店」といえる食料品店を開いている。スラム成金となった。それは彼の才覚である。

この食料品店の一室で秉九《へいきゅう》は、ルポルタージュ作家で同胞の朴壽南《パクスナム》からインタビューを受けている。

『こげんこまい（小さい）食料品店でもの、税金、取る分は、日本国民と変わらんのよ。いままで、日本政府に納めた税金、相当になるよ、相当に。わしゃあ、払うもんは払うんじゃ。日本の国におるもんじゃけん、払うものは日本国民なみに払うよ。』

被爆したとき、日本人朝鮮人わけへだてなく、救助した、介護した。いまでも、アパートの家賃を払わないものはたくさんいるし、二千円の家賃を半年も溜めて逃げた者もいる、数えられないくらい、いる。だけど、ここまで落ちてきた人間を見て、「家賃払えんならでていけ」とはいえない。だから日本政府から戻してもらいたいくらいだ。そういって秉《へい》九《きゅう》は、がぁと笑う。

『それがの、取る分だけは取って、くれるもんは「外国人じゃけん、やれん」いうての、いまこの基町立ち退け、いわれとるんじゃ。外国人いうても朝鮮人しかおらんのよ。それが外国人には立ち退いた後も市営アパートに入《い》れん、いうんじゃ、市の役員（人）が。ちいと人間、恥ずかしいないか。』

このインタビューは昭和四十一年（1966年）七月におこなわれた。この一年後、田中秉九《へいきゅう》は二度目の出火元アパートの所有者として、いくども新聞に名をだすことになったのである。

11　太郎の系譜

太郎が、もしかしたら被爆しており、幹は黒こげたがその根からひこばえが生え、大きくなったものという可能性がゼロではないと思い始めたのは、河内朗氏の手記を読んでからである。「ヒロシマに開いた落下傘」と題する手記に、学徒動員で郊外にいた河内さんは、紙屋町の自宅に帰りつくまでの道程《みちゆき》で、西練兵場の黒く焦げたポプラを見たと書いている。

『練兵場にはなにも燃えるものはなかったが境界に植わったポプラの並木が短く焦げた杭の列に変わり、その向こうに揺れ動く煙が高い幕を張り、残り火で紅に染まった下部が地平線とも言えた。』

市の中央部にある袋町小学校の卒業生から、子どもの頃ポプラの葉っぱをを拾いに練兵場へいっていた、ということは聞いていた。あのへんにはいたるところにポプラがあって市内の学校から大勢が拾いに来たという。ポプラの葉っぱでケンカをするのだそうである。葉柄をからませて引っ張り、切れないで残った方が勝ち。それに似たあそびは私も野の草でしていた。スモウトリ草といっていて、草は学校の行き帰りに無尽蔵にあった。市の中心部の学校ではポプラの方が豊富だったのかもしれない。

ポプラは繊維が柔らかで切れやすい。子どもなりに工夫をして葉柄を強くした。たとえば塩水につけると強くなるというので、満ち潮の川の塩水にひたしたり、靴底に敷いておくとつよくなるともいい、靴の中にいれていた。そんな話をしてくれた。

1945年七月二十五日、米陸軍の偵察機は、原爆投下までの最後となる航空写真を撮影している。そのうちの、基町を中心とした部分写真を入手していたので、袋町小学校の卒業生の話をもとに、西練兵場の中にポプラの樹を探してみた。

上空6000米からの航空写真では黒ぐろとした列は写っているが、ポプラであるとは断定できなかった。枝の広がりが大きすぎるように思え、真上からの映像はすっくりと立つポプラの特徴を全く教えないのである。

ところが、河内さんは「境界に植わったポプラの並木」と、具体的に描写してくれている。もういちど航空写真をとりだして、見ると、黒ぐろとした樹木の列は西練兵場の東の境界、地上の距離にして推定五百五十米と、北の境界五百五十米とに長々といるのである。これが全てポプラだったのだ。思わず歓声をあげてしまった。

日ならずして嬉しい追い打ちがきた。

西練兵場に隣接する、偕行《かいこう》社の附属済美《せいび》国民学校にもポプラがあった、と教えてくれる人がでてきた。済美国民学校はおもに軍人軍属の子女が通う学校だった。終戦とともに廃校となったが、その交友会の会員名簿（昭和四十四年）にポプラの写真がある、というのだ。急いでお宅へいき、見せてもらった。

「在りし日の母校」とクレジットのついた写真は、西練兵場から学校の正門をみたもので、正門を入ったところの左手に一本の大きな、私の推定で三十年を経たほどのポプラがあり、右手にはやや若い三本のポプラ、風にそよいでおり、左手には数本の、やはり若いポプラが、主君に従う家臣のような案配で重なり合って立っていた。

私は大きくため息をついた。一件落着、の心境であった。

田代安定は、のちにタシロヒヨドリ、タシロイモ、タシロクズマメなど十七の植物の和名にその名前を付けられたほどの、（隠れた）著名な植物学者となるのであるが、大山巖陸軍大臣にペテルスブルグでポプラの種子を手渡した時はまだ二十九歳の青年だった。

ロシアにはマキシモウィッチという世界に名の知られた、ポプラの仲間・ドロノキの学名にその名を冠せられた植物学者がいて、田代の植物にかける情熱は、園芸博覧会が終わっても田代をロシアにとどまらせ、マキシモウイッチについて植物学を学んだ。

その滞在中に、田代は大山に大量のポプラの種子を手渡し、大山巖は帰国後、田代の進言を実行した、旭川の自衛隊にいまでもあるポプラは、そのとき種を蒔いたものだ、と伝えられる。

この逸話が核になって、私の頭にはつねに広島の西練兵場をふくむあの陸軍用地にもポプラが植えられていたのではないか、と考えていた。それが写真付きで証明されたのだ。

しかし、

「被爆して焼けたポプラが、ルートサッカーの得意技をつかって、地表根からひこばえを生やし、成長した、太郎はそのうちの一本だ」

と、いいきってしまうには、解かねばならない問題がもうひとつあった。

太郎のいるこの河岸にも、被爆前からポプラの並木があったのか。

このことである。

太郎のいる河岸から堤を登り、堤をくだるとそこはかつて輜重隊《しちょうたい》が使っていた軍用地であった。大砲などの武器を運搬させるため、たくさんの馬を飼っていた。軍施設でありながらも牧場の雰囲気があった。（馬に感謝の気持ちを顕す馬魂碑《ばこんひ》は、昭和初期に建立され、施設内にあった、現在も空鞘橋の東詰めに残されている）

１９４５年七月二十五日の航空写真を見ると、輜重隊の堤にそって樹木のうっそうとした並木はたしかにある。

そして、被爆後の八月八日の航空写真にも、焼けこげた樹木の残りがその位置に二、三本写っている。林重男さん二ヶ月後撮影のパノラマ写真にも、いま太郎のいる位置に、黒く焦げた樹木の立ち姿がうつっている。

だが、空撮、林、どちらの写真を拡大鏡でねめまわしてみても、それがポプラであるとは断定できない。

そんなとき、竹崎さんが登場した（さっそうと）。

２００４年二月の新聞に、広島大学原爆放射線医科学研究所の竹崎嘉彦助手（地理学）が、米軍の空撮写真をもとに家並みの三次元化に成功した、と報じていた。

ポプラを特定できるのではないか。

会って下さい、とすぐに連絡をとり、竹崎さんはカジュアルな服装で、日曜日のひるさがり、こんにちはと私の働く袋町小学校平和資料館へきてくれた。

「わたしも袋町小学校の卒業生です」

と、竹崎さんはいった。

「娘さんのクラスにはなんどか平和授業をしたことがありまして」

と、私がいった。


三次元化の原理を竹崎さんは説明してくださった。

地図作製用の航空写真は通常、東から西へと緯度線にそって直航撮影し、西から東へ直航撮影し、こうやって南下しながらブロックに分けて撮影する。ブロックとブロックとの撮影境界には、六十パーセントの重ねをつくる。この重なり部分のあいだに生ずるズレを利用して立体化するのだ、ということであった。

「だから」

竹崎さんは申しわけなさそうな顔をして、立体といってもポプラまで特定できるほどには精巧ではないのだ、と付け加えた。

でも、松永さんの目的がどういうことかわかりましたので、ほかの方法もいろいろと考えてポプラを探してみましょう、と協力の約束をしていただいた。そして、特ネタをふたつ教えてもらった。

三次元化に使った、１９４５年七月二十五日撮影の空撮は、通常の東西、西東の航行ではなく、（戦時下だったからだろう）斜めに航行、撮影したこと。

この写真が米国国立公文書館にあることを発見したのはじぶんであること。

輜重隊よこの堤にポプラ並木が有ったのか無かったのかについては不発であったが、私のまえには別の世界がひろがり、充分満足したものだった。

12　移植の経験十一年

テレビというものが情報伝達の強力な武器であることはじゅうぶんに承知している。が、日本ではひまつぶしの道具でしかなく、同様に、インターネットというものも、日本ではこどもの玩具でしかない。と断じて軽視していた。

ポプラの調査をはじめてから、すこし考えを変え、アメリカやフランスのホームページをさまようようになった。その情報量は日本の比ではない。アメリカのそれは、造園業者や材木業者のＨＰが多く、なぜだろうとふしぎだった。造園、材木業者はユリノキのことをポプラというのだそうで、この材でログハウスを造る。ユリノキにはちょうどチューリップのような花が咲くので、チューリップツリーとも呼ばれている。その宣伝が多くあるわけで、アメリカのひとたちもこの混同にはとまどうようだ、Ｑ＆Ａがのっていたりする。

そういう、日仏米の、ポプラＨＰの深山をさまよっていて、私には珠玉に思えるＨＰを発見した。東京の㈱富士植木、松本朗さんの作成したものである。

「ポプラ大径木の移植」とある。

えっと驚いた。

ポプラの移植はできない、移植すれば枯れる。これが樹木医の意見だった。それを信じ込んでいた。

移植したポプラのデータは、
移植年月　平成十四年四月
場所　東京府中市甲州街道沿い
ポプラ　（高）二十米、（周）三米二十
本数　二本

であり、景観上重要という施主の要望で、移植を強行することになった。

松本さんへ質問を送った、返事はすぐに来た。「このような反応があること、大変ありがたく思います」とお礼の言葉があり、次のような回答をいただいた。

ポプラ移植のための特別な準備はしなかった。が、ポプラ移植のむつかしさはわかっていたので、施主には移植を薦めなかった、倒木の心配もあったし。四月の移植というのも時期はずれで心配だった、しばらく水を切らさないようにした。

そして、私の一番知りたかった質問にはこう答えてあった。

「1960年から80年でも移植作業は充分可能です」

移植経験十一年の松本朗さんが書いた「充分」という言葉が輝いて読めた。（この会社には移植経験二十六年のひとがおり、三十五年というひともいる。ただし、ポプラだけではない）。

「街に緑を」のころ、基町中央公園予定地の市営住宅や、太郎のいる河岸に、現れては消え、一本かと思えば二本になる、変化自在、神出鬼没のポプラの動きをこれで説明できる。土手下すぐのところで火災にあった二本のポプラが、河岸の水際にとつじょ姿をあらわす理由も説明できる。

移植した。これである。

だから、永野和子さんの見た、キラキラと光る、幹の焦げたポプラの一本は太郎なのである。

こんな簡単なことがなぜわからなかったのか、といぶかる人もいるだろう。私は樹木医の呪詛《じゅそ》にかかっていたのである。

呪詛から解き放たれ、目を覚まして、私は、樹木医の計測した幹周四・三米という数値に疑問をいだくようになった。

ポプラの本を読むと、おおくの著書に共通する、太さについての表現は、

「まれに直径一米にもたっする」

となっていて、直径一米は特別におおきな木であるという書き方なのである。

樹木医の測定した「幹周四・三米」をπで割ると直径は一米以上になる。専門書にのせてもいいほどの巨木ということになる。

太郎を訪問した。かれをはかってみた。

地上からの胸高幹周はたしかに四米三十だった。しかし、その高さのところでは、太郎は主幹のほかに二本の脇枝を従えており、主幹と脇枝とはほとんどくっつきあって、一本とも見えなくはない。脇枝は地面のところですでに主幹とくっついており、つまり、脇枝は地中から生えているのである。

盛り土をしてある、と直感した。

ひとを介して北村眞一先生に問い合わせてもらった。先生は中村良夫先生の設計チームのチーフであった。

答えはメールできた。

「（太郎には）ポプラの生存限界ぎりぎり、一米の盛り土をてんこ盛りにしています」

太郎の寿命はあとわずか、とも樹木医はいったが、いま私は信じていない。湿気のおおさを除けば、川岸に生える太郎の生存条件はそう悪いものではない。広島の復興最後の大事業といわれた、相生地区のスラム街の撤去は、一年に三回もおきた昭和四十五年の火災をふんぎりとし、本腰をいれてはじめられた。八年をかけて、除去は完了した。

その逐一をポプラはみている。そうかんたんに消えてもらっては困るのだ。

永野和子さんは、基町河岸のいまを眼にしてこういう。

「わたしの中にはいつまでもあのスラム街が残っているんですよ。あーんだけの人が住んでてね、三千人の人が住んでてね、たったこれっぽちの土手やったんか。あの哀しさ。ここでみんな生きてたんや、一生懸命いきてたんや。ものすごい人が生きてたんや。」

太郎も、ものいうときには、同じことをいうのだろう。

（2004年）

あとがき

青い台紙に「あさのそら」は長男の悠、カニの行進のような集団は「たいこをたたくおとこたち」、次男俊の作品。横髪のピンと張った「自画像」は末娘の怜。（裏表紙）

この本の四つの文章はいずれも、三人の孫にのこす目的で書きためたものです。漫然と、しかも未完成です。昭和の、戦後日本の骨格をつくった中核のできごとをみつめ、そこに平成の荒廃のみなもとを探ってみようとしたものです。平成の三人の孫たちにそれを残したかったのです。

本にしろと強制する人が現れ、背を強く押され、形になりました。「昭和・断片」の題字を書いてくださったのは、尊敬する友人の藤原青童氏です。かつての同僚であり、中国の庶民を描いた氏の墨絵はものすごい衝撃をわたしに与えました。題字は青童氏に、と本の出版に至ったとき、すぐに思い決めていました、快く引き受けてくださいました。昭和を平成の子たちに語り継ぐ意図は、この題字のおかげで達成できると思っています。

胸に澱《おり》となって溜まっている「昭和」を抽出してみると、はじめに真珠湾攻撃がありました。青年期にふいに酒巻和男という名前が出現し、ここからはじめることにしました。（自分史味の「昭和・断片」第一部）

そして天皇です。あれだけの戦争をしつつなぜ天皇裕仁は戦争犯罪人ではないのか、長い疑問でした。「天皇制は無用だとおもっています」と女子高生に明言した以上、これを解決しておかなければという澱を分解し、希釈し、水に流す。この作業が第二部です。

新潟県長岡市に生まれながらも、幼稚園からを広島で過ごしたからには広島人であるはずなのに、原爆に背を向けていました。息子の英が八月六日に生まれると、そこではじめて原爆を見つめてみました。「昭和・断片」の第三部では体験だけを書いて放置していましたので、「指の鳴る音」と「スウィニー始末記」とでおぎないました。

被爆の年四月に学童集団疎開にゆき、そのまま母たちと疎開生活が続き、広島にかえったのは昭和二十一年の二学期でした。広島に残っていて被爆もした父が、住む家を探す時間だったのでしょう。四軒長屋の市営住宅を確保でき、やっと家族五人がともに暮らせるようになりました。〈ぽっとん便所〉という描写がでてくる「ポプラが語る日」はこの長屋での体験が底をささえています。

さいごは平成のいまを分析するのが目的ですが、まにあうかどうか、この本ができた後の課題です。

自分の原稿を校正することがこんなにも大変なものであるのか、と知ったことで、癖のある拙文のすべてに目を通し、適切な助言、提案をしていただいた渓水社、木村逸司社長のご苦労に思いいたりました。心から感謝しています。

平成生まれの孫たちに伝わることを願いつつ。

２００９年四月

松永　仁

著 者 松永 仁（まつなが ひとし）

1936（昭和11）年 新潟県長岡市生まれ
1958（昭和33）年 ＲＣＣ中国放送（現）入社
ラジオ制作、ラジオ報道、テレビ制作など
1974（昭和49）年 同社退社、渡仏
1980（昭和55）年より アルジェリア各地にて企業通訳（1987年帰国）
2002（平成14）年 広島市袋町小学校平和資料館・運営協力員

自分史味の 昭和・断片

2009年４月20日 発 行

著 者 松 永 仁
発行所 ㈱溪水社
広島市中区小町1－4（〒730-0041）
Tel (082)246-7909
Fax (082)246-7876
E-mail:info@keisui.co.jp

ＩＳＢＮ978－4－86327－055－8 C0031